读客悬疑文库

认准读客读悬疑,本本都是大师级。

没药花园 著

真实案件才更瘆人

1

北京日报出版社

图书在版编目（CIP）数据

真实案件才更瘆人 / 没药花园著. -- 北京：北京日报出版社，2025.5
ISBN 978-7-5477-4869-5

Ⅰ.①真… Ⅱ.①没… Ⅲ.①故事－作品集－中国－当代 Ⅳ.①I247.81

中国国家版本馆CIP数据核字(2024)第028759号

真实案件才更瘆人

作　　者：	没药花园
责任编辑：	王　莹
特约编辑：	徐於璠　　沈聿　　吴韬　　毛雅葳
封面设计：	陈艳丽
出版发行：	北京日报出版社
地　　址：	北京市东城区东单三条8-16号东方广场东配楼四层
邮　　编：	100005
电　　话：	发行部：（010）65255876
	总编室：（010）65252135
印　　刷：	三河市龙大印装有限公司
经　　销：	各地新华书店
版　　次：	2025年5月第1版
	2025年5月第1次印刷
开　　本：	880毫米×1230毫米　1/32
印　　张：	9.5
字　　数：	197千字
定　　价：	49.90元

版权所有，侵权必究，未经许可，不得转载
凡印刷、装订错误，可调换，联系电话：010-87681002

序 言

当出版公司的编辑对我说想策划一本主题为"身边的恶魔"的书时,我首先想到的是如何定义"身边"以及"恶魔"这两个词。"身边"应当是指被害人和罪犯不仅相识,且要么在物理距离上接近,要么在情感关系上比较接近,如恋人、夫妻、亲子、朋友、邻居、同事等。而"恶魔",应当是指那些罪行较重且呈现主观恶意的罪犯,他们往往表现出明显的人格障碍和道德缺陷,且只要有机会,就会对不同的人施加伤害。基于这个标准,我们选出了本书中的十三个典型案例。

前阵子有记者采访我,问了我一个问题:"是不是这些年,被害人遭身边人杀害的情况比过去更多了?"这个问题很难回答。根据世界银行公布的数据可知:随着各种侦破手段的进步和社会秩序的加强,中国的谋杀率整体是在逐年下降的。从2020年到2022年这三年,出于各种原因,陌生人作案的占比有所下降,但身边人作案的占比确实增加了。再加上一些犯罪动机具备故事性的案件成为网络热点,民众便产生了这类罪案增加的感觉。

那么，全世界每年发生在熟人之间的谋杀案比例到底是多少，陌生人随机作案的比例又是多少呢？

美国联邦调查局（FBI）每年都会公布详细数据[1]，我们便以他们的数据作为参考来分析一下。2019年，美国共有13 927人因遭谋杀而死亡，其中6808名被害人与凶手的关系没有被查明（原因可能是凶手已死亡、案件至今未告破等）。在剩下的与凶手关系明确的7119名被害人中，遭陌生人杀害的共有1372人，约占这类被害人总数的19.3%。也就是说，在已查明被害人与凶手关系的案件中，绝大部分被害人与凶手相识。

再看看具体的数字：遭配偶杀害的共有567人，其中，女性被害人有482名，男性被害人有85名；遭子女杀害的共有344人，其中，男性被害人有178名，女性被害人有166名；遭父母杀害的共有430人，其中，男性被害人有259名，女性被害人有171名；遭手足杀害的共有142人，其中，男性被害人有115名，女性被害人有27名；遭其他家庭成员杀害的被害人有327名。总体而言，遭家庭成员杀害的被害人共有1810名，在遭谋杀而死亡的被害人总数中约占13%。

除家庭成员外，更多被害人是遭其他相识者杀害。按数量排序，遭泛泛之交（认识但不熟的人）杀害的有2778人；遭恋人杀害的共有692人，其中，女性被害人有505名，男性被害人有187名；遭朋友杀害的共有345人；遭邻居杀害的有100人；遭雇主杀害的有9人；遭雇员杀害的有13人。也就是说，总共

---

[1] 数据来自美国联邦调查局（FBI）发布的"2019年美国犯罪数据"。——编者注（如无特别说明，本书注释均为编者注）

有28.3%的被害人遭其他相识者杀害，这些被害人和遭家庭成员杀害的人加起来，共占比41.3%。

而数据统计公司公布的2022年数据与上述数据很相近。9756名被害人与凶手的关系尚未被查明。在9440名与凶手关系明确的被害人中，遭泛泛之交杀害的人是最多的，有3560人；第二多的是遭陌生人杀害的，达1998人；第三多的是遭恋人杀害的女性，有601名；第四多的是遭朋友杀害的，有560人；第五多的是遭配偶杀害的女性，有523名。

紧随其后，按照数量从多到少排序，被害人的身份依次为凶手的其他家庭成员（459人）、儿子（297人）、父亲（252人）、男友（226人）、母亲（226人）、女儿（200人）、兄弟（168人）、邻居（164人）、丈夫（117人）、姐妹（62人）、雇员（14人）、雇主（13人）。

虽然世界各国的国情差异很大，但古今中外，人性往往是相通的。那么，我们可以从这些数字中获取什么信息呢？

首先，"恋爱"是一种高危关系。每年，身处恋爱关系中、遭另一半杀害的人的总数，仅次于遭泛泛之交和陌生人杀害的人的数量。而且在被害时处于恋爱关系的人中，女性远远多于男性。

以2022年为例，在美国，有601名女性遭恋人杀害，与之相对应的是有226名男性遭恋人杀害。在这类谋杀案中，有相当一部分发生在分手后或者刚刚分手时。凶手不愿意失去被害人，怀着"我得不到你，就毁掉你"的心态，用极端的方式去毁灭被害人。

这类凶手往往平时就**对恋人有极强的控制欲，关注点永远是自己的得失，并认为别人都有义务为他们的欲望做牺牲。谁不那么做，他们就会失望、暴怒，认为自己遭到了背叛和攻击，想要反击和毁灭对方。**这种心态就像一个被宠坏的孩子，得不到某个玩具时，会突然情绪失控把它毁坏，让谁都玩不成。

在本书中，你可以读到多起女性遭恋人谋杀的案例，一部分凶手如果侥幸逃脱，可能会在往后的亲密关系中持续作案，直到被抓获，譬如《疯狂艺术家与血腥画作》。

在恋爱关系中，也存在抱有"得不到就毁掉"心态的女性，她们也会因为恋人的离开而愤怒，从而想要毁掉恋人最珍视的东西（如事业、健康、性能力等），破坏他们未来的情感和人生之路。只是相对而言，落实行动的女性较少，实施谋杀的更少。体现在数字上，遭恋人杀害的男性的比例尚不到遭恋人杀害的女性的一半。书中也给出了一个案例，即《美女学霸的死亡派对》。

恋人们经过情感和相处方式的磨合，最终互相做出了婚姻的承诺。但是当已婚女性遇害时，我们常常看到一句老生常谈的话："丈夫总是有重大嫌疑。"这个说法从数据上看准确吗？

女性在婚后遭伴侣杀害的数字依然居高不下，比起婚前只是略微降低。以FBI公开的2019年数据为例，遭恋人杀害的女性有505人，遭配偶杀害的女性有482人；以数据统计公司公布的2022年的数据为例，遭恋人杀害的女性有601人，遭配偶杀害的女性有523人。严格来说，已婚女性遇害并不总是丈夫所为，但这一类别的占比还是相当高的。

在婚姻关系中，凶手的作案动机可能和婚前完全不同。除了在离婚期间的凶手常有上述"得不到就毁掉"的动机以外，还有第二种常见动机——凶手想要在摆脱伴侣的同时又在法律上独占财产、子女抚养权等，继续自己精彩的人生。我把这类动机称为"人消失，钱留下"。在本书中，你可以读到《选美皇后溺亡之谜》，这便是一起典型的杀妻案。

有意思的是，进入婚姻后，男性的处境却似乎安全许多，遭配偶杀害的男性人数只有遭恋人杀害的男性人数的一半左右，往年甚至不到一半。这很可能是因为，女性因第二种动机而作案的概率较低。

此外我还想指出的是，遭父亲或母亲杀害的男性比女性多，遭手足杀害的男性比女性多。这符合整体数据分布，即每年世界各地的谋杀案中，男性被害人和男性作案者都多于女性。男性在家庭内或社会上和其他男性卷入某些意气用事的争吵和暴力，这种情况时有发生。关于亲子关系中的谋杀，本书中也给出了几个例子，譬如《无人敢住的房子》。

朋友之间发生谋杀的一个主要动机是嫉妒。此外，谋财也是主要动机。当你兴奋地和朋友分享自己成功的喜悦时，并不总能收获由衷的祝贺；当你信任朋友，向朋友托付自己的身家性命时，也要小心对方的觊觎。本书中的案例——《中奖噩梦》，便展现了当一个人中彩票后，他是如何失去友谊，甚至生命的。

5

大家可能注意到了，在人口居住密度并不高的美国，每年竟然有不少人遭邻居杀害。看来任何远近不同的相处都可能带来矛盾和嫌隙。本书给出了一个例子：《高智商凶手的算计》。

　　我们再说说刚才提到的泛泛之交。这个类别很广，可能包含各种各样的关系，譬如校友、医患、客户等。而前面提到的"得不到就毁掉"也可能存在于泛泛之交之间，即凶手对被害人存在单方面的幻想和骚扰。由于包含的关系多，所以这也是被害人与凶手已知的关系中比例最高的一类，远远超过陌生人。正因为相识，所以凶手才会发现被害人身上的"资源"，如财富、美貌等；发现"作案机会"，如被害人独居、晚归等，从而选择对其下手。《模范医生杀人事件》便是一个典型案例。

　　叔本华[1]曾提出过"豪猪困境"。在寒冷的冬天，一群豪猪聚拢在一起取暖，但很快，它们就被对方身上的硬刺戳到，不得不互相远离。但取暖的需求让它们再度靠拢在一起，又再次因为刺痛而远离。它们被这两种痛苦反复折磨，直到最后找到一个恰到好处的距离。

　　人类是群居动物，总是会因为物质或者情感的需求而互相靠拢。但是由于每个人都是由过去经验和知识塑造的独立个体，所以只要距离过近，就会不可避免地产生摩擦、矛盾、嫌隙，严重的甚至会彼此伤害。此时，人们会本能地疏远他人，独处，舔舐自己的伤口，康复后继续寻找可以取暖的同类，

---

[1] 阿图尔·叔本华（Arthur Schopenhauer，1788—1860），德国哲学家。

更熟练地掌握靠近他人的技巧，把握合适的距离……人生周而复始，但可怕的是，在这样一个群体中，却潜伏着一些"恶魔"，随时准备着掠夺和伤害别人。

要记住，恶魔并不总是在一开始就以凶神恶煞的样貌出现，他们最初也可能看起来和善亲切，只为了让你放松警惕，以便他们靠近。他们可能成了你身边浓情蜜意的恋人、宣誓过不离不弃的配偶、无话不谈的朋友、每天打招呼的邻居、崇敬依赖的医生……在你接纳他们成为自己生活的一部分，献上自己的信任，袒露自己的脆弱后，他们便会慢慢露出獠牙……

笔者：何袜皮

目录

疯狂艺术家与血腥画作	001
美女学霸的死亡派对	020
选美皇后溺亡之谜	037
真实的"纽约灾星"（上）	060
真实的"纽约灾星"（下）	079
显赫律师家族的诅咒	097
无人敢住的房子	116
中奖噩梦	137
枕畔的恐怖情人	160
音乐少女身亡案	182
高智商凶手的算计	198
模范医生杀人事件	219
慈祥房东的"死亡公寓"	237
失独母亲的追凶之路（上）	256
失独母亲的追凶之路（下）	271

疯狂艺术家与
血腥画作

约翰·斯威尼（John Sweeney）被认为是近年来英国最凶残、最邪恶、最危险的罪犯之一。他横跨欧洲数国，在近二十年间犯下一系列残忍命案。

这个号称"运河杀手"的利物浦木匠同时是一名业余艺术家，他将历任女友分尸后扔进欧洲各国的运河，之后又将这些惊悚的杀戮细节翔实地记录在自己的"艺术作品"里。

01. 1990年，荷兰

1990年5月3日，荷兰第二大城市鹿特丹，一位负责打捞、清障和维修的运河潜水员在威斯特辛格尔运河里发现了一只装着人类躯干的灰色旅行袋。所有残尸拼接起来，组成了一具被肢解的年轻女性尸体，但没有头部和手脚。在那个年代，这意味着无法获取死者的面貌特征、牙医记录和指纹，也就是说，警方没有任何方法来判定女尸的身份。

一筹莫展的荷兰警方甚至发布了高额悬赏公告，但始终无人认尸。

几乎与此同时，一个来自美国的家庭正在荷兰首都阿姆斯特丹焦急地寻找他们失联的家人：梅利莎·霍尔斯特德（Melissa Halstead）。

梅利莎出生于美国俄亥俄州西南部的代顿市，父亲是一名牙医。梅利莎的父母在她少女时代就离了婚。高中肄业后，梅利莎在当地一家餐馆做女招待。

容颜和身段都美得惊人的梅利莎，注定不会长久默默无闻。18岁那年，她被纽约的一家模特事务所发掘。一年之后，她已经开始前往欧洲各国走秀了。

虽然没有成为超级名模，但梅利莎的模特事业也算得上成功。她的朋友形容她有头脑，不轻易相信别人，但一旦信赖某人就会忠贞不渝。她的哥哥杰克则形容她坦率、勇敢、富于冒险精神。出身美国中东部小城的梅利莎，有着波希米亚式的自由气质，经常独自一人辗转于欧洲各国，和家人的联系也不那么频繁。

20世纪80年代中期，梅利莎搬到了英国伦敦，并转型为一名自由摄影师。1986年，梅利莎参加了一个艺术展，因此结识了为展览做展具的木匠——约翰·斯威尼。

约翰·斯威尼1956年出生于英国利物浦，但他的大部分童年时光都和母亲在兰开夏郡的斯凯尔默斯代尔地区度过。斯凯尔默斯代尔是一个新兴矿区，大部分居民也都是斯威尼家这样的蓝领家庭。

从少年时代起，约翰·斯威尼就相当热爱艺术，希望去大学学习美术，但迫于家庭压力，最终选择了一份"实用"的职业，前往当地技校学习细木工。自己的"艺术天赋"未能得到施展，约翰·斯威尼耿耿于怀。

1976年，20岁的约翰·斯威尼和一个名叫安妮·布拉姆利（Anne Bramley）的当地女子结婚，并育有两个孩子。但是两人的婚姻从一开始就充满了暴力和虐待。两人曾于1979年离婚。两年之后，安妮试图"再给孩子的父亲一次机会"，于是两人短暂分开后复婚。

1982年，安妮和约翰·斯威尼再度离婚。离婚之后，约翰·斯威尼依旧对她纠缠不休。一次安妮回家时，藏身在衣柜里的约翰·斯威尼突然拿着斧子跳了出来，说"要给她一个惊喜"。幸亏安妮很快逃了出去，并去警察局报了警。

20世纪80年代中期，约翰·斯威尼搬到了伦敦。在那里，他结识了梅利莎，两人很快出双入对，在梅利莎位于切尔西[1]的公寓里同居。

然而，热恋的甜蜜很快就变了味道。两人在伦敦同居期间，梅利莎的姐姐钱斯曾去探望妹妹，她对妹妹这个男友印象很不好，因为她注意到梅利莎身上有瘀青。钱斯怀疑约翰·斯威尔经常殴打梅利莎。

在这之后，约翰·斯威尼曾两次因为"袭击"梅利莎被捕，两次均被罚款5英镑，并被伦敦警方要求"别再闹事"。

1988年，梅利莎的工作签证到期，她本有机会从这段危险

---

1 伦敦时尚艺术区。——笔者注

的关系中脱身，可惜她没有这么做。她和约翰·斯威尼一起前往奥地利首都维也纳。

在那里，两人的关系又持续了几个月，忍无可忍的梅利莎终于提出了分手。出乎意料的是，约翰·斯威尼很爽快地答应了，似乎也没有纠缠她。几天之后，他借口要取走自己的东西，来到梅利莎的公寓。梅利莎刚让他进门，约翰·斯威尼立即举起藏在身后的榔头，狠狠地击打梅利莎的头部。

幸运的是，梅利莎在挣扎期间，得以向附近的一位朋友呼救，那位朋友报了警。奥地利警方逮捕了约翰·斯威尼，判处他六个月监禁。

判刑之后，约翰·斯威尼原本要被遣送回英国，然而梅利莎却向法官求情。

梅利莎的家人一直对她和约翰·斯威尼的关系感到担忧。梅利莎的姐姐钱斯问她是不是疯了，但梅利莎说约翰·斯威尼哭着乞求自己，并保证之后不会再纠缠她。约翰·斯威尼最终被释放了。

在这之后的1989年年初，梅利莎前往荷兰首都阿姆斯特丹。没过多久，约翰·斯威尼也尾随而至，住在与梅利莎紧邻的一所公寓里，两人又开始了那种充满暴风骤雨、分分合合的关系。梅利莎的哥哥杰克回忆，他曾经为此和妹妹在电话中大吵一架，他愤怒地质问梅利莎："你怎么能让一个打过你的男人重新回到你的生活里？！"然而梅利莎一言不发地挂了电话。时至今日，杰克仍然为此感到内疚和懊悔，因为这是兄妹俩最后一次通话。

梅利莎并非对自己的危险处境浑然不觉,她曾郑重地告诉姐姐:"听着,如果有一天我失踪了,那一定是约翰·斯威尼干的。"

她还曾用电话留言向父亲求助,说有人对她纠缠不休,希望能借一点儿钱让她回家。然而当她的父亲想再度和女儿联系的时候,电话却无人接听。

1989年11月,梅利莎用电话留言向母亲祝贺生日,这是她最后一次和家人联系。

1990年4月,梅利莎的房东发现她失踪了。这位房东此前一直在度假,因为梅利莎预交了房租,所以房东直到度假归来才察觉出异样。

梅利莎的父亲雇用了一位荷兰当地的调查员寻找女儿的踪迹,然而无论是阿姆斯特丹警方还是那位调查员,全都一无所获。

33岁的梅利莎·霍尔斯特德就这样凭空消失了。

梅利莎的父亲在85岁去世,至死都没有听到女儿的消息。

根据荷兰警方后来对案件的复原,他们认为约翰·斯威尼在阿姆斯特丹的公寓里杀死了梅利莎,将她分尸之后,用防水布包好尸体,放在旅行袋里,并带到了鹿特丹进行抛尸。所以阿姆斯特丹警方和调查员全都找错了地方,于是阿姆斯特丹多了一个生死不明的失踪女子,而鹿特丹的运河里则出现了一具无人认领的残尸。

梅利莎的哥哥杰克至今也想不通，为什么才貌双全的妹妹，会对这么一个各方面都不如她，还有严重暴力倾向的男人"不离不弃"。

伦敦警方的推测是，约翰·斯威尼用毒品控制了梅利莎，但梅利莎的家人在她阿姆斯特丹的公寓里却没有找到任何毒品。

梅利莎和约翰·斯威尼之间究竟存在着怎样的关系，如今已无从知晓，但我们也许可以在约翰·斯威尼的下一位受害者身上，窥见他的一系列操纵人心的手段。

02. 1994年，英国

约翰·斯威尼在荷兰没有案底，所以在将梅利莎抛尸后，他顺利出境。他于1990年圣诞节前后回到英国，来到了北伦敦西区的卡姆登镇。

卡姆登毗邻摄政运河，以市集闻名于世。这里是另类文化的胜地，聚集着小众时装店、古玩店、非主流俱乐部和老派酒馆，深受外地游客、当地青少年和朋克族的青睐。

在卡姆登著名的霍利武器酒吧，约翰·斯威尼遇到了他的下一位受害者——迪莉娅·巴尔默（Delia Balmer）。

当时41岁的迪莉娅·巴尔默是一名护士，出生于澳大利亚，在定居伦敦之前曾在以色列和美国生活过。

1991年春季的一天，迪莉娅正在霍利武器酒吧摆弄着点唱机。这时她觉察到，有个男人正用一种有些令人不安的目光盯着自己。那是一个比迪莉娅小几岁的男人，有一种波希米亚气质和异国情调。之后那个人走了过来，问迪莉娅能不能请她喝一杯。

迪莉娅事后回忆说："我想他是闻到了我的'气味'，可以让他捕获的'气味'。"但在当时，有点儿孤独又有点儿无聊的迪莉娅并没有意识到这一点，她和这个名叫约翰·斯威尼的男人相谈甚欢。

约翰·斯威尼告诉迪莉娅，自己之前在德国从事建筑工作，还去过好几个欧洲国家，这让热爱旅行的迪莉娅觉得自己与他很投缘。

迪莉娅回忆说，约翰·斯威尼看起来人很好，说话时经常结结巴巴的，显得腼腆羞涩。总而言之，他是个貌似温良无害、和暴力毫不沾边的男人。

然而很久之后迪莉娅才明白，所有这一切都不过是约翰·斯威尼的一场游戏，一场令她难以生还的狩猎游戏。

在霍利武器酒吧结识后，约翰·斯威尼很快给迪莉娅送去了鲜花，之后又殷勤地给她打电话，说要帮她修理之前聊天时提到的那扇不太牢固的窗户。

约翰·斯威尼第一次去迪莉娅的公寓，除了修好窗户，还为她做了一张边桌。不久之后，约翰·斯威尼又亲自设计并制作了一张最新款的实木床，这是迪莉娅向往已久却根本买不起的东西。

无论是梅利莎还是迪莉娅，约翰·斯威尼都会根据对方的特点，打造出一个与之契合的人设。当这些女性为两人的"合拍"而顿生好感的时候，却不知道这只是约翰·斯威尼精心营造的假象。

和梅利莎相遇时，他是一个迫于家庭压力而"壮志未酬"的蓝领文艺青年；在迪莉娅这里，他则摇身一变，成了和她有共同旅行爱好、心灵手巧且内秀的居家靠谱暖男。如果对比约翰·斯威尼和不同女友在一起时的照片，你甚至很难识别出这是同一个人。

约翰·斯威尼很快就搬进了迪莉娅的公寓，并向仍有疑虑的新女友信誓旦旦地保证，自己绝对不会惹麻烦。但他的行为却越来越咄咄逼人，控制欲也越来越强。开始的时候，他不停地打电话查岗，之后还限制迪莉娅和其他朋友社交。如果迪莉娅没有听从，约翰·斯威尼就会蓄意破坏迪莉娅的财物并偷钱。

迪莉娅回忆说："细微的变化慢慢发生，我知道什么地方出了问题，但我太软弱也太愿意信任他了，我以前从未遇到过这种事情。"温柔、共情和体谅，是恋爱中的伴侣赋予彼此的最珍贵的情绪价值。约翰·斯威尼却恰恰将这些东西作为自己可以利用的点，在情感上和精神上操纵对方。

有一次两人一起去德国旅行，约翰·斯威尼恶毒地殴打了一个当地人，迪莉娅意识到自己不能再留在这个人的身边了。约翰·斯威尼这次也答应得很爽快，似乎好聚好散地离开了，但迪莉娅隐隐约约地察觉到，他绝不会这样善罢甘休。约翰·斯威尼一走，她立即给大门换了锁。

然而几天后的深夜，约翰·斯威尼从浴室的窗户闯了进来，将迪莉娅绑在床上，用枪指着她的头，反复恐吓、强奸并毒打她，还威胁说如果她发出一声尖叫，就用菜刀割掉她的舌头。

迪莉娅记得，约翰·斯威尼那双总是含笑的眼中，突然投射出魔鬼般锐利的冷光，似乎能够洞悉自己的一切想法。他举起一张旧照片问："和你在一起的这个男人是谁？"

那是一张多年前的旧照，是迪莉娅和一位女性朋友还有两个偶遇的男孩一起拍的纪念照，迪莉娅甚至记不起他们的名字。

接着，约翰·斯威尼又拿出了一个烟盒，这是迪莉娅很久以前的一位前男友送给她的，烟盒上刻着前男友的名字。

"这个刻名字的男人又是谁？"

迪莉娅把所有的旧物都放在一个大盒子里，她自己都几乎忘了它们的存在。很显然，不知道什么时候，约翰·斯威尼早已背着她偷偷"检查"过了。

迪莉娅试图掩饰自己的恐慌，甚至不敢让自己的心脏跳得那么响，因为单单是怦怦的心跳声，都可能成为约翰·斯威尼愤怒的导火线。这样荒唐的"出轨诘问"持续了很久，约翰·斯威尼似乎暂时满意了，他在屋中踱了几步，突然咆哮道："你想不想知道，我的美国女友梅利莎怎么了？"

接着他一边像疯子一样在迪莉娅上方挥舞刀刃，一边不紧不慢地说道："在阿姆斯特丹的那间房间里，我杀了梅利莎，还有两个德国人。我在尸体旁坐了两天。第三天，我把他们的尸体切开，装进袋子里，然后扔进了运河。"

整整两天之后，约翰·斯威尼才放开了迪莉娅，并向她道歉，保证自己不会再犯，之后扬长而去。

迪莉娅立即报了警，警方逮捕了约翰·斯威尼，但很快他就因为"认错态度良好"而被保释了（保释条件是承诺远离自己的前女友）。

迪莉娅不停地恳求警方，说如果约翰·斯威尼被释放，自己一定会再度被袭击。她还告诉警方，自己在浴室的夹板后面发现了约翰·斯威尼藏在那里的一只令人毛骨悚然的绿色帆布袋，里面放着胶带、绳子、胶皮手套、大张防水塑料布、一把锯子和一套干净的换洗衣服——这是一个为她量身打造的"分尸工具包"。

然而，警方却并未对此产生警觉，他们觉得这是身为木匠的约翰·斯威尼的正常装备。他们也没把约翰·斯威尼之前的那番杀人自白当回事，只是轻飘飘地向迪莉娅保证约翰·斯威尼不会违反保释条件，随后也没有对她进行任何形式的人身保护。

1994年12月22日深夜（距离约翰·斯威尼被保释只有几个小时），迪莉娅下班之后，独自回家准备过圣诞假期。她记得那是一年之中最黑暗、最寒冷的夜晚，街上空无一人，周围死一般地寂静。迪莉娅推着自行车走进公寓，正要上楼梯时，约翰·斯威尼突然现身。他脸上挂着阴冷的笑容，手上拿着一把斧头，腰间还有一把尖刀。

"你没想到会在这里看到我吧？"

就在楼道里的水泥台阶上，约翰·斯威尼疯狂地攻击迪莉娅。迪莉娅记得，她最后看见的是自己被砍下的小指飞向空中，之后便失去了知觉。

若干年后，警方在约翰·斯威尼的"艺术作品"中，发现了一幅题为《头皮猎人》的画（"头皮猎人"也成了他的另一个绰号）。画上是一把鲜血淋漓的斧头，一段被砍下的小手指和一张长着金发（迪莉娅的发色）、被剥下的头皮——毫无疑问，这是约翰·斯威尼原本为迪莉娅准备的结局。

所幸，迪莉娅的惨叫声惊动了她的一个邻居，确切地说，是邻居的儿子。这位小伙子不仅见义勇为，而且身手不错，他用一根棒球棍揍得约翰·斯威尼落荒而逃。等到警察终于赶来时，约翰·斯威尼早已消失在暗夜中。

迪莉娅的肺部被刺穿，胸部、大腿和手臂上遍布严重的刺伤，而且她永远地失去了小指。她在重症病房命悬一线，几天之后才苏醒过来。

然而大难不死的迪莉娅并不开心，她回忆说："对我而言，迪莉娅已经死在了那个冰冷的水泥台阶上。我已经不在乎了，我不想活在对警方不作为的愤怒和痛苦中，不想活在这个千疮百孔的身体里——他希望我在痛苦中死去，他已经实现了他的愿望。无论是在精神上，还是在肉体上，我的余生都将在痛苦中度过，直至死亡。"

03. 2001年，英国

在这之后整整六年，虽然约翰·斯威尼因为袭击迪莉娅被全国通缉，但他仿佛人间蒸发了一般，警方没有找到任何蛛丝马迹。

警方推测约翰·斯威尼一直辗转于欧洲各地的建筑工地。因为他是个木匠，所以很容易在工地上找到工作。这样的工作通常支付现金，雇主也不太认真查验工人（很多是非法移民）的身份。约翰·斯威尼又谨慎地使用不同的化名，避免使用实名制手机号和社交媒体，还注意避开任何摄像头。就这样，他竟得以逍遥法外整整六年。

然而像约翰·斯威尼这样兼具自恋、残暴和厌女特质的罪犯，是无法停止伤害女性的。

2001年2月19日，两个在伦敦摄政运河上钓鱼的小男孩钓到了一只渗出鲜血的旅行袋，里面放着几块砖头，还有一具用塑料防水布包裹起来的残尸。

伦敦警方立即前往摄政运河进行打捞，最终他们发现了六只类似的旅行袋，里面装着十块被切碎的尸块，和十年前鹿特丹那具至今无人认领的女尸一样，这具尸体也没有头部和手脚。

然而和十年前不同的是，警方很快通过DNA检测确定了女尸的身份。死者是31岁的葆拉·菲尔茨（Paula Fields），她从2000年12月起就和家人失去了联系。

葆拉·菲尔茨是一位有着三个孩子的单身母亲。她出生于利物浦附近的一个小镇，家中有十一个孩子，她是最小的那个，9岁那年母亲就去世了。

当葆拉有了自己的孩子后，她认为能在伦敦过上更好的生活，于是带着孩子搬到了伦敦。然而世间不如意事十之八九，葆拉的生活似乎并没有多少起色。2000年5月，葆拉染上了毒瘾，为了购买毒品，她开始在街头接客。

因为吸毒，葆拉开始和家人变得疏远。在她孤独又脆弱的当口儿，葆拉结识了一个名叫乔·卡罗尔的利物浦老乡，两人很快开始交往。而葆拉在2000年12月失踪之后，乔·卡罗尔也随之没了踪影。

警方在数据库里却找不到关于乔·卡罗尔的任何信息，这是一个查无此人的假身份。警方又比对了DNA，发现这个乔·卡罗尔和一个名叫安东·斯威尼的人是亲兄弟，乔·卡罗尔就是被警方通缉六年之久的约翰·斯威尼。

和以往的案子不同的是，葆拉在失踪时还没有试图离开约翰·斯威尼。约翰·斯威尼刚和葆拉交往不久，还没有好好"享受"折磨葆拉的过程，是什么原因让他提前动了手？

一种说法是葆拉发现了约翰·斯威尼的真实身份。葆拉的一位邻居做证说，2000年12月13日的晚上，他曾在凌晨时分听到一个男人尖声否认："不！不！不是！"而两天后，葆拉就失踪了。另一种说法是葆拉毒瘾发作时，经常偷偷拿走约翰·斯威尼的财物卖钱，有时还让毒贩来找约翰·斯威尼为自己的毒品付账。这些行为极大地激怒了约翰·斯威尼，让他提前厌倦了葆拉，想要干脆利落地摆脱她。

根据线人提供的信息，警方很快找到了约翰·斯威尼居住的公寓。他仍然住在伦敦，根本没有逃亡的打算。警方在他的公寓里发现了一把砍刀（上面没有葆拉的血迹）、一大捆绳索、一把上膛的手枪、两把霰弹枪和弹药。除此之外，还有三百多幅画作和诗作。这些"艺术作品"里充斥着暴力、血腥和色情，主题尽是对女性的痴迷和仇恨——如果撒旦能够作画的话，这些大概就是它最拙劣的作品。

至此，警方决定将葆拉案和迪莉娅案这两起案件并案调查。苏格兰场[1]的调查人员认为，考虑到约翰·斯威尼在迪莉娅案中显露的残暴性格和所作所为，几乎可以肯定他就是谋杀葆拉的凶手。

然而警方没有任何能够直接证明约翰·斯威尼杀人的关键性证据。主持调查此案的警察霍华德·格罗夫斯回忆，约翰·斯威尼被捕后，对所有指控一律否认，脸上一副得意扬扬的神色，仿佛在说："有能耐你们就来证明呀！"

如果警方冒险起诉，一旦约翰·斯威尼在葆拉案中被判无罪，那么根据前经开释[2]原则，约翰·斯威尼就会逍遥法外。所以警方决定，先以证据确凿的迪莉娅案起诉约翰·斯威尼，在他服刑期间继续整理葆拉案的线索，争取在他出狱之前再以谋杀葆拉·菲尔茨的罪名起诉他。

2001年，约翰·斯威尼因谋杀迪莉娅未遂被判处终身监

---

[1] New Scotland Yard，伦敦警察厅的代称。——笔者注
[2] autrefois acquit，法律辩护的一种，指被告之前已就同一罪行获判无罪，不应再受审判。

禁。但在英国的法律体系里，他只是初犯，如果他在监狱里表现良好的话（他这类罪犯通常都会如此），就极有可能会在十二三年后因为"改过自新"假释出狱。

霍华德·格罗夫斯深知，约翰·斯威尼这样的人是永远不能回归社会的，他一定会再度杀人。但此时警方的调查却陷入了瓶颈。此后整整六年，调查组没有取得关键性突破，葆拉案被暂时搁置。

可就在此时，一通国际电话突然让似乎整个陷入死局的案子出现了转机。

04. 2008年，荷兰

这通电话来自荷兰警方。巧合的是，接电话的人正是主持调查葆拉案的霍华德·格罗夫斯。

鹿特丹那具无人认领的女尸，已在档案冷库里尘封了十八年（荷兰警方规定，无人认领的无名尸体不允许火化），但随着新的刑侦技术的出现，这具原本无法判定身份的残尸，却有了重获姓名的可能。

2008年，荷兰悬案组的一位法医从这具残尸上提取出了足够的血液，获得了女尸的DNA。警方将其和全国所有失踪人员家属提供的DNA进行比对后，确认这尘封了十八年的女尸就是失踪的美国模特梅利莎·霍尔斯特德。

荷兰警方联系到了梅利莎在美国的亲属。他们告诉警方，最大的嫌疑人是与梅利莎分分合合的英国男友，名叫约翰·斯威尼。

于是荷兰警方致电英国苏格兰场，打算委托他们调查一下这个英国男友的情况。听到这个名字，霍华德·格罗夫斯欣喜若狂，他意识到，这一次幸运女神终于站在了自己这一边。

在梅利莎的身份被确认之前，英国警方手上只有两起案子，一起是谋杀葆拉案，一起是谋杀迪莉娅未遂案。但这两起案件除了"两个受害人有同一个有暴力倾向的男友"这一点外，并没有太多细节上的共同点。

然而，如果对比梅利莎和葆拉的谋杀案，那么情况就截然不同了。两位女性受害人都30岁出头，都被分尸扔进了运河里，头部和手足都被特意砍掉了。虽然抛尸地点相距300英里[1]，但两位女性却有同一个名叫约翰·斯威尼的男友，这个男友更是两起案件最大的，也是唯一的嫌疑人——将所有这些共同点加在一起，就会发现一种极为个性化的作案手法，一种无可辩驳的、足以说服任何陪审团的"相似性"。

荷兰警方将主导权让给了英国警方，提供帮助和配合。2008年，在和荷兰警方协商之后，苏格兰场重启了对谋杀葆拉案的调查。他们对案件所有相关物证重新进行梳理，很快就有

---

1 英美制长度单位，1英里合1.6093千米。

了第二个重大突破。

之前说过，警方在约翰·斯威尼的公寓里找到了三百多幅"艺术作品"。虽然这些触目惊心的"艺术作品"让警方感到万分恶心，但当时他们并没有意识到它们的重要性。

因为警方当时还不知道梅利莎案的详情，这些作品里也几乎没有关于葆拉遇害的内容（约翰·斯威尼提前杀害了葆拉，之后又很快被捕了，大概还没来得及"搞创作"），所以这些画作在当时看来不知所云。例如《奥地利的浪漫二人周末》，如果不知道梅利莎和约翰·斯威尼曾在奥地利居住，这幅画就没法儿看懂。

然而当警方还原了梅利莎案的细节之后，很多作品就变得有意义起来。警方意识到，这些作品都是约翰·斯威尼对自己犯罪行为的"自供状"。

如其中一幅素描，明显是在还原对梅利莎和葆拉的肢解手法。但由于这幅画创作于葆拉被害之前，所以当时不能用作葆拉案的证据。

而最重要的一则证据则出现在一幅名为《单人乐队》的画作中。这幅画初看起来杂乱无章，但从画中的自由女神像、美国地图等元素可以看出，画中描绘的是约翰·斯威尼和梅利莎的"爱情故事"，画面中心的金发女子无疑就是梅利莎。

法医们仔细地检查了这幅画，发现在梅利莎的头发后面画着一块墓碑，上方曾用涂改液涂抹过。法医用紫外线灯照射这块被涂改的地方，发现涂改液下面隐藏着这样的文字：

"R. I. P.[1]。梅利莎·霍尔斯特德，1956年11月7日出生。死亡时间——"

虽然无法确定具体的作画时间，但这幅画毫无疑问创作于2001年约翰·斯威尼被捕之前，而直到2008年，梅利莎的尸体才被确认了身份——除了凶手本人，又有谁会在此之前就知晓梅利莎已死的事实呢？

讽刺的是，约翰·斯威尼应该也意识到这几行字可能成为他被定罪的证据，所以用涂改液将它们遮盖起来，但自负又自恋的他无论如何都不愿毁掉自己的"杰作"。而这些"杰作"最终恰恰成了给他定罪的最主要的证据。

2011年4月5日，约翰·斯威尼因谋杀梅利莎和葆拉再次被判处终身监禁，法官桑德斯特别强调，这次的终身监禁，一定要是实实在在的"终身"，约翰·斯威尼至死不允许被假释。

约翰·斯威尼被判刑后，警方的调查工作还没有结束。通过整理约翰·斯威尼的"艺术作品"，他们又发现了至少五名疑似受害者，包括之前他对迪莉娅说起的两名和梅利莎在一起的德国男子，以及其他三名出现在画作上的女性。

这三名女性都只有名字，其中两名是拉丁裔，分别是名叫艾拉尼的巴西人和名叫玛丽亚的哥伦比亚人。这两个人似乎都是约翰·斯威尼在六年逃亡期间结识的。另外还有一名名叫休

---

1 Requiescat in Pace的简称，意为希望逝者永享安宁。

的英国女性，在1979年或1980年失踪。

虽然警方向社会公布了三名女性的名字和相关信息，然而他们没能确定她们的身份，也没有发现任何一具尸体。

梅利莎和葆拉尸身的剩余部分没有被找回。约翰·斯威尼对此缄口不言，这大概是他占有她们的终极方式。

迪莉娅如今仍然生活在英国，无论是身体上还是精神上依旧伤痕累累。现在她经常去旅行。一方面，逃离英国湿冷的冬天，她胸部和背部的伤口就不那么痛了；另一方面，在温暖的异国，那些困扰她的梦魇也会暂时消失。

对这些从未被找到的残尸的去处，迪莉娅有自己的猜测。她记得和约翰·斯威尼一起去德国旅行时，约翰·斯威尼曾告诉她，自己曾将一只宠物狼蛛砌在建筑工地的一堵砖墙里。

"所以，也许在欧洲的某个地方，在某栋建于20世纪90年代的建筑物的墙壁里，埋葬着梅利莎的头颅或者手足。除了约翰·斯威尼，没人知道它们在哪里。"

笔者：安非锐

美女学霸的
死亡派对

1997年，一位阳光帅气的年轻人被自己的女友残忍杀害。诡异的是，凶手在杀人之前连续举办了两场死亡派对，而所有的来宾都知道这个谋杀计划，除了受害人……

01. 报警电话

1997年10月26日中午12点10分，澳大利亚首都堪培拉的一位接警员接到报警电话，电话里是一个女孩惊慌的声音。

女孩："可以派一辆救护车过来吗？有个人可能摄入了过量的海洛因。"

接警员："可能摄入？"

女孩："他到处吐出血一样的东西。"

接警员："他在吐血？好的，地址是哪里？"

女孩："吐血是个很糟糕的预兆吗？"

接警员："地址是哪里？"

女孩："你能等一会儿吗？赶快告诉我，吐血是个很糟糕的预兆吗？"

接警员:"好吧,如果他吐血的话,可能情况不太好。"

女孩:"他会好起来吗?"

接警员:"我不知道,我马上派一辆救护车去帮助他。"

女孩:"很好!"

接警员:"地址是?"

女孩:"哦,妈的,他又开始吐血了。"

双方继续沟通了5分钟。

报警的女孩语无伦次,始终无法说清楚所在的地址。于是有经验的接警员换了一种问法:"你的名字是?"

然而,报警人好像连自己的名字都忘了:"奥利维亚,奥利维亚,等一下,等一下……"她还是无法说出全名。

接警员:"你拨出的电话号码是多少?"

对方还是语无伦次,又过了5分钟。

女孩:"不,安蒂尔街79号。"

接警员:"地址是安蒂尔街79号?"

终于获得了准确的地址,接警员在电话里耐心地引导她去给病人做人工呼吸。当救护车到达指定地点时,急救人员看见一个穿着白色睡袍的年轻女孩在绿化带上朝他们疯狂招手。

进入屋内二楼,一个年轻的男人一丝不挂地躺在床上,深棕色的黏稠液体从他的嘴里不断地涌出。他已经没有了呼吸,但身体还有温度。

"他一共摄入了多少毒品?"急救人员问女孩。

"150澳元的量。另外，他还服用了一些氟硝西泮[1]。"女孩接着问，"你们会给他注射吗啡吗？"

"不，我们不会。"

由于呕吐物过多，无法插管帮助病人呼吸，急救人员只能单独开展心肺复苏，但回天乏术。很快，他们宣布病人已经死亡。随后，急救人员打电话报警，女孩在一旁歇斯底里地大哭大闹。警察很快赶来，其中一人开始询问女孩。

女孩急促地说道："最初的计划是我要去做（自杀），本来我们是要一起去死的。我给他服用了四颗氟硝西泮，我也服用了一些，然后我又摄入了一些海洛因。之后我不停地往他体内注射海洛因，让他睡觉，这样他就不会……"

听到此处，这名警察迅速打断了女孩的话，向她宣读了米兰达法则[2]，随后再次发问："他就不会怎样？"

"这样他就不会醒过来……当我开始自杀时。"

空气凝固了几秒钟后，警察以涉嫌谋杀的罪名逮捕了女孩，女孩拼命挣扎反抗。戴上手铐后，女孩被推入警车内带走。

她的名字不是她在报警电话中声称的奥利维亚，而是阿努·辛格（Anu Singh）。死去的那名年轻男子名叫乔·钦奎（Joe Cinque）。

两天后，警察以同样的谋杀罪名逮捕了阿努最好的朋友——玛达薇·拉奥。

---

1 一种镇静安眠药物。——笔者注
2 米兰达法则（Miranda Warnings），即犯罪嫌疑人、被告人在被讯问时，有保持沉默和拒绝回答的权利。

02. 死亡派对

我们将时钟拨回一周前,即1997年10月20日,25岁的澳洲国立大学法学院研究生阿努向朋友们宣布,她将在10月24日晚间举办一个派对——一个死亡告别派对。

她公开告诉大家,派对之后她将开始行动,先杀掉自己的现任男友乔,随后再自杀。

10月24日晚7点,受邀的客人陆续前来。他们中的绝大部分都是阿努的同学,即熟知法律的法学院研究生。派对上的每个人都知道这场派对的目的,除了乔。

凌晨两三点钟,来宾们陆续离开。屋内只剩下乔、阿努和玛达薇三人。阿努端来三杯咖啡,试图醒酒,而乔的那杯咖啡里被放入了氟硝西泮。很快,药效开始显现,乔昏睡了过去。阿努随即向他体内注射了致死剂量的海洛因。不承想,乔在第二天醒了过来。他仅仅是呈现出严重宿醉的状态,身体极度疲惫,但意识完全清醒。

案发后,警察找到这个针管后发现,因为没有经验,阿努在针管内放入的大量海洛因没有溶解,而是凝结在一起挂在针管壁内,所以24日晚,乔实际上只被注射了极少的剂量。

阿努并没有就此收手,25日她又举办了第二场死亡派对。派对结束后,阿努依旧给乔的咖啡投放了氟硝西泮,乔很快昏睡。应该是吸取了前一晚失败的教训,阿努这一次成功地向乔体内注射了致死剂量的海洛因,但乔这一次也没有像阿努所期待的那样立即死亡。他痛苦挣扎,苦苦求生,熬过了一个晚上。第二天（26日）早上，乔开始呕吐。没有预料到此种情况的阿努惊慌起来，她拨打了一个朋友的电话，告诉了朋友实情。

这个朋友要求阿努立即拨打紧急救援电话。阿努起先并不愿意，这个朋友斥责了她，并威胁她说自己要去报警。于是，阿努迫不得已拨打了求助电话，却在电话中百般拖延，并故意给出错误信息（文章开头的那段对话）。

就这样，乔饱受折磨，在一共长达两天半的时间里慢慢地、痛苦地死去，也许还伴随着心碎。

03. 背景介绍

1971年，乔出生于澳大利亚的纽卡斯尔，父母都是来自意大利的移民，家中还有两个弟弟和一个妹妹，家庭关系亲密融洽。

乔高大帅气，阳光外向，有很多一起长大的朋友。朋友们都说，乔的性格非常温和，几乎从不发脾气，而且善于平息朋友之间的小纷争。他擅长各类运动，学业也非常优秀，从小就立志成为一名工程师。当他以土木工程专业全A的成绩从大学毕业时，父母奖励了他为期两个月的欧洲之旅。毕业旅行结束后，乔在家乡纽卡斯尔的一家老牌企业找到一份薪水优渥的工作，并遵从意大利人的传统，依旧住在父母家中，直到后来搬去和阿努同居。

1972年，阿努出生于印度的旁遮普邦。在她1岁多时，同为医生的父母带着她移民到了澳大利亚，定居在纽卡斯尔，过着富裕的中产生活。阿努天资聪颖，从小就是一个备受关注的天才少女，初中毕业时是全校最杰出毕业生（每届只有一个名额）。1990年，阿努高中毕业，于1991年被位于堪培拉的澳大利亚国立大学录取，攻读经济和法律双学位。

阿努留着长到膝盖的卷发，身材高挑苗条，面容美丽，非常有魅力，在哪里都是人群中的焦点。在高中时，她就开始频繁约会，有过众多的男朋友。但她却始终为身上的脂肪烦恼，觉得自己的身材不完美。阿努从高一就开始节食，成天泡在健身房，为练出六块腹肌努力，宣称自己"宁愿死掉也不愿发胖"。

每天精心打扮、穿着专门定做的昂贵服装的阿努在大学里吸引了众多目光。然而，阿努并不适应大学生活，经常打电话给父母，有时一天要打四五个电话，每个周末都回家，学业也令她疲于应付。

第一个学年的第二学期开学不久，阿努遭遇了一起轻微的交通事故。虽然她没有受伤，但她以此为由，在父亲的建议下休学了几个月，直到1992年秋季返校。

阿努重返校园后，很快交往了一个名叫西蒙的同校同学，并与他同居。阿努对这段关系非常满意，精神状态稳定了下来，学习成绩也回归正常，于1994年顺利毕业。随后，阿努继续在澳大利亚国立大学攻读法律专业的硕士学位，并结识了同专业的玛达薇，两人很快成为好友。

玛达薇是一个安静、勤奋的好学生。她被富有魅力的阿努所吸引，心甘情愿地做她的"跟班""受气包"，关心她，照顾她。有同学说，玛达薇有点儿理想主义，是一个环保主义者，也有点儿迷糊，很容易被操控。

1994年年末的暑假期间，阿努回到纽卡斯尔，在一家酒吧遇到了乔。两人一见钟情，陷入热恋。暑假结束，阿努返回堪培拉，小心翼翼地继续和乔维持关系。但不久，男朋友西蒙发现了阿努出轨，他很快提出分手，并搬出两人同居的公寓，结束了和阿努3年的恋情。

虽然这次分手完全是阿努出轨所致，但依旧给她造成了沉重的打击。据阿努的父亲所说，1995年的冬季，阿努回到家中，父母发现她整个人都不对劲。她不愿出门，穿着邋遢，经常没来由地大哭，失眠，整夜在房间里踱步。她开始拒绝正常吃饭，每天只食用可乐和极少量的巧克力饼干，体重很快瘦到40千克（她身高170厘米）。她已经瘦到了皮包骨的状态，却依然觉得自己很胖，想要去做抽脂手术。

冬季结束后，阿努回到校园，开始服用各类毒品，据说最初的目的是抑制食欲。

据阿努的一位同学所说，在他们上学期间，毒品在大学里泛滥成灾，校园里多的是无聊又空虚的富家子弟，很多毒品贩子成天在校园里到处转悠。

04.恋爱中的阿努

1996年年初,阿努和乔正式确定了恋爱关系,阿努的状态也有所好转,两人开始了异地恋。纽卡斯尔和堪培拉相距400多千米,每个星期五,乔都要开车5个多小时去和阿努共度周末。

在外人眼里,阿努和乔两人是俊男靓女,且感情甜蜜,堪称一对完美的情侣。但乔的很多朋友却不这样认为。他们后来对记者说,他们认为阿努的确是个大美人,外表相当迷人,但是她的言谈举止非常奇怪。

和乔亲如兄弟的好朋友罗伯特说,他第一次和阿努见面是在乔安排的聚餐上。阿努和他大谈自己与前男友的关系,说两人要好的程度就像是在乱伦,他完全不知道如何去接她的话茬儿。而乔对这些奇怪的言论也明显感到不适,但他什么也没说。

乔的父母也不喜欢阿努,认为她的占有欲极强。乔和父母兄弟的关系融洽紧密,每天下午6点,一家人都会聚在一起共进晚餐。阿努知道这个家庭传统后,总是在下午5点左右给乔打电话,一打就是两三个小时,乔完全没有办法好好吃饭。

乔的母亲曾经打电话给阿努,让她在下午7点后——全家人吃完饭后,再打电话,哪怕打上一夜也没关系,但阿努依旧我行我素。而当阿努和乔一家聚在一起时,只要父母或者弟弟开始和乔聊天,阿努就会立马过去环抱住他,转过他的头,开始亲吻他……谈话自然就中断了。每时每刻,阿努都要霸占乔的所有注意力。在两人的关系中，阿努占据着绝对的统治地位。

就这样，二人的异地恋持续了一年。在热恋期过去后，两人的关系出现了一些裂痕。阿努的情绪会在极短的时间内发生两极化的变化，上一秒她还在哈哈大笑，下一秒就开始自怨自艾。而乔因为无法及时安慰她而觉得无所适从，精神压力很大。

1997年年初，在阿努的一再要求下，乔辞了职，离开家人和朋友，搬到了堪培拉。他在堪培拉找到了工作，和阿努在郊外租了一栋联排屋，开始了同居生活。

几个月之后，阿努觉得自己的健康出了问题，浑身莫名地疼痛。她认为自己得了艾滋病，并且非常恼怒——为什么只有自己得病，而乔却没有。她告诉好朋友玛达薇，她准备将自己的血悄悄地涂在乔的牙刷上，让他也感染艾滋病。

可是，当她拿到艾滋病阴性的检查报告时，又觉得自己患上了一种无法治愈的、致命的肌肉溶解症。她咨询了十几个医生，没有人能确诊她的病症。好几个医生都告诉她，她的病症是自己臆想出来的。但阿努坚持己见，回家时还告诉父亲，她经常感觉不到自己的脑袋，或是觉得自己的脑袋长在了一个错误的身体上。她告诉母亲，她觉得自己快要疯了。这一次，阿努的父亲带着她在悉尼看了两个精神科医生，但并没有得出什么结论。

而乔在一次回家度假时，被母亲发现他在抽烟，这是他之前从来没有过的行为。家乡的朋友们在聚会时也觉得乔整个人仿佛被笼罩在一片阴霾之中，丧失了以往的热情和活力。

见完两个精神科医生的阿努依旧认为自己得了绝症，不久就要告别人世。她对玛达薇说，自己的绝症就是乔推荐她服用的吐根糖浆导致的。

几个月前，当乔和阿努刚刚住在一起时，乔眼看着阿努每天为体重计上的数字抓狂，病态般地控制本就少得可怜的饮食，于是就告诉她，很多模特先尽情享用美食，然后服用一种含有吐根的催吐糖浆来保持身材。于是阿努开始每天喝下大剂量的吐根糖浆。现在她告诉玛达薇，乔要对她的病负全部责任。

1997年9月，阿努找到大学辅导员，声称乔打了她好几次，还经常口头侮辱她。辅导员建议她分手，但阿努说自己离不开他，因为自己"极差的身体状况"使得她在经济上和情感上完全依赖乔。大学辅导员后来说，在阿努的身体上看不到任何伤痕，她当时就怀疑阿努在撒谎。

阿努经常将"仇杀""愤怒"之类的词挂在嘴边，并声称想要杀掉几个人：她的前男友西蒙、为她看过病的医生，还有现男友乔。她曾经向同学们吹嘘，自己研究过精神病学的教科书，又懂法律，自己本身也有精神方面的问题，很容易就能让人相信她疯了，从而逃脱刑罚。

她经常戏剧性地说自己要自杀，还会给乔下药，这样他就会在她自杀的时候睡着，不能阻止她的行动。而她的另外一些朋友听到的则是另一个版本：自杀时干脆一不做二不休，把乔也一起带走。

1997年6月，阿努和好朋友玛达薇两人开始在图书馆查找资料，研究各种自杀方式。阿努最开始计划买一支枪。她和玛达薇辗转找了好几个据说认识枪贩子的同学，但都没能如愿。于是她俩开始一起研究药物。她们向学医的同学（其中一名后来在法庭上做证）仔细咨询了过量服用海洛因的后果以及能够让人迅速死亡的剂量。

1997年8月，阿努的父母来到堪培拉看望她，发现她正在以1到2澳元的价格抛售自己的昂贵衣物，还将自己的CD都寄给了弟弟。阿努的父母意识到不妙，怀疑她有自杀倾向，便拨打了堪培拉精神健康紧急干预小队的电话。这个小队的成员给阿努拨打了访问电话，阿努在交谈中表现得十分正常，于是这个组织便没有做后续的追踪。

9月，阿努和玛达薇先后几次从相识的校园毒贩那里购入了大批量的海洛因，并咨询了静脉注射的方式。这个毒贩还问阿努为何最近需要如此多的海洛因，是不是有人要自杀？阿努说是的。毒贩又问："这个人是谁？"阿努回答："你不需要知道。"

10月21日，阿努用手头上的海洛因和一个长期服用氟硝西泮的女同学交换了好几板氟硝西泮，并仔细询问了药片的服用量。这个同学告诉她，自己对氟硝西泮已经产生了耐药性，即使如此，她每次最多也只能服用三颗。如果和海洛因一起服用，那么只需要一到两颗，她就会昏睡过去。之后，这个同学将医生的处方和医疗卡都给了阿努，这样阿努就可以自己去买药。

三天后的10月24日，阿努举办了上文所述的第一场死亡派对。

05. 审判来临

乔的尸检报告显示，他的直接死亡原因是窒息，他的血液中含有高浓度的海洛因和氟硝西泮。

审讯过程中，阿努坦白了她的自杀计划：第一步是杀死乔，第二步是自杀。她全程都在哭泣，看上去是在为乔的死亡而痛苦，但警察注意到，她全程没有流下一滴眼泪。

警察问她，既然计划的第二步是她自杀，那为什么在24日及25日当晚，她给乔注射完海洛因后没有实施自杀计划呢？阿努无言以对。警方迅速传唤了参加死亡派对的客人，以及阿努的其他一些同学朋友。几轮问话之后，警方便以谋杀罪名正式逮捕了阿努。两天后，协助谋杀的玛达薇也被捕。

一年后，法庭决定将两人分开，单独审理。

1999年4月15日，阿努站到了审判席上。由于犯罪事实清楚，证据确凿，辩方律师无法为她的谋杀行为开脱，便以阿努精神状况欠佳为由，诉求阿努对她的罪行只具有限定刑事责任能力。

辩方律师邀请了两位精神科专家前来做证，其中一位证明阿努最近一两年都饱受多种精神疾病的折磨，诸如抑郁症、进食障碍、臆想症，这些疾病导致了她意识不清，行为产生偏差。

控方反驳，被告提前几个月便开始计划这次谋杀行动，从购买毒品和药物到筹办两场派对，整个过程筹备齐全，计划缜密，并且在第一次谋杀失败后毫不犹豫地进行了第二次谋杀。这些都可以证明被告无论是在预谋犯罪还是在实施犯罪的过程中，意识都是非常清醒的，并且明确地知道自己的行为会带来怎样的严重后果。被告在精神上并没有重大疾病，是完全刑事责任能力人。

而第二位精神科专家则声称，阿努患有严重的边缘型人格障碍，虽然看上去意识清醒，但实际上这个疾病严重影响了她的认知判断和行为模式。

审判过程中，参加死亡派对的客人们作为证人出庭。因为这是一场事先张扬的谋杀，每个人都非常清楚凶手、受害者的身份，甚至谋杀方式。那么问题来了，为什么这些法学院的研究生里没有一个人去阻止阿努，或是去报警，哪怕只是提醒乔？整个法庭的人都想知道答案。

面对询问，有的人沉默不语，有的人含糊其词，还有的人无力地辩解称，以为阿努只是在演一出闹剧，毕竟她平时就是一个处处渴望被关注的"戏剧女王"。

1999年4月23日，法院宣判，阿努一级谋杀罪名不成立，过失杀人罪名成立，判处有期徒刑十年，四年内不得假释。算上庭审前羁押的时间，阿努将在2001年10月获得假释。

1999年年底，协同阿努策划谋杀的玛达薇被单独审判，她的律师指出，没有任何证据能够证明玛达薇投放了导致乔昏迷的药物，以及对乔注射了毒品。12月初，法院判决，玛达薇的所有罪名均不成立，当庭释放。

乔无辜受害，痛苦地死去，而对凶手的全部惩罚只是区区十八个月的监禁。正如乔的母亲所说，如果你杀了一条狗，获得的刑期都会比这个长，而乔可是一个活生生的26岁的年轻人。

判决结果出来后，全国哗然，很多人认为阿努巧妙地利用法律漏洞逃脱了应有的惩罚。有人指出，最有力的证据就是阿努曾经对同学吹嘘："我仔细研究了精神病学的教科书，我也懂法律，我看过好几位精神科医生，很容易就能让人相信我疯了……"她的确成功地做到了这一点。

审判前，阿努给一位朋友写信，该信件后来被披露。她写道：

> （我）没有救他。然后我想，他妈的，我不想死……控方有强有力的证据，我可能会被关二十年……
>
> 我把完美的生活搞得一团糟，我多么希望这件事没有发生，这样我的生活就回归正常了——嫁给乔，生几个孩子，享受奢侈生活、好工作。
>
> 我曾经有完美的生活，迷人，富裕，有我的法律生涯……现在一切都没有了，因为我自己那十足的愚蠢。
>
> 现在每个人都过得比我好……我打赌现在每一

个人都在嘲笑我。以前人们会羡慕我,现在没有人想和我一样。

信中的她只为自己的处境而懊恼,因为杀人给她造成了严重后果才后悔杀人。从信中丝毫看不到她对乔的感情和尊重。

那么,阿努的杀人动机是什么呢?

阿努在警察局和法庭上反复强调杀死乔只是她自杀计划中的一部分。她辩解称,她之前只是想着自己去死,但是在图书馆看到一篇文章说,情侣或者夫妻中的一方如果不幸去世,活着的那位找到下一任伴侣的平均时间是两到三年。她无法想象自己死后乔和别的女人结婚,所以她决定带着他一起去死。但她却无法解释她为何没有紧接着自杀,这个自杀计划中死去的反而是不想自杀的人。

阿努告诉朋友们,是乔让她服用吐根糖浆的建议让她生了病,所以她痛恨乔,想要报复。而乔的家人和朋友都认为所有关于"吐根糖浆"的故事纯属子虚乌有,土木工程专业的乔估计连这个药物的名字都没有听说过;即使知道这个药物,他也绝对不会让任何人服用。

前面提到过的乔的好友罗伯特在媒体上说,乔搬去堪培拉后,在纽卡斯尔的家人朋友们都很担心他。为此,他专程去堪培拉见过几次乔。最后一次见面时,他感觉乔似乎从恋爱的阴霾中走出来了一些。乔买了一辆新车,告诉他自己不再抽烟了,还说是时候离开,开始新的生活了。

然而,两个月后,罗伯特陪同乔的母亲在停尸房见到了乔的尸体。事后，他认为乔当时所说的新生活是指没有阿努的生活。而阿努知道这一点后就起了杀心，这才是她真正的动机——她无法接受乔的离开。

06. 后续

阿努出狱后去了悉尼大学，就读犯罪学硕士的课程。之后，她开始攻读博士学位，她的博士学位论文题目是《犯罪的女性——对女性犯罪行为的深层解读》。

2016年，阿努的博士学位论文出版。

2017年，阿努接受《悉尼日报》采访。对于二十年前的罪行，她说：

"根本没有理性的动机，我当时在精神上出了问题，直到现在我依然在努力和它搏斗，我自己也想找到答案。一位精神病学家提到了一种叫作解离的状态，就像和现实分离一样。我不知道……没有理性的解释。

"最关键的一点是，我当时患上了非常、非常严重的精神疾病。如果我当时听从劝告，去寻求专业的帮助，那么悲剧将不会发生。"

之后，她还隔空向乔的父母道歉。

乔的母亲玛丽亚表示，她永远不会接受阿努的道歉，并且认为她所说的精神问题全是谎言："我称你为魔鬼，你本来就是一个魔鬼、怪物。你毁掉了我的家庭，你杀死了我生命中最珍贵的人，你让我们余生都活在地狱中。我不想再看到你的这张脸，魔鬼，滚开！"

整个故事中，除了乔，最让笔者动容和感到心痛的是乔的母亲玛丽亚。

乔搬去堪培拉后，玛丽亚作为母亲的直觉让她非常担心乔的安危。她日夜悬心，有时甚至夜不能寐。但是出于对儿子个人感情的尊重，她将这份担心深深地埋在了心底，只让罗伯特前去打探过几次乔的状况。

当时，玛丽亚每周最开心的时光是星期日下午。每次，她都会泡好茶，准备好茶点，坐在桌旁，等待着每周一次和乔专属的电话下午茶时光。

10月26日，这本是一个寻常的星期日，可是玛丽亚等到茶凉也没能等到乔的电话。当天下午5点，有人前来敲门。一位警察随后进屋，让玛丽亚先坐下，他有事情需要通知她。在这位警察开口前，玛丽亚就开始失声痛哭。母子连心，她立马就意识到发生了什么，边哭边问："是她杀死了他吗？"出于爱，她早就嗅到了潜在的危险；出于爱，她隐忍沉默，直到痛失所爱。

笔者：黎恺

选美皇后
溺亡之谜

一位昔日的选美皇后被6岁的"女儿"发现在浴缸中死亡。死亡前的一周,她不顾自己的高血压史,刚刚做完长达9个小时的整容手术。她真正的死因是手术的并发症和高血压引起的心脏病,还是家人所怀疑的谋杀呢?

01. 浴缸中的母亲

2007年4月11日,医学院研究生亚历克西丝·麦克尼尔(Alexis MacNeill)刚刚结束春假,从美国犹他州的家回到了位于内华达州的学校。

这个春假对亚历克西丝来说意义非凡,因为她放弃了往年惯常的假期出游,一心一意地在家中照顾刚刚经历了一场大手术的母亲米歇尔(Michele)。让亚历克西丝感到欣慰的是,原本虚弱的母亲在她的精心照料之下,一天天地好了起来,似乎很快就能完全康复。于是,2007年4月10日,春假的最后一天,和家人告别后,亚历克西丝放心地坐上了返校的飞机。

当晚以及第二天(4月11日)早上8点44分,亚历克西丝和母亲通了两次电话,电话那头的母亲一切都好。然而第二次通话的1个小时后,也就是4月11日早上9点多,亚历克西丝接到了父亲马丁·麦克尼尔(Martin MacNeill)打来的电话。

马丁说自己一早就离家工作,但由于不放心妻子米歇尔,刚刚给她打了电话,想询问她的情况,谁知米歇尔一直没有接听。马丁担心米歇尔独自在家陷入昏迷,便让女儿亚历克西丝继续打电话给米歇尔,并说自己正在处理工作,中午就会回家。

亚历克西丝随后又拨打了几次母亲的电话,但母亲没有接听。整个上午,亚历克西丝都心神不宁。

上午11点,马丁离开诊所,去社区参加一个关于安全宣传的活动,还得到了表彰。活动结束后的11点35分,马丁从学校接上最小的"女儿"——6岁的埃达,带她回家。一进家门,埃达就像往常一样大声呼唤着妈妈。

埃达径直小跑到二楼母亲的卧室中。不一会儿,"妈妈!妈妈!"的童声戛然而止。埃达放声大哭地跑回一楼,面对着父亲,手指向母亲米歇尔卧室的方向,脸上浮现出恐惧茫然的表情。马丁急忙跑向卧室,发现米歇尔躺在卧室的浴缸中一动不动,已经停止了呼吸。

慌乱之中,马丁想把妻子从浴缸中抱出,却发现自己过于慌张而失去了力气。他镇定下来,让埃达去邻居家找人帮忙,随后拨打了911报警电话。

接线员:"你好,先生,你那边是什么情况?"

马丁:"我需要救护车。"

接线员:"发生什么事情了?"

马丁:"我的妻子跌进了浴缸里。"

接线员:"谁在浴缸里面?谁在浴缸里面?"

马丁:"我的妻子!"

接线员:"好的,她还有意识吗?"

马丁:"她没有意识了!我是一个医生!我需要帮助!"

接线员:"先生,我需要你冷静下来,你可以冷静一下吗?"

马丁:"我需要帮助!"

接线员:"我们了解,你的妻子失去了意识……"

马丁:"她没有意识了,她在水里面!"

接线员:"好的,你能把她从水里弄出来吗?"

马丁:"我办不到!但我在放掉浴缸里的水。"

接线员:"她在水里?"

马丁:"她在水里!我需要一辆救护车!"

接线员:"好的,她还在呼吸吗?"

马丁:"她停止呼吸了!"

接线员:"好的,先生,准备工作正在进行,救护车马上出发。请不要挂断电话!"

然而马丁挂断了电话。

拨打电话的过程中,马丁一直处于非常愤怒的状态,他冲着电话大吼大叫,在没有给出家庭地址的情况下突然挂断了电话。这时,埃达请来的邻居上门了,马丁和邻居两人合力将米歇尔抬出了浴缸。

911接线员回拨了电话,询问地址。马丁拿起电话,给了地址,随即再次挂断了电话。

然而这个地址有误,911接线员只得再次回拨。这次,马丁说他正在给自己的妻子做心肺复苏。

接线员:"好的,你正在做心肺复苏?你的妻子多大年纪?"
马丁:"我的妻子50岁,一周前她做了一次手术。"
接线员:"她做了什么手术?"
马丁:"拉皮手术!"
接线员:"好的,你知道如何做心肺复苏吗?"
马丁:"我正在做!"
接线员:"好的,请不要挂断电话!"
然而,马丁再次挂断了电话。

马丁挂断电话没多久,根据电话号码找到了正确地址的救护人员赶到了现场,接手了米歇尔,对其进行急救。面对救护人员,马丁依旧表现得怒气冲冲,当着所有人的面不停地指责米歇尔不顾自己糟糕的健康状况,一定要去做那个"该死的整容手术",嚷嚷着:"都是因为这个手术,都是这个手术害的⋯⋯"

救护人员不得不让马丁安静下来,随即宣布米歇尔死亡。邻居和救护人员看到他们家中摆放了许多米歇尔年轻时候的照片，都在心中暗想，米歇尔居然是一个这么漂亮的女人，难怪她无法接受自己容颜老去，不顾风险也要去做整容手术。然而，他们都误解了她。

02. 美满的家庭

1957年，米歇尔出生在北加利福尼亚州康科德市。米歇尔从小就美貌惊人，在哪里都是人群中的焦点。高中时期，她一直都是学校的啦啦队队长和返校日"皇后"。返校日是美国中学和大学一年一度的校友集会，同一所学校的毕业生和在校生都会参加。其中一个项目就是评选返校日"国王"与"皇后"，由所有学生投票选出最受欢迎的男生和女生。当选者将乘花车游行，由此拉开体育比赛（一般来说是橄榄球赛）的序幕。米歇尔擅长小提琴，喜爱戏剧表演，并始终保持着全A的优异成绩。17岁那年，她拿到了交换生奖学金，前往瑞士学习一个学期。

高中毕业后，米歇尔从事模特工作，并在1976年夺得了选美赛事"康科德市小姐"的桂冠。凭借着得天独厚的外貌条件以及谦逊勤奋的性格，米歇尔在时尚界发展得很顺利，但是她并不特别热衷于发展自己的事业。米歇尔最大的梦想是拥有一个幸福美满的家庭，生很多孩子。

1977年，米歇尔在参加一个青年活动时认识了比她大1岁的马丁，两人一见钟情。

马丁在17岁时参军，后因罹患精神分裂症于1975年退伍，每年都能从部队获取不菲的伤残老兵补助。不久之后，聪明过人的马丁顺利就读于一家医学院，成绩优异，教授都认为他会成为一名杰出的内科医生。但米歇尔的父母很不喜欢这个看起来前途光明的年轻人，认为他夸夸其谈，装腔作势，所以他们不同意两人继续交往。

1978年2月，米歇尔不顾父母反对，和马丁私奔后成婚。两人在婚后的五年内陆续生下四个孩子：大女儿蕾切尔、二女儿瓦妮莎、三女儿亚历克西丝以及儿子达米安。

和当时的大部分家庭一样，米歇尔负责照料家庭，马丁在外工作。米歇尔和马丁后来定居在犹他州的普莱森特格罗夫市，离犹他州首府盐湖城57千米。马丁很快成为当地颇有声望的医生。从医的同时，他还考取了法律职业资格证。马丁和州政府的关系也极好，多年来，他一直担任犹他州发展中心的医学部主任。

在犹他州，米歇尔和马丁如鱼得水，积极参加各类事务。马丁和米歇尔居住在一个占地面积为11 000平方英尺[1]的豪宅中，家中有七个卧室和八个洗手间。亚历克西丝回忆说："我的童年很美好，那时妈妈总陪在我们身边，在我心里她是世界上最好的人。那时父亲也很好，我很爱他。他风趣幽默，常常逗我们发笑。"

---

1 英美制长度单位，1英尺约合0.3米。

事业成功、家庭幸福的夫妻俩在四个孩子都快要长大成人时,又从乌克兰收养了三个女孩:吉塞尔、埃莱以及萨布丽娜。

米歇尔喜欢家中总是充满孩子们的笑声,她和孩子们非常亲密,几乎无话不谈。已经成年的几个孩子中,大女儿蕾切尔最早结束了学业,在一家牙科诊所做助理。

如前所述,三女儿亚历克西丝本科毕业后成为一名医学研究生。儿子达米安18岁成人时,按照传统外出游历了两年,随后在杨百翰大学攻读法律专业,之后在纽约一所大学的法学院读研究生。

全家人唯一的遗憾可能就是二女儿瓦妮莎不幸沾染了毒品,并于2001年未婚先孕生下一个女孩埃达。马丁将瓦妮莎视为家门的耻辱,但米歇尔始终对瓦妮莎敞开怀抱,尽自己最大的努力去帮助她。

出于种种考虑,马丁和米歇尔收养了外孙女埃达,让她成为他们的第八个孩子。

03. 变化袭来

2005年,即将50岁的马丁突然做出了一些改变:他开始疯狂地减肥健身,热衷于美黑项目等。

家人和朋友起初也见怪不怪,因为很多面临中年危机的人都会有类似的举动。但马丁的行为却越来越夸张,他在健身房里的时间越来越长,甚至会在和朋友交谈时突然停下来,俯身去做俯卧撑,并时刻查看自己的肌肉状态。最终,他不再只满足于健身塑形,开始频繁地做医疗美容,比如拉皮等一系列整容手术。实际上,马丁的这些异常行为不仅仅是因为中年危机。

三女儿亚历克西丝就读于医学院,将来会传承自己的事业,马丁一直对此感到非常自豪,也十分疼爱这个女儿。2007年年初,他开车去内华达州看望亚历克西丝。然而,亚历克西丝却在父亲的车后座上发现了一些女式衣物和一个女式手提箱,衣物的款式和尺码表明它们明显不属于母亲米歇尔。

亚历克西丝和父亲对质,但马丁坚决否认自己有外遇,并编了一个蹩脚的理由糊弄女儿。亚历克西丝很快就将这件事告诉了与自己关系极好的母亲,但母亲米歇尔并没有感到奇怪。因为她之前就发现马丁经常会背着她半夜起床,然后将自己锁在书房内,长时间地给一个人打电话。她对此早有疑心,只是一直没有找到证据。

亚历克西丝想办法获取了马丁的通话记录,锁定了那个和他长时间频繁通话的号码,很快得知号码的主人名叫吉普赛·威利斯。之后,亚历克西丝把证据交给了母亲。

米歇尔拿到证据后质问丈夫,马丁则坚持说吉普赛只是他的一个在外地的病人,精神不稳定,因此占用了他过多的时间。马丁不仅否认外遇,还说既然他和米歇尔两人之间的信任已经有了裂痕,那么他需要考虑这段婚姻是否还有继续下去的必要。

年满50岁的米歇尔非常伤心。作为一个在传统价值观中长大的女性，她不想失去这段婚姻。此外，虽然她亲生的四个子女已经自立，但是领养的四个孩子中，最大的吉塞尔才14岁，最小的埃达年仅6岁，她也不愿孩子们成长在破碎的家庭里。无论在什么情况下，米歇尔都不能接受离婚。

04. 整容手术

马丁将两人关系渐行渐远归咎于米歇尔对自己外表管理的疏忽。他说自己努力地保持身材，留住青春，而她却体重超标，脸上的皱纹也越来越多。

于是，马丁向妻子提出："你可以考虑去做一个拉皮手术，这样可以提升你的吸引力。"米歇尔虽然青春不再，但依旧有着超越绝大多数同龄人的美貌。她一直坦然地接受自己自然衰老的过程，不会过分关注外表，几乎将所有的精力都集中在照料家庭上。

但这一次她认真地考虑了马丁的建议。得知消息后的大女儿蕾切尔和三女儿亚历克西丝迷惑不解，她们劝说母亲："你一直都像女神一样光彩照人，完全没有必要去做拉皮手术。"米歇尔回应道："我自己也不是特别想去做手术，只是你们的爸爸做了这么多项目，效果这么好。我想，如果我能恢复一些青春时的样子，他一定会很高兴。"

马丁的外遇以及米歇尔对失去婚姻的恐惧使她妥协了。

2007年3月，在马丁的坚持下，两人去往离家几十千米的其他社区，见了整容医生汤普森。马丁对此的解释是，他想找到一位不认识他们的医生，毕竟人到中年，整容、过分关注外貌在社区中不是一件特别光彩的事。

咨询过程中，大部分时间都是马丁和医生在讨论，米歇尔很少说话。原本只考虑拉皮手术的米歇尔在马丁的热切鼓励下，又同意增加多个项目来"改善面部不完美的部位"，如前额、眼部、鼻子、下巴等。

汤普森医生认为，没有必要一次进行这么多手术，可以分次来做，这样也可以降低手术的风险。但马丁坚持认为这是自己送给米歇尔的一个"重获新生"的完整礼物，希望一次手术后能看到全新的她。最后，医生预估实施所有面部手术需要一整个白天。

米歇尔在怀孕时患上了妊娠高血压综合征，多年来未能治愈。在进行整容手术之前，米歇尔准备先预约自己的营养师及相关医生，进行健身减肥等术前准备，希望能更好地控制住血压，将身体调理到最佳状态。马丁却十分着急，强硬地要求米歇尔立即进行手术。面对咄咄逼人的马丁，米歇尔又一次退让了。

在最后一次术前咨询中，马丁对汤普森医生亮明了自己的医生身份。他说米歇尔对疼痛过于敏感，很多常规的镇痛药物对她无效，所以他列了一张清单，希望汤普森医生能够照清单开药。清单如下（为了方便理解，此处的药物都用成分名来表示）：

对乙酰氨基酚、头孢氨苄和盐酸异丙嗪[1]

唑吡坦[2]

地西泮[3]

盐酸羟考酮[4]

汤普森医生看到清单感到奇怪。他详细了解过米歇尔的身体状况，她平时并无失眠和焦虑的症状，所以不需要服用地西泮和盐酸羟考酮这样的强效药物，他自己通常也不会给他的病人开这些药。另外，如果同时服用这几种药物的话，很可能会有药物过量的危险。

马丁向他解释，后四种药物只是预防性的，只有当米歇尔觉得过于疼痛，出现失眠、焦虑等状况时，自己才会根据她的情况适度给她服用。因为马丁是资深医生，又是病人的丈夫，一定更清楚米歇尔的状况，所以汤普森医生没有再提出异议，照单开具了所有处方药。如果没有马丁的干预，汤普森只会给米歇尔开前两种常规药物（对乙酰氨基酚和头孢氨苄）。同一时间，马丁的健康状况出了问题，时不时地需要拄着拐杖行走。但无论如何，米歇尔的整容手术还是在2007年4月3日如期进行。

这一天，在马丁和放春假回家的亚历克西丝的陪伴下，米

---

[1] 第一代抗组胺药，有抗敏作用。——笔者注
[2] 一种安眠药。——笔者注
[3] 镇静类精神药物。——笔者注
[4] 镇痛药物。——笔者注

歇尔经历了长达9个小时的整容手术。手术十分成功，马丁希望米歇尔可以立即出院，但汤普森医生和亚历克西丝都认为米歇尔至少需要在医院被监护一整晚。马丁有些生气，但最终还是妥协了。

第二天（4月4日），各项身体指标还不错的米歇尔出院回家了。

4月5日早上，亚历克西丝发现自己无法叫醒熟睡的母亲。但父亲告诉她不必惊慌，是他害怕米歇尔过于疼痛，给她多吃了两颗安眠药。所幸米歇尔很快自然苏醒过来。此后，亚历克西丝从父亲手中接下了给母亲定时服药的工作。因为手术，米歇尔需要一直佩戴一种特殊的面罩，直至伤口结疤愈合，所以这段时间她完全依赖家人的照顾。经历了这种大手术，米歇尔至少要佩戴面罩两周。朝夕相处的日子里，米歇尔向女儿透露了自己的担忧。米歇尔担心马丁会给自己过量服药，于是让亚历克西丝将自己每次服药所需的药片放在自己手心上，她可以通过触摸确定药片的数量和形状。这样，等到亚历克西丝返校后，如果马丁给她加大药物的剂量，她就会察觉到。

4月6日，米歇尔又不无担心地对亚历克西丝说："如果我出了什么意外，务必确定到底是不是你爸爸干的。"虽然亚历克西丝也知道马丁有外遇，但她认为父亲还不至于干出谋杀妻子这种可怕的事情。她安慰了母亲，心里却觉得母亲的担忧可能是手术和药物副作用产生的不良情绪所致。在亚历克西丝的精心照料下，米歇尔顺利地度过了术后最难熬的重度肿胀期。

她的疼痛感大为减轻，她也能够下床，在女儿的搀扶下在家中走动了。

4月9日，米歇尔在亚历克西丝的陪伴下前往汤普森医生的诊所复诊。经过检查，汤普森医生认为米歇尔恢复得很好，很快就能够生活自理。母女俩听了医生的话都很开心。

2007年4月10日，学业繁重的医学生亚历克西丝吻别了妈妈，踏上了返校的飞机，不想这竟成永别。

05. 子女生疑

4月11日中午，米歇尔被宣布死亡后，马丁打电话通知四个成年子女，说他们的母亲因术后不适，不小心跌倒在浴缸中，已经离开了人世。亚历克西丝收到噩耗后，第一时间开车赶往机场。除了悲痛之外，她还有着深深的困惑：自己离开时妈妈的身体还非常好，为何只隔了一天，她就死在了浴缸中呢？

亚历克西丝在去机场的路上冷静了下来，想到妈妈之前对自己的嘱咐、父亲的外遇及其一系列反常行为，她得出了一个令自己都大吃一惊的结论：是父亲杀了母亲！

回到家中，亚历克西丝第一时间找到父亲，问剩下的药在哪里。她想确认母亲有没有被强迫过量用药。然而，马丁说他不知道，可能是被警察拿走了。亚历克西丝联系了警方，但警方否认他们拿走了米歇尔的药。接着，亚历克西丝翻遍了家里的每个角落,也没有找到那些药。

之后,亚历克西丝从早一步到家的弟弟达米安和他的女朋友艾琳那里得知,马丁早就让他们两人将米歇尔的所有药拿到厕所用水冲掉。他们没有多想缘由,只想帮助伤心的父亲做一些事情,就照办了。达米安还告诉亚历克西丝,父亲说自己之所以会经常需要拐杖辅助行走,是因为患上了脚趾癌,估计命也不会长久。作为家中唯一的男孩,达米安从小就和父亲更加亲近,他选择相信父亲。

但是亚历克西丝没有被马丁口中的病情打动,她根本不相信"这些鬼话"。亚历克西丝背着马丁组织了一个所有成年子女参加的家庭会议,她告诉姐弟,自己怀疑是父亲谋杀了母亲。当她说出父亲的众多可疑之处时,除了达米安,蕾切尔和瓦妮莎都赞同她的想法,因为母亲米歇尔也向她们透露过父亲有外遇的情况。

马丁可能是察觉到了子女的想法,也有可能只是单纯地想证明妻子意外死亡的原因并不总是丈夫,他主动要求警方对米歇尔进行尸检来确定她的死亡原因。

4月12日,米歇尔死亡的第二天,法医对她进行了尸检,她的死因被确定为心血管疾病,可能是米歇尔的高血压所致。根据验尸报告,警方得出结论:米歇尔的死亡是意外和自然原因所致。

4月14日,马丁为米歇尔举办了葬礼和追思会。根据美国文化,一般来说,葬礼会在死者死亡的一周后举行,这样才有充分的时间留给亲属准备葬礼,在外地的亲友也能安排出时间参加葬礼。米歇尔在4月11日死亡,马丁却执意在三天后就举办葬礼,很多人都认为这太过仓促。米歇尔的家人,尤其是她的姐姐琳达认为,马丁如此着急地下葬米歇尔就是为了掩盖自己与米歇尔死亡有关的事实。对此,马丁的应对方式是通过法律程序禁止包括米歇尔的母亲和姐姐在内的所有米歇尔的娘家亲人前来参加葬礼。米歇尔的很多好朋友也不在葬礼邀请名单上,前来参加葬礼的大多是马丁的同事和朋友。

葬礼上,马丁悼词的大部分内容都是对自己的怜惜,哀叹命运和上帝对他的不公,哀叹自己为何遭此噩运,被夺走所爱,而对米歇尔的追忆则匆匆带过。最后,他还面露喜色地表示,自己又成了一个单身汉,今后的岁月就只有高尔夫为伴了。

06. 登堂入室

米歇尔过世后留下四个6至14岁的养女需要照料,大女儿蕾切尔准备辞去牙科诊所的工作回家照顾妹妹。马丁很感激蕾切尔的牺牲,但他表示蕾切尔还是继续工作为好,他已经为女孩们请好了一位有护士执照的全职保姆。

蕾切尔很快就见到了这位保姆——一个大约30岁的漂亮女人。保姆对米歇尔的过世表示了哀悼,并表示自己也作为马丁的朋友参加了葬礼。这位保姆的名字叫吉普赛·威利斯。

当蕾切尔在一次通话中告诉了亚历克西丝保姆的名字时,

亚历克西丝震惊地告诉蕾切尔，这个人正是父亲的外遇对象。

亚历克西丝打电话给父亲，装作不经意地问道："新来的保姆叫什么名字？"马丁装成和吉普赛完全不熟悉的样子回答说："哦，好像是叫吉尔·吉利安，还是金妮·威利斯，哦，对了，想起来了，是吉普赛·威利斯。"

电话那头的亚历克西丝简直要被气笑了，她毫不留情地揭穿了父亲的谎言："爸爸，得了吧，我知道这个女人。妈妈一直觉得你和她有婚外情，还是我帮她查到了这个名字。"马丁恼羞成怒，挂断了电话。

电话另一端，冷静下来的亚历克西丝突然想到，就在自己告诉母亲"吉普赛·威利斯"这个名字的第三天，父亲就向母亲提出了整容的要求。

吉普赛·威利斯的到来使得亚历克西丝等人更加确定，母亲的死与父亲脱不了干系。亚历克西丝和蕾切尔向警方报告了父亲马丁的外遇情况，并要求警方将父亲列为嫌疑人，重新调查母亲的死因。但警方认为她们不过是因为父亲如此之快就有了新欢，想要对他进行报复罢了。

2007年9月，马丁在一次争吵中对亚历克西丝实施了性虐待。笔者猜测，马丁对亲生女儿施暴并不是为了发泄欲望，而是为了压制亚历克西丝，对她进行羞辱，彰显自己的权力。

当月，米歇尔的母亲和姐姐琳达也写信给当时犹他州的州长以及犹他州检察官办公室，要求他们重新调查米歇尔的死因。但是，她们没有收到任何回应。

07. 身份盗窃

接下来的两年时间里，马丁和吉普赛过着恣意的同居生活。在家时，他们经常将卧室的门紧锁，在里面喝酒作乐，对家中的四个未成年女孩完全不管不顾。不久，他们开始考虑将这些女孩送回收养地乌克兰，或者转交给其他愿意收养孩子的家庭，一劳永逸地摆脱抚养孩子的责任。

2008年5月，15岁的养女吉塞尔在乌克兰的亲姐姐流露出想和妹妹见一面的想法。马丁和女友得知后，便将养女吉塞尔送回了乌克兰，并告诉她，暑假结束前他们会接她回家。然而，养女吉塞尔在乌克兰住了大半年，马丁也没有将她接回美国。吉塞尔在乌克兰的生活状况十分恶劣，她打电话回家，向姐姐们和姨妈琳达求援。此时，亚历克西丝发现这个可怜的妹妹在美国的身份被别人盗用了，她成了一个"不存在的人"。于是，亚历克西丝和蕾切尔毫不犹豫地报了警。

2009年1月，马丁和女友吉普赛被逮捕，罪名是身份盗窃罪。原来，马丁和吉普赛合谋盗用了养女的身份。吉普赛在美国欠了大额税款，为了摆脱这笔债务，她和马丁商量将养女送回乌克兰，自己则可以拥有她的社会安全号[1]等一系列的身份证明，以吉塞尔的身份生活。这样既可以摆脱抚养养女的责任，又能逃避债务，可谓一箭双雕。

很快，马丁被判入狱四年，吉普赛被判缓刑三年。可怜的

---

[1] 社会安全卡是美国居民向政府申报收入及记录缴税的个人户口，上面有一个九位数号码，即社会安全号。

养女吉塞尔在乌克兰住了一年之后，才返回美国家中。另外，要不是亚历克西丝和蕾切尔及时发现父亲的阴谋，她们的另外三个妹妹也将被送往远在加利福尼亚州的三个收养家庭。

马丁入狱后，亚历克西丝取得了妹妹们的临时监护权，暂时休学回家照顾她们。2010年1月，家中唯一的男孩达米安在纽约就读的法学院宿舍中自杀身亡。原来，自母亲米歇尔去世，达米安的精神状况就不太稳定，还被诊断出精神分裂症，而姐姐们和父亲之间剑拔弩张的关系也让他倍感压力。最终，他选择以这种方式结束了自己27岁的年轻生命。

达米安的离世差点儿击垮了蕾切尔和亚历克西丝，但从悲痛中恢复过来后，她们坚定了要将父亲以谋杀罪名绳之以法的决心。她们认为，如果父亲没有谋杀母亲，达米安也不会走到自杀这一步。

亚历克西丝仔细查看了所有和母亲死亡相关的记录，发现了一个疑点：父亲很有可能在向警察描述母亲的尸体状态时撒了谎。

08. 调查重启

当年6岁的埃达说，她看到妈妈的时候，妈妈穿着完整的衣裤，仰卧着躺在浴缸的水中。前来救助的邻居说，他也记得米歇尔是仰卧在浴缸中，上身衣物完好，但下身赤裸。

当时马丁的说法和他们两人的说法都不一样。他说，米歇尔是面朝下俯卧在水中，双脚搭在浴缸上面，下身赤裸。当调查人员和警方赶到时，米歇尔已经被马丁和邻居抬出了浴缸，上身穿着内衣和外套，下身赤裸，躺在地上。

亚历克西丝推测，很有可能是父亲马丁在让埃达出去找人求助的间隙脱下了米歇尔的裤子，还对警方声称米歇尔是俯卧在水中的。这是为了制造出她在准备洗澡时，刚脱去下身衣物就因突然昏迷等意外情况而一头栽倒在浴缸中的假象。

这一次亚历克西丝联系了多家媒体，向他们披露了父亲马丁涉嫌杀害母亲米歇尔的众多疑点。由于马丁是著名医生，又刚刚因为与女友一起盗窃养女的身份入狱，所以马丁和米歇尔的故事极具新闻性，被多家报纸和电视台报道。而马丁的一些女病人看到报道后，纷纷站出来说马丁曾经多次性骚扰过她们。

此案诉诸公众后，犹他州检察官办公室迫于压力以及各种新出现的证据，宣布重启调查。

犹他州首席法医格雷对米歇尔当年的毒理性报告进行了评估。他在报告中发现当时从米歇尔体内一共检测出四种药物：盐酸异丙嗪、唑吡坦、地西泮以及盐酸羟考酮。这四种药物的浓度都没达到毒性水平，但是它们的组合却可能导致强效镇静引发的心律不齐，从而导致心源性猝死。

2010年10月6日，米歇尔的死亡原因被改为"未确定"，改动理由是"可能是心脏病和药物毒性的综合影响"。法医格雷在报告上特地标明，当时米歇尔无法自主用药，暗示她有可能被懂得药理的专业人士故意下药。

当年参与抢救米歇尔的救护队出具了一份证词：他们到达时，看到马丁正在给米歇尔做心肺复苏，随后他们接替马丁，继续给米歇尔做心肺复苏；然而，他们刚刚开始按压米歇尔胸腔时，就从米歇尔的肺部挤压出好几杯量的水。

这能说明两个问题：一是米歇尔很有可能是溺水身亡，由于药物等因素猝发了心源性疾病；二是行医多年、经验丰富的马丁很有可能一直在假装给米歇尔做心肺复苏。

当年前来帮忙的邻居做证说，他亲眼看到马丁在做心肺复苏时，不仅按压了米歇尔的胸腔，还进行了人工呼吸。但当时米歇尔的脸上因整容留下的伤口裂开了，脸上都是血，让这位邻居好奇的是为什么马丁的脸一直非常干净。在他看来，如果给米歇尔做人工呼吸，就会不可避免地沾染她脸上的血迹。因此，邻居认为马丁很有可能只是假装在给米歇尔做人工呼吸。

另外，检察官从马丁的报警录音中发现，马丁一直没有告诉警方自己的家庭地址。在接线员的不断询问下，他最终给了一个错误地址。救护人员之所以能来到现场，是因为他们自己通过电话系统查找到了正确的地址。

结合这几点，检察官认为马丁在伪装救助米歇尔，并故意拖延救护人员的到来。犹他州检察官办公室在调查过程中还发现了马丁早年的犯罪记录。

首先，虽然他的医学院博士文凭是真实的，但他当年申请医学院所必需的本科成绩和学位都是伪造的，他从来没有读过本科。其次，他在婚后的第四个月曾经因为盗窃和伪造支票罪被判入狱六个月，缓刑三年。

09. 起诉

2012年8月，马丁刚刚因身份盗窃罪服完刑不久，就因涉嫌在五年前谋杀妻子米歇尔再次被警方逮捕。

检察官认为现有的证据已经足够将马丁以一级谋杀罪送上法庭。于是，2013年，马丁再次站在了审判席上。在法庭的批准下，这次庭审成为犹他州历史上第一场现场直播的审判。米歇尔的女儿们手持母亲的大幅照片出庭，为她伸张正义。检方指控马丁蓄意谋杀妻子米歇尔，认为他利用自己的专业知识给米歇尔配备了四种药物，并利用药物间的相互反应使得米歇尔溺亡。他的动机是摆脱不愿离婚的妻子，和情人吉普赛在一起。

米歇尔的死亡时间在早上8点44分和11点30分之间。马丁声称，案发当天8点至11点35分自己都不在家。实际上8点至11点没有人看到过他，因此马丁并没有不在场证明。

检方以不追究吉普赛可能存在的共谋罪名为交换条件，希望她出庭做证。吉普赛同意了检方的协议，并在法庭上坦白了她和马丁的长期婚外情关系。

马丁与吉普赛二人在网络上认识，从米歇尔死亡之前好几年起，两人就一直保持着情人关系。在米歇尔的葬礼上，两人还在偷偷地发短信调情。出席了葬礼的吉普赛给马丁发了很多裸照，说希望这些照片能够缓解他在葬礼上的压力，帮助他度过这个艰难的时刻。

除了吉普赛，检方还请了另外一名女士前来做证。她叫安娜·奥斯本，和马丁保持过一段时间（2005年3月至10月）的情人关系。她拥有一家做激光脱毛的美容院，马丁既是她的客户，也是她的医生。

在与安娜交往时，马丁曾经无意中谈起如何完美地杀掉一个人。他得意扬扬地说，他会给这个人一些药物，这些药物会导致心搏骤停，但是这个人的体内却不会被测出可疑的药物。他还说，当他还是个孩子的时候就在思考如何将母亲毒死，不过并没有付诸行动。但当他的哥哥在多次自杀未遂之后又一次躺在放满水的浴缸中割开自己的手腕时，马丁上前将哥哥的头按在水中，"助他一臂之力"。他认为自己为哥哥做了件好事，让哥哥终于得到了想要的解脱。

另外，马丁在米歇尔死亡前不久开始拄拐，对很多人声称自己得了脚趾癌。但检方查阅了马丁当时的医疗记录和体检报告，均显示他的身体十分健康，没有任何致命疾病。于是检方指出，这也是马丁预谋杀人的一个旁证。马丁的如意算盘是：假如自己因癌症将不久于人世，在他人看来，自己也就没有杀害妻子、和情人双宿双飞的动机了。

米歇尔的整容医生汤普森也出庭做证，说出了自己当时开药时的疑虑，并强调如果不是因为马丁的医生身份，且他保证会监控米歇尔安全用药，自己绝对不会开出那么多强效处方药。

已故的儿子达米安生前的女友也出庭做证，证实在米歇尔死后不久马丁就让她和达米安丢掉了米歇尔的所有药品。

马丁的辩护律师指出，米歇尔死亡是因为她的整容手术导致了血压失控，从而引发了她的心血管疾病。米歇尔的医疗记录显示，手术前的几年，她的血压（高压）曾经达到过150毫米汞柱[1]。律师还认为，马丁有婚外情无疑，但是检方所展示的全都是间接证据，根本没有直接证据能够证明马丁杀害了米歇尔。

此案完全取决于陪审团的判断，在这样的证据条件下，马丁很有可能被认为无罪。但出乎意料的是，陪审团只用了11个小时就做出了最终决定：马丁一级谋杀罪名成立，妨碍司法公正罪名成立。随后他被判决终身监禁，十五年后方可申请假释。此外，检察官单独发起性侵罪的诉讼，控告马丁在2007年9月对亲生女儿亚历克西丝进行了性虐待。在这场审判中，马丁性侵罪名成立。

之后，亚历克西丝将自己的姓改成了妈妈的娘家姓，她从"亚历克西丝·麦克尼尔"变成了"亚历克西丝·萨默斯"。

漫长的诉讼过后，亚历克西丝和蕾切尔取得了四个妹妹的监护权，共同抚养她们长大。很多人认为这个案件令人发指的一点是，马丁为了减轻自己的嫌疑，故意让年仅6岁的埃达去发现妈妈的尸体。

2017年4月9日，米歇尔遇害十年之际，马丁在牢房内自缢。而亚历克西丝此时已成为一位著名医生，拥有一位帅气的老公和一对活泼可爱的双胞胎儿子。蕾切尔后来重返学校，毕业后成为一名社工，帮助了很多陷于绝境的人。

笔者：黎恺

---

[1] 临床上常用的血压单位，正常人的血压范围为90～140毫米汞柱。

真实的
"纽约灾星"(上)

罗伯特·艾伦·德斯特(Robert Alan Durst),别名鲍勃·德斯特(文中简称鲍勃),是纽约顶级地产家族继承人,身家过亿。然而,在几十年间,他的妻子失踪,好友被枪杀,邻居被肢解,怀疑他犯下三起谋杀案的声音一直不断。但因为证据不足等各种原因,也有相当多的人认为他是无辜的,只是不幸被卷入了这些悲剧之中。

HBO[1]在2014年制作了六集纪录片《纽约灾星》(The Jinx),讲述了与他有关的这三起谜团难解的案件。为了这个节目,鲍勃接受了超过20个小时的采访。戏剧性的是,在拍摄过程中,鲍勃不小心泄露了他内心深处最黑暗的秘密……在最后一集播出的前一天,即2015年3月14日,72岁的鲍勃被洛杉矶警方以涉嫌一级谋杀罪逮捕。

01. 失去母亲的童年

1902年,奥匈帝国的犹太小裁缝约瑟夫·德斯特来到了

---

1 Home Box Office,美国付费电视频道。

美国纽约,几十年后成为一名成功的房地产经理和开发商。1927年他创办了德斯特地产集团。

约瑟夫·德斯特的儿子西摩·德斯特继承了德斯特集团,并将其发扬光大,跻身纽约顶级地产富豪之列。西摩·德斯特和伯妮斯结婚,婚后育有四个儿女,老大就是1943年出生的鲍勃,老二是日后继承了德斯特集团的道格拉斯。

1950年11月8日,鲍勃7岁时,发生了一件不幸的事情。

据鲍勃回忆:"(一天夜里)我爸爸来找我,他说:'你来一下,我想让你看看你妈妈。'我们从走廊的一扇窗户往外看,看到屋顶,妈妈站在那儿,我向她招了招手……突然我听到女仆尖叫:'她从屋顶上掉下来了!'"当年的报纸标题写道:据称,地产商妻子从斯卡斯代尔(他们所居住的富人区)住所屋顶失足滑落。报纸还写道,这起意外的原因是鲍勃的母亲服用了过量的治疗哮喘的药物,从而精神错乱,最后导致悲剧发生。

鲍勃认为母亲很可能死于自杀。他认为当年父亲带他去找母亲,应该是试图通过他来阻止母亲自杀,可惜没能成功。这一切给小鲍勃造成了巨大的伤害。从那以后,他变成了一个问题少年。在他10岁那年,一名精神科医生诊断他为"人格分裂,甚至有精神分裂症"。

但比他小2岁的弟弟道格拉斯却在后来的一次采访中对记者说,鲍勃并没有出现在母亲的死亡现场,意外发生时他们家的四个孩子都被安置在了邻居家,鲍勃这样说只是为了骗取公众对他的同情。

鲍勃上高中时被同学形容为一个孤独的人。1965年，鲍勃从宾夕法尼亚州的理海大学毕业，同年加入加利福尼亚大学洛杉矶分校的一个博士项目。在此期间，他结识了日后的密友苏珊·伯曼（Susan Berman）。1969年，他退学并返回了纽约。鲍勃无心从事家族产业。1970年，他在佛蒙特州开了一家有机食品商店。

02. 婚姻故事

1971年秋天，鲍勃在纽约自家的一栋公寓大厦里结识了一位租房住的纽约本地女孩——18岁的牙医助理凯瑟琳·麦科马克（Kathleen McCormack），两人一见钟情。两次约会之后，鲍勃和凯瑟琳就确认了关系。

凯瑟琳生于1953年，来自纽约长岛的一个蓝领家庭，家中有兄弟姐妹五人，凯瑟琳是最小的孩子。凯瑟琳的父亲在凯瑟琳13岁时因癌症去世，母亲安独立支撑着一大家子。凯瑟琳18岁时便离家，独自来到曼哈顿打拼。1972年，在鲍勃的请求下，凯瑟琳离开纽约，搬到了佛蒙特州，和鲍勃一起经营这家有机食品商店，店名叫作"所有美好的东西"（*All Good Things*）[1]。

1973年，在父亲西摩的施压下，鲍勃和凯瑟琳回到了纽约。

---

[1] 2010年，导演安德鲁·亚雷茨基根据两人的经历拍摄的同名电影上映。

这一年的4月12日——鲍勃30岁生日当天，鲍勃和凯瑟琳举行了盛大的婚礼。

婚后，鲍勃和凯瑟琳长期居住在曼哈顿河滨大道一栋豪华公寓大厦的顶楼，这栋公寓大厦是德斯特集团的众多房产之一；在第五大道附近，他们还有个小套公寓；在纽约的郊区南塞勒姆，他们还拥有一栋湖滨度假屋。

鲍勃回到家族公司德斯特集团工作，凯瑟琳则开始攻读护士专业。1978年，凯瑟琳顺利毕业，之后又进入纽约的阿尔伯特·爱因斯坦医学院攻读儿科专业。

从朋友的叙述以及当时两人的照片可以看出，鲍勃和凯瑟琳的相识相恋最初是甜蜜美好的，一切看起来都是爱情的模样。

然而，两人的裂痕却一直隐藏在看似平静的婚姻之中。结婚之前，鲍勃便和凯瑟琳做了口头约定，他们不能要孩子——他不能接受自己的生活中出现孩子。

1982年年初，凯瑟琳在纽约的雅可比医院治疗面部伤痕。据当时给凯瑟琳治疗的医生说，凯瑟琳告诉他这些伤痕是她的丈夫殴打所致。根据凯瑟琳的日记，1979年前后，鲍勃第一次殴打了她，之后便再也没有停止过。

1982年1月31日（星期日）早上，凯瑟琳打电话给她最好的朋友吉尔贝特，问是否可以早点儿去吉尔贝特家参加聚会。凯瑟琳说她在南塞勒姆的度假屋，刚刚和鲍勃发生了争吵，想赶快离开那里。于是，凯瑟琳中午从南塞勒姆开了40分钟车，下午到达吉尔贝特位于康涅狄格州纽敦镇的家中。

凯瑟琳告诉吉尔贝特,她和鲍勃的婚姻出了问题。几个月以来,鲍勃完全切断了给她的经济支持,她计划1982年7月从医学院毕业,但她连剩下的半年学费都付不起。凯瑟琳不得不向她的朋友们借钱,当天吉尔贝特给了她一张150美元的支票。

晚上7点左右,鲍勃给凯瑟琳打电话,要求她回家。凯瑟琳接到电话后浑身发抖,很不情愿地开车返回南塞勒姆。临走前,她和吉尔贝特约定,第二天(星期一)晚上,她一定会去参加吉尔贝特的一个庆功宴。另外,她还郑重地对吉尔贝特说道:"答应我,要是我出了什么事,你一定要过来看看,我害怕鲍勃。"

03. 消失的妻子

星期一的晚间宴会,吉尔贝特没能等来凯瑟琳。她心里非常不安,不停地拨打凯瑟琳三个住所的电话,却始终没有回音。星期四下午3点,她拨打了南塞勒姆度假屋的电话,并给凯瑟琳留言说,朋友们都很担心她,因为星期日晚上之后就没有人见过她。

5分钟后,吉尔贝特接到了鲍勃的电话。鲍勃对她说,从星期一到现在将近一个星期,他也没有见到凯瑟琳。作为凯瑟琳最好的朋友,吉尔贝特清楚地知道,凯瑟琳连续几天没有和鲍勃见面是正常的,但她从来不会和朋友们失去联系。接着,吉尔贝特向南塞勒姆的警察局报警:"我的朋友凯瑟琳·德斯特失踪了。"

警察对吉尔贝特说,只有当事人的家庭成员才可以报人口失踪案。但在吉尔贝特的强烈要求之下,2月5日(星期五)的上午,两名警察前往南塞勒姆的度假屋查看。

鲍勃打开门,友好地邀请警察进屋。他对警察说,他最后一次见到凯瑟琳是在星期日的晚上,然后凯瑟琳在9点左右坐城铁回到了曼哈顿,之后他便再也没有见到她。警察没有发现什么异常的情况,和鲍勃交谈后很快就离开了。但之后的文件记录却显示了一个可疑的情况。其中一个警察问鲍勃,最后一次和凯瑟琳通话是什么时候。"星期日晚上,在凯瑟琳回到纽约之后。"鲍勃回答。当警察表示可以追踪电话来确定时间时,鲍勃却告诉他们,他不是在家打的这个电话,而是出门遛狗时在3英里外的一个公共电话亭给凯瑟琳打的电话。谁会在一个雨雪交加的寒冷夜晚遛狗遛到3英里以外?但当时这两位警察并没有多想。

还是2月5日这一天,鲍勃带着他的狗回到了纽约市区,前往曼哈顿的一个纽约警察局分局报案,警察迈克尔·斯特鲁克接待了他。

斯特鲁克注意到,鲍勃随身携带了一份1980年的《纽约客》杂志,封面上是五个地产大亨的合影,标题为《拥有纽约的男人》,右一是西摩,左二是唐纳德·特朗普(第45、47任美国总统)。很快,斯特鲁克就知道这位报案人正是西摩的长子——鲍勃。

鲍勃身高大约172厘米，39岁，说话慢条斯理。他对斯特鲁克说道，他和妻子凯瑟琳在南塞勒姆的度假屋度周末。星期日晚上8点半前后，他开车将凯瑟琳送到卡托纳城铁站，凯瑟琳在那里坐城铁回到了位于曼哈顿河滨路顶层公寓的家。凯瑟琳到家后，鲍勃还和她通过一次电话。但之后一直到现在，他和她的朋友们都没有再见过她，也联系不上她。

斯特鲁克："她坐的是哪一班城铁？"

鲍勃："卡托纳站，晚上9点17分。"

斯特鲁克："她回到公寓后，你和她通过电话？"

鲍勃："是的。"

斯特鲁克："几点？"

鲍勃："晚上11点15分。"

斯特鲁克："你妻子多大？请你描述一下她的外表。"

鲍勃："她今年29岁，金发，浅褐色眼睛，身高165厘米，体重55千克。"

斯特鲁克："你的婚姻生活怎么样？"

鲍勃："还可以，我想。有一些小摩擦，没有什么大的问题。只是她有酗酒的习惯。"

鲍勃递给斯特鲁克一张照片。照片上的凯瑟琳非常漂亮，有着迷人的笑容。最后，斯特鲁克对鲍勃说，以目前的情况，还不能够正式立案，需要做进一步的调查，有什么情况会随时通知他。

到那时为止，斯特鲁克认为最大的可能性是凯瑟琳离家出走了，他看不出其中有什么暴力犯罪的迹象，鲍勃看起来非常温和，彬彬有礼。

鲍勃走后，斯特鲁克开始了常规性的调查走访。

斯特鲁克首先给阿尔伯特·爱因斯坦医学院打了电话。据院长说，凯瑟琳原本在2月1日星期一的上午有一节临床医学课。星期一早上他们接到一个电话，电话里的人自称凯瑟琳，说她生病了，无法前来上课。"您确定打电话的是凯瑟琳吗？"斯特鲁克追问。"是的，是她。"院长回答道。

接着斯特鲁克又分别询问了凯瑟琳的母亲安以及哥哥吉姆。安告诉斯特鲁克，鲍勃虽然非常富有，但是他对凯瑟琳非常吝啬，看管着她的每一笔花销。而她的哥哥吉姆则告诉斯特鲁克，有一次他亲眼看见鲍勃拽着凯瑟琳的头发将她从沙发上拽起来，只因为她不愿太早离开那次家庭聚会。

斯特鲁克接着联系了第一个报告凯瑟琳失踪的吉尔贝特，吉尔贝特详细地跟他说明了1月31日（星期日）当天她和凯瑟琳的见面情况。

之后，斯特鲁克接到鲍勃打来的电话，鲍勃在电话中说，他昨天隐瞒了一些事情。他说凯瑟琳在过去几个月内染上了毒瘾，每周都要吸食2到3克的可卡因，卖给她可卡因的毒品贩子伯恩斯也是她的婚外恋情人。1982年2月8日，凯瑟琳的失踪被正式立案。当天，包括斯特鲁克在内的五名警察对鲍勃和凯瑟琳的顶层公寓进行了地毯式搜查，没有发现任何血迹、打斗痕迹之类的线索。他们还细致地搜索了德斯特集团名下的这栋大厦的水箱、地下室、电梯等公共领域，依然一无所获。他们又仔细地盘问了鲍勃。鲍勃缓慢地、深思熟虑地回答了每一个问题。

"我们在上个星期日的晚间发生了争吵。凯瑟琳从吉尔贝特家回来后，心情非常糟糕。她进了门便对着我大喊大叫，显然有些醉了。她还打开了一瓶红酒，喝了好几大杯，然后跟我说她现在就要回城里去。我告诉她，她现在的状态不能开车，所以我在8点半左右开车送她到卡托纳站，我看着她搭乘了9点17分的城铁回曼哈顿。之后，我就开车返回了南塞勒姆的度假屋。在进屋之前，我碰到了邻居比尔，和他喝了几杯红酒。喝完酒之后，我就出门遛狗了。"

"你们为什么事情而争吵？"

"鸡毛蒜皮的小事。每次她从吉尔贝特那里回来后，都要和我吵架。吉尔贝特看起来像个男人，她喜欢女人。她未必蠢到想和凯瑟琳上床，但她总是撺掇凯瑟琳和我作对。"

"之后你真的和凯瑟琳通话了？"

"是的，我出门遛狗，然后我在35号公路那里的付费电话亭给她打了电话。"

"那里离你家很远呀！"

"是的，所以我就在那里停下了，然后给她打个电话确认一下她是否一切都好。她说她在看电视，一切都好。打完电话后我就回家睡觉了。"

接着，斯特鲁克确认了一下凯瑟琳失踪这一星期内鲍勃的行程：鲍勃进行了几次常规的商务旅行，包括在2月2日去康涅狄格州考察房产项目。

这次搜查一无所获,但是警方得到了两个重要的目击证人的证词。公寓大厦的电梯工告诉斯特鲁克,他看见凯瑟琳在1月31日晚独自一人坐电梯回到了她的公寓。而在凯瑟琳回家之后的一两个小时之后,他看见一个之前从未见过的陌生男人来到凯瑟琳的公寓,他还亲眼看见凯瑟琳给他开了门。当晚在大厦值班的门房也对警方说,他看到凯瑟琳在2月1日一大早离开了公寓大厦,上了一辆出租车。这两人的证词证明了凯瑟琳最后一次被看见的地方是在曼哈顿的繁华街区,而当时还在纽约郊区南塞勒姆的鲍勃也就被证明与凯瑟琳的失踪无关。

1982年2月9日,凯瑟琳失踪的消息上了纽约各大报纸的头条,标题写道:"地产大亨之子悬赏10万美元,寻找失踪的妻子。"

整个纽约都沸腾了,记者蜂拥而至,围追堵截鲍勃及其父亲西摩。鲍勃不胜其扰。此时,他读博士时结交的好友苏珊·伯曼挺身而出,充当他的发言人,帮他对付各路媒体。苏珊告诉媒体,鲍勃现在的处境无比艰难,心碎到无法说话,他所希望的一切就是凯瑟琳平安,他还雇用了好几个私人侦探来协助警方寻找凯瑟琳。

不久之后,鲍勃口中那个和凯瑟琳有染的毒品贩子伯恩斯被请进了警察局。伯恩斯说他很久都没有见过凯瑟琳了,不知道她在哪里,他有1月31日晚上的不在场证明。他否认与凯瑟琳有染,他说他知道凯瑟琳每周都要吸食2到3克的可卡因,但这些可卡因和他无关。他是在凯瑟琳举办的宴会上和她认识的，他知道她的丈夫鲍勃经常打她，她就像活在地狱里。凯瑟琳还告诉他，鲍勃有了外遇。这个女人名叫普鲁登丝·法罗，是一位小有名气的冥想引导师，披头士乐队曾经为她写过歌曲。她曾打电话给凯瑟琳，要求她离开鲍勃。凯瑟琳愿意拿到一笔钱后和鲍勃离婚，但鲍勃连一个子儿都不愿意给她。

送走伯恩斯后，斯特鲁克突然接到凯瑟琳哥哥吉姆的电话，他说之前的谈话中他忘记说一件重要的事情：凯瑟琳在几个月前让他保管一份重要的文件，并让他将这份文件交给自己的离婚律师拉格尔，文件是鲍勃偷税的证据，她准备用这些证据为自己在离婚中争取权益。凯瑟琳还告诉他，鲍勃对偷窃上瘾，他经常在公寓大厦的车库偷盗住户的自行车，然后将车遗弃在街道上。

警方很快找到了拉格尔。拉格尔说她在1981年6月就成为凯瑟琳的离婚律师，凯瑟琳正在就离婚协议进行旷日持久的谈判，她要求鲍勃向她支付45万美元作为8年婚姻的补偿费。但就在凯瑟琳失踪的三天前，鲍勃拒绝了她的离婚协议要求。警方试图向拉格尔索要那份关于鲍勃的文件，拉格尔以职业道德和隐私权为由拒绝了警方。但她又透露了一件可怕的事，她说凯瑟琳告诉她，最近几个月，她经常遭受鲍勃的殴打，觉得自己有生命危险。而鲍勃现在的这条狗已经是他的第五条或者第六条狗了，之前的几条狗要么噎死，要么溺死，总之都离奇地死亡了。

斯特鲁克还从凯瑟琳的姐姐玛丽那里了解到，凯瑟琳曾在1976年怀孕。鲍勃指责凯瑟琳违背了丁克的约定，在他的强烈要求之下，凯瑟琳将这个孩子引产了。在这之后，凯瑟琳很长时间都处于抑郁状态。在《纽约灾星》这部纪录片中，几十年后的鲍勃表示，如果凯瑟琳当时执意要生下孩子，那么他就会立马和她离婚。导演问他为什么如此坚决地不要孩子，鲍勃说他不想要孩子在他的身边，因为他觉得自己会给他人带来厄运，自己就是一个灾星，他不可能成为一位好父亲。

凯瑟琳和鲍勃在曼哈顿和南塞勒姆的邻居都做证说，凯瑟琳曾经被鲍勃殴打，她非常害怕她的丈夫。鲍勃在南塞勒姆的邻居比尔还否认自己在1月31日晚上和鲍勃喝过酒。而鲍勃一直对警察说，他送凯瑟琳到车站后，回家和比尔喝了几杯酒。

虽然所有人都能感觉到凯瑟琳的失踪和鲍勃有很大的关系，但是一个月过去了，警方没有找到任何证据。凯瑟琳无论是死是活，都没有一丝踪迹可循。

3月中旬，凯瑟琳最好的朋友吉尔贝特来到警察局，要求和斯特鲁克私下面谈。吉尔贝特坦率地告诉斯特鲁克，她在3月7日星期日那天用石头打破一扇窗户后，潜入了鲍勃和凯瑟琳在南塞勒姆的度假屋（吉尔贝特对此事有过两套不同的说法。纪录片中，吉尔贝特宣称自己是在屋外垃圾箱找证据，但当时的《纽约邮报》头条报道过3月度假屋窗户被砸，有人闯入的情况）。她发现屋里异常整洁，明显被人仔细地清理打扫过，凯瑟琳的衣服和课本等私人用品都被扔进了垃圾箱，好像有人知道她再也不会回来了。另外，吉尔贝特在垃圾箱中找到一些作废的纸条，她觉得其中三张好像隐藏着一些线索。一张纸条是鲍勃在2月3日星期三那天买了一双300美元靴子的收据。

第二张纸条是一张行程单：

星期一（2月1日）

上午10点——里奇菲尔德咖啡

2——马歇尔——布拉德（店名）

4——公寓拿帽子

5——办公室

7——电影或者随便什么

星期二（2月2日）

凌晨2点——南塞勒姆

早上7点——离开房子

——开车

8——垃圾堆

8——公寓——奥斯卡邮箱

9——睡觉

星期三（2月3日）

上午10点——买了靴子

上午11点——狗屋

12点回家

下午2点午饭

4点邮政信箱

第三张是一张清单，上面混乱地罗列着：

垃圾堆桥

挖

船及铲子或者？汽车、卡车或租车

吉尔贝特认为这是一份抛尸备忘录，她不得不得出这样的结论：她最好的朋友凯瑟琳已经被她的丈夫鲍勃谋杀了。

此外，吉尔贝特还带着凯瑟琳的照片去过卡托纳站，坐晚上9点17分开往曼哈顿的城铁，上车之后便开始询问每一个人，是否见过照片上面的这个女人？但没有人见过她。凯瑟琳当晚真的坐上这趟车离开了南塞勒姆吗？

现在，斯特鲁克也开始相信吉尔贝特的结论了。他向地区检察官提出申请。几个月之后，他拿到了凯瑟琳失踪期间鲍勃的居所和办公室的通话记录。有几个通话记录引起了他的重视：2月2日，凯瑟琳失踪的第二天，鲍勃的办公室接到几个从新泽西州的希普博特姆区打来的由接听方付费的电话。斯特鲁克认为以鲍勃吝啬的性格，他是不会接听需要他付钱的电话的，这些电话大概率是鲍勃打到自己办公室的。鲍勃汇报给警方的行程里显示，他2月2日有在康涅狄格州的商务旅行安排。斯特鲁克又对比了一下吉尔贝特在垃圾箱里找到的那张行程表：

星期二（2月2日）

凌晨2点——南塞勒姆

早上7点——离开房子

——开车

8——垃圾堆

8——公寓——奥斯卡邮箱

9——睡觉

斯特鲁克认为鲍勃说的当天去了康涅狄格州很有可能是谎言，他真正去的地方是新泽西州长滩的希普博特姆区。希普博特姆区在海岸线旁边，附近就是著名的松林泥炭地，有着110万英亩[1]的松软沼泽地带和茂密森林，是黑手党最喜欢的抛尸地点。要想在这个地区找到一具尸体犹如大海捞针。

斯特鲁克赶到新泽西的希普博特姆区，找到了在2月2日当天拨打鲍勃办公室电话的两个公用电话，但没有发现更多的线索。回到曼哈顿后，斯特鲁克去询问了鲍勃的前任秘书（凯瑟琳失踪之后她就被解雇了）。她告诉斯特鲁克，她在鲍勃的办公室接听电话，鲍勃每次在外面打电话给办公室都会使用对方付费的方式，但她不记得2月2日有没有接到过鲍勃的电话，更不清楚他当时身在何地。因为她已经被解雇，也无法查看当时的工作日志。案情依旧没有实质性进展。

几个月内，10万美元的悬赏奖金引来了无数目击证人，可惜没有一例目击能被证实。没有新的信息出现，找不到尸体，没有犯罪现场，凯瑟琳失踪案的调查被搁置了。这一搁置便是

---

1 英美制地积单位，1英亩合4046.86平方米。

近二十年。1985年，斯特鲁克提前退休。

1990年，鲍勃出售了南塞勒姆的度假屋。

1994年，西摩去世，鲍勃的弟弟道格拉斯接管了德斯特集团。鲍勃则离开了德斯特集团。

04. 罪案重启

1999年11月底，纽约州警察贝塞拉从一个叫马丁的暴露癖惯犯那里得知了一条惊人的信息。马丁在开庭前联系警方，说他愿意以一桩杀人案的信息来换取缩短刑期的待遇。

马丁告诉贝塞拉，他的前嫂子名叫珍妮特，在20世纪80年代为房产大亨之子鲍勃和他的妻子凯瑟琳当清扫女工。珍妮特曾经十分肯定地告诉他，鲍勃在他位于南塞勒姆的度假屋内杀了凯瑟琳。

贝塞拉很快找来了关于凯瑟琳的所有卷宗。看完之后，他以极高的效率和韦斯特切斯特县的地方检察官皮洛面谈，并得到了后者的大力支持。于是，2000年10月31日，警方对凯瑟琳失踪案重启调查。

两个月后，贝塞拉找到了当年的清扫女工珍妮特。珍妮特为鲍勃一家服务时只有20岁出头。凯瑟琳对待她情同姐妹，两人还经常一起出门游玩，参加各种名人的聚会。她说鲍勃是一个非常好相处的人，非常绅士，并不像外界传言的那样吝啬。很多女人爱他，不是性方面的，而是情感方面的，因为鲍勃敏感而脆弱，总能激起女人的母性，让女人想要去保护他。而凯瑟琳是生机勃勃的，散发出一种灿烂的温暖，吸引着人们靠近她。然而，说到凯瑟琳的失踪，珍妮特表示，在那之前，她就因为私事辞职离开了。她对马丁说是鲍勃杀了凯瑟琳，那只是一个玩笑。但是她给了贝塞拉一个名字——利兹·琼斯。

利兹当年接替她成为清扫女工，也是利兹在凯瑟琳失踪后打扫了南塞勒姆的度假屋。幸运的是，利兹依旧住在南塞勒姆，她提供了一些惊人的信息。

2月9日，当凯瑟琳的失踪消息遍布各大报纸的头条时，她发现度假屋内有一些不同寻常的地方。她在厨房洗碗机的面板上发现了一摊凝固的血迹。

因为1982年两名证人（公寓大厦的电梯工和门房）以及凯瑟琳所在医学院院长声称接到请假电话的证词，几乎所有人都认为凯瑟琳最终消失在了曼哈顿，而南塞勒姆的度假屋以及附近地区从没有被搜查过。于是，贝塞拉所做的第一件事便是去度假屋找线索。他们仔细查看了橱柜、墙壁、地板，掘地三尺试图找到蛛丝马迹，可是已经更换了两任房主的度假屋里已经找不到任何谋杀（如果真的发生过的话）的痕迹。警方的潜水员仔细搜寻了屋外的湖区，也没有找到任何有价值的线索。

贝塞拉认为侦破此案的关键就是鲍勃，他知道的一定比他说出的要多。但他联系不上鲍勃，韦斯特切斯特县的检察官办公室也找不到他的踪迹，时年57岁的鲍勃就像人间蒸发了一样，没有人知道他到底在哪里。

贝塞拉联系了凯瑟琳生前包括吉尔贝特在内的众多好友和家人。吉尔贝特这么多年以来一直没有放弃寻找自己最好的朋友，她甚至雇用了好几个私人侦探。最后大家一致认为，如果有人知道当年的内情，那一定是鲍勃当年最好的朋友苏珊。

很快，媒体也得知凯瑟琳失踪案重新开启，而苏珊是侦破当年这起疑案的关键人之一。1965年，22岁的鲍勃去加利福尼亚大学洛杉矶分校读博士，结识了同样在那里读书的苏珊。两人志同道合，很快成为最好的朋友。

苏珊的家世颇有传奇色彩。她的父亲是拉斯维加斯赫赫有名的黑手党头目，母亲是一位踢踏舞演员。作为家中唯一的孩子，她从小便备受父母宠爱。12岁时，苏珊的父亲去世，隔年母亲也过世了，这也让从小就失去母亲的鲍勃觉得苏珊能够理解他。

他们的友谊维持了很长时间。20世纪70年代到80年代初，苏珊在《纽约每日新闻》供职时，两人也经常见面聚会。上文也提到过，凯瑟琳失踪后，苏珊利用她作为记者的优势，充当鲍勃的新闻发言人，保护他免受舆论的压力。苏珊还向媒体披露，凯瑟琳一直深陷酗酒和毒瘾之中，而她的失踪很可能与毒贩有关。

苏珊对公众和媒体描述的故事全部建立在凯瑟琳于2月7日活着抵达曼哈顿这一前提上。"鲍勃和苏珊协同一致，把这套说法宣传出去，而人们也已经开始逐渐接受这种观点。因此，弄清事情的真相变得越发困难。"《纽约时报》的一名记者评论道。

1982年调查此案的警察斯特鲁克后来怀疑，当年自称凯瑟琳、打电话给医学院院长请假的女子正是苏珊。而声称在凯瑟琳失踪当晚及第二天清晨见过她的电梯工和门房都是德斯特集团的雇员，他们的证词未必那么可靠。

　　1983年，苏珊离开纽约回到加利福尼亚州的洛杉矶结婚。在婚礼上，鲍勃以兄长的身份出席了这场婚礼。

　　苏珊目前依旧居住在洛杉矶。贝塞拉准备在圣诞假期结束之后，就飞去洛杉矶和苏珊面谈。然而，他慢了一步。

　　他有没有找到苏珊？凯瑟琳的失踪案最后有没有真相大白？

笔者：黎恺

真实的"纽约灾星"（下）

01. 平安夜的谋杀

2000年12月24日傍晚，洛杉矶贝尼迪克特峡谷大道1527号的后门大敞，三只宠物狗跑出了屋子，在街区里溜达。夜幕时分，邻居拨打了报警电话，洛杉矶警察迅速赶到，从敞开的后门向屋内喊话，没有人回答。

他们看见门内的地板上分布着很多红色狗爪印，于是举起手枪，小心翼翼地进入屋内，跟随红色狗爪印来到一间卧室。

一个大约50岁的女人以仰卧的姿势躺在地板上。她穿着简单的T恤和运动裤，已经死亡，后脑勺上有一个弹孔，是小口径手枪所致，极有可能是9毫米口径手枪。有很多红色狗爪印围绕在尸体旁边，特别是在血流出来的头部附近。法医确定她的死亡时间为12月23日下午1点左右。

警察迅速搜查了房子的其余地方，一切都井井有条，没有抽屉被打开，没有被翻乱的东西，前门也锁得好好的，没有强行闯入的痕迹。警方推论，受害者应该和凶手相熟，领他进了屋子，然后在毫无防备的情况下被对方枪杀。

很快，警察便弄清了受害者的身份：苏珊·伯曼，作家、编剧，正是纽约州警方准备约谈的鲍勃的密友。

纽约方面得知苏珊被杀的消息后大吃一惊，几乎所有人——凯瑟琳的朋友、家人，甚至是纽约州警方和检察官——都在心里认为就是鲍勃杀害了苏珊灭口。

检察官皮洛甚至在媒体上直言不讳地说道："听说苏珊遇害时，我第一个想到的就是鲍勃，因为我们正准备和她约谈。她的死亡极其可疑，不仅因为这是一起谋杀案，还因为案发的时间十分蹊跷。"

吉尔贝特也在电视节目上指控鲍勃就是杀人凶手，不仅杀了她最好的朋友凯瑟琳，也杀了知情的苏珊。但由于苏珊是一名写黑手党题材内容的作家，本身也是黑手党老大的女儿，后脑中枪是黑手党传统的杀人手法，所以洛杉矶警方第一时间怀疑这是一起黑手党帮派袭击，努力寻找此案和黑手党的关联。

苏珊的经纪人也表示，在苏珊被杀之前，她正参与一档解密拉斯维加斯赌城黑帮的纪实节目。苏珊也对自己的朋友表示，她即将揭露某些事情的真相："惊天大事即将爆发，但是我现在还不能说。"

02. 神秘来信

苏珊被杀的几天之后，洛杉矶贝弗利山庄警察局曾收到一封来信，信封上用大写字母写着收信人：贝弗利山庄警察（BEVERLEY HILLS POLICE）。

"贝弗利"出现了拼写错误，正确拼法是BEVERLY，信封上多加了一个字母"E"。信上只有两行字：

贝尼迪克特峡谷1527号

尸体

这封信在尸体被发现的前一天寄出，显然寄信人知道苏珊已经遇害。洛杉矶警方推测，这封信很有可能就是凶手寄出的，虽然他杀害了苏珊，但依然对苏珊很有感情，不忍心看到她的尸体因无人发现而慢慢腐烂。根据这封信，警方排除了黑帮作案的可能。之后，洛杉矶警方开始围绕这封信展开调查，而纽约警方依然在寻找鲍勃的下落。

2001年4月12日——鲍勃的58岁生日以及结婚纪念日那天，有邻居发现他出现在南塞勒姆度假屋的湖畔，站在那里失魂落魄，之后他便又从人们的视野中消失了。

03. 无名小城惊现尸块

加尔维斯顿是美国得克萨斯州东南部的一个默默无名的小城，临近墨西哥湾。2001年9月末，当地警察局突然接到报警，一个13岁的男孩在海峡观景区钓鱼时发现了一具人类躯干。警方将那具躯干打捞上岸后，又对附近区域进行了搜查。几个漂浮在海面上的黑色垃圾袋被打捞了上来，里面赫然出现人类的四肢。

法医鉴定:"肢解从右腿开始,接下来是左腿和左臂,然后是脖子,最后是右臂。右臂是最后被切下的,但只锯到一半,然后猛地断掉了,也许是凶手踩断的,也许是凶手试图用其他方法弄断骨头……"

根据DNA比对,对应着那具人类躯干的四肢已经被全部找到。但是好几天的密集搜寻依然没能找到死者的头颅。

幸运的是,警方发现了一个重要线索。夹杂在尸块中的一张报纸上清晰地印着一个投递地址:K大道2213号。警方前往这个地址,还没有进门便在通往大门的楼梯扶手上发现了血迹,血迹一直延伸到前院的护栏,甚至马路上。

警方找到了这栋房子的主人,要求进门查看。他们发现滴落的血迹终止在一楼的走廊和1号公寓门前。

04. 多萝西女士

这栋房子的主人名叫迪尔曼,他将这栋房屋分割成小的公寓房,用来出租。一楼分成两个小公寓,分别租给了两位租客。住在1号的租客是一个名叫莫里斯·布莱克(Morris Black)的男人,住在2号的则是一个聋哑老太太多萝西·塞纳。房东迪尔曼和住1号的布莱克比较熟悉,他告诉警察,布莱克是一个71岁的老年贫困男子,他的脾气非常暴躁,几乎和其他所有租客都吵过架,自己正准备终止和他的租约。而他很少见到多萝西，在仅有的几次见面中，多萝西留给他的印象是一个又老又聋、平胸，还有点儿难看的女人。

2000年11月15日（凯瑟琳失踪案重启一事被纽约各大报纸大规模报道的四天后），迪尔曼接到一个电话，电话里是一个男人的声音。他对迪尔曼说，他是多萝西的助理，打算帮她租下迪尔曼发布的租房广告里的那套公寓。迪尔曼还从对方口中得知，多萝西是一位聋哑女士，大约50岁。

这位助理接受了每月300美元的房租，称会在几天之内预付给迪尔曼前三个月的房租。他还告诉迪尔曼，因为多萝西经常出门旅行，所以在她旅行期间，会有人——比如多萝西的小叔子——时不时过来帮她照看房子。

后来迪尔曼也远远地看到过这个"小叔子"几次，但从来没有和他交谈过。警方搜查了1号公寓，里面空空如也，就连布莱克的衣服也一件都没有。厨房的地板看起来已经清理过了，但血迹检验表明，厨房的地板上、水槽中，厕所的地板上、洗脸池中以及淋浴房里都有过血迹。警方根据尸块手掌的掌纹对比，确认受害者就是1号公寓的租户——71岁的布莱克。

警方在多萝西的2号公寓附近也发现有血迹被清理过的痕迹，于是警方拿到了搜查令。打开门一看，只见2号公寓厨房的地板上铺着一大块罩布；掀开罩布后，警察在厨房的地板上发现了很多细小的割痕；揭开地板后，又发现了很多血迹，经过测验，正是布莱克的血液。厨房的墙上、客厅的地毯上也都有血迹。另外，警方在客厅还发现了一双沾血的靴子和一把血淋淋的削皮刀。

　　警方在2号公寓没有找到任何关于多萝西的身份信息和照片，但他们找到了一个男人的照片。据楼上的租户说，照片上的男人经常住在2号公寓里，好几次他们都听到他和布莱克在大声地吵架。

　　好几个邻居说他们见过这个男人，他是个安静而又奇怪的人，常常坐在门廊上抽烟。有人回忆起，9月29日中午，从2号公寓里传出非常吵闹的流行音乐声。音乐声停止后，这个男人往他的车里装了一些黑色的垃圾袋。这个男人开一辆银色SUV。

　　接下来，警方检查了屋后的垃圾桶，发现了一张五金店的收据，有人买了一把4英寸[1]长的水果刀、罩布，还有一把弓锯。他们又翻出一张从眼镜店取眼镜的凭证，上面还写着顾客的名字：鲍勃·德斯特。警察找到了眼镜店，店员告诉他，这位鲍勃·德斯特先生将于10月8日星期一前来取眼镜。警察不抱希望地留下了电话号码，并告诉店员，如果他来取眼镜，请立即给警方打电话。

　　出乎所有人的意料，星期一真的有人去取眼镜了。一接到电话，警察就立马赶往了眼镜店。他们很快锁定了附近街道上的一辆银色SUV，车内的男人被逮捕。警察在后备厢里发现了一把弓锯，随后又在车内找到一把9毫米口径的手枪。

　　鲍勃因涉嫌谋杀被捕，保释金额是25万美元。出乎警方的

1　英美制长度单位，1英寸合2.54厘米。

意料，这个看起来普普通通、住在廉价出租屋里的鲍勃立刻叫来了远在纽约的妻子（一位纽约的房产中介，2000年年底和鲍勃结婚），为他支付了25万美元的保释金。鲍勃从被捕到获释还不到24小时。

第二天加尔维斯顿警察局的电话被记者"打爆"了。此时，小镇的警方才知道这个鲍勃的真实身份和背景——纽约大名鼎鼎的房产巨富之子，此前已经被卷入两起疑案。警方了解到原来多萝西确有其人，她本人是鲍勃几十年都没有再见过面的高中时的女朋友。鲍勃用了她的名字来伪装自己，隐藏行踪，摆脱纽约方面的纠缠。

2001年10月16日，加尔维斯顿县法院组织了第一次对鲍勃的传讯，然而等待在法院门口的媒体全都大失所望——鲍勃没有出现，他弃保潜逃了。

此时纽约的德斯特家族通过发言人请求鲍勃回来，告诉他，他的家族是他坚强的后盾。他们很担心他的安危，因为涉嫌谋杀案的逃犯很容易在逃跑途中被警方射杀。但讽刺的是，就在此时，取代鲍勃成为德斯特家族掌门人的弟弟道格拉斯雇用了贴身保镖，害怕鲍勃会对他不利。自从道格拉斯接管了家族产业之后，兄弟二人就势同水火。

从加尔维斯顿县警方到得克萨斯州警方、FBI，甚至是国际刑警，都在寻找鲍勃的踪迹。

2001年11月30日，58岁的鲍勃在宾夕法尼亚州伯利恒市的一个小镇超市里因为偷窃一个价值6美元的鸡肉三明治而被捕，虽然当时他的口袋里就有500美元的现金。

这次的鲍勃没有伪装成女人，他剃光了自己的头发和眉毛，和之前的形象大不一样，但他的身份还是被当地警察识破了。警察搜查了他租来的车，发现两把已经上了膛的枪、一把22毫米口径的手枪、一把左轮手枪，还有一些毒品、38 000美元现金以及1号租客布莱克的驾照。当时，鲍勃正开车驶向位于康涅狄格州的吉尔贝特（前妻凯瑟琳的好友）的家。

鲍勃再次被逮捕的消息传出之后，所有人都感到非常奇怪，他为什么会因为一次莫名其妙的盗窃而中止逃亡计划。但是笔者联想到，凯瑟琳曾对哥哥吉姆吐露过，鲍勃有严重的偷窃癖。这样看来，鲍勃的行为就变得可以理解了。偷窃癖和毒瘾一样，一旦发作，事主就很难控制自己的行为。

2002年1月27日，鲍勃被移送回得克萨斯州小城加尔维斯顿，准备接受审判。

05. 加尔维斯顿审判

2003年10月22日，得克萨斯州当地检方指控60岁的鲍勃涉嫌谋杀布莱克，将以一级谋杀罪起诉他。纽约以及洛杉矶等地的各大媒体蜂拥而至，加尔维斯顿小城一时间满是记者。虽然和凯瑟琳的失踪案无关，但包括吉尔贝特在内，凯瑟琳的众多亲友也来到了庭审现场。鲍勃的律师团队将以正当防卫和意外事故来替他进行无罪辩护。

开庭之前，鲍勃的律师团队发现鲍勃非常难以沟通，于是他们请来一位很有名的精神科医生对鲍勃进行诊断。这位医生对鲍勃进行了长达70个小时的测试，最后他认为鲍勃患有阿斯伯格综合征[1]。

这位医生还说："他的整个人生经历都可以用阿斯伯格综合征来解释。"他的律师团队后来在法庭上援引这位医生的诊断来解释鲍勃的很多反常行为。

检方在法庭上发言，他们认为作为鲍勃邻居的布莱克因为某个契机发现了鲍勃的真实身份，也许布莱克对他进行了敲诈或者仅仅是威胁要将他的身份曝光，于是鲍勃就起了杀心。他详细计划了杀人和分尸的细节，然后付诸行动。

辩方开始辩护时，鲍勃作为第一证人接受盘问。首先鲍勃解释道，他之所以会出现在加尔维斯顿，是因为凯瑟琳失踪案被重启。纽约的众多媒体对这件事大肆报道，添油加醋，而地方检察官皮洛为了发展自己的事业，在没有证据的情况下持续调查并骚扰他。这一切都令他心力交瘁，不堪其扰。于是他决定隐姓埋名，甚至打扮成一个女性，躲在一个小城里安静度日。然后辩护律师们轮番上阵，将鲍勃塑造成一个失去心爱妻子却还要面对无端指控的悲情男人。他们还拿出一沓鲍勃被捕时随身携带的照片展示给法官和陪审团，里面有他母亲的

---

[1] 孤独症谱系障碍的一种，以社交技巧欠佳、孤僻、兴趣狭窄、行为刻板为主要特征。但与典型孤独症不同的是，阿斯伯格综合征患者的语言和认知发育正常。

照片、他的童年照、他第一个女朋友的照片、他和凯瑟琳的结婚照以及他和苏珊的早年合影……里面有所有他生命中重要的人。

鲍勃在法庭上称，在加尔维斯顿生活了一段时间后，他去掉了他的伪装，渐渐和经常一起抽烟的布莱克成了好朋友。2001年9月17日，布莱克来到鲍勃的公寓，声称自己刚从房东那里拿到一张驱逐通知书，心情非常糟糕。鲍勃安慰了布莱克之后就去了洗手间，突然听到一声枪响。等鲍勃走出来一看，发现布莱克正拿着从鲍勃的抽屉里取出来的枪站在那里，布莱克说他在射击那份驱逐通知书。鲍勃让他赶紧把枪放下，布莱克放下枪后离开了。

9月28日那天，鲍勃从外面回来，打开公寓门时，看见布莱克正坐在他家，手里拿着枪，看起来非常生气。鲍勃让他将枪放下，见对方没反应，于是上前和他扭打在一起，并试图夺下手枪，混乱之中鲍勃拿着手枪倒在了地上，恰巧这个时候手枪走火了，子弹射中了布莱克的面部。鲍勃说，布莱克死后他很慌张，但他不敢报警。他知道警察介入之后，他的身份就会被曝光，他会继续面对来自外界的无穷无尽的折磨。所以他决定将布莱克的死亡隐瞒下来。思考再三，他无奈地将布莱克肢解后抛在了墨西哥湾。

由于布莱克的头颅没有被找到，检方没有明确的证据来反驳鲍勃的这个说法。而且，显然整个陪审团都被他打动了。一个彬彬有礼、谈吐优雅的富家公子频遭不幸，一直生活在痛苦之中。

审判持续了三周。2003年11月11日，陪审团宣布鲍勃"无罪"。

鲍勃的无罪释放激起了媒体和公众的强烈不满，但是一位陪审团的成员在事后接受采访时表示："当德斯特先生（鲍勃）站在审判席上时，我觉得他的话是发自内心的。"

2004年12月21日，鲍勃因另外两项罪名被起诉，一项是弃保潜逃，另一项是毁灭证据（分尸）。这两项罪名成立，鲍勃被判处五年有期徒刑。

2005年7月15日，在坐了不到一年牢后，鲍勃就获得假释出狱，但被要求不得离家太远，出门旅行需要事先申请。

2005年12月，鲍勃离开家前往当年布莱克被杀的那栋房子，随后又去了附近的一个商场，居然在那里刚巧碰到了对谋杀案进行审判的法官。于是，鲍勃因为违反假释条例，又进了监狱。

2006年3月，鲍勃获得减刑，刑满出狱。

2010年12月3日，导演安德鲁·亚雷茨基以鲍勃和凯瑟琳的故事为原型改编的电影《所有美好的东西》上映。鲍勃看过电影之后深受感动，他主动联系了导演安德鲁，表示愿意和他一起做一个独家访谈，讲述自己的故事。因此，后来就有了《纽约灾星》这部纪录片。鲍勃的本意可能是希望纪录片可以让自己摆脱杀人凶手的形象，没想到纪录片的节目组却发现了给他定罪的关键证据。

在此期间，鲍勃又陆续犯下一些小罪。2013年8月16日，鲍勃因为非法闯入而被逮捕。此前，他的弟弟道格拉斯对他申请了人身限制令，他违反了这项限制，出现在他弟弟的家门口。（纪录片拍下了这一时刻）

2014年7月20日，鲍勃被指控犯下了毁坏财物罪，因为他对着连锁药店CVS的一个糖果架小便，随后他被罚款500美元，并向CVS支付赔偿。

06. 真相浮现

纪录片《纽约灾星》断断续续地拍摄了好几年，于2015年首播。节目组联系了很多过去案件的相关人士。时过境迁，有人说出了当年埋藏在心中的秘密。

1982年凯瑟琳失踪之后，鲍勃雇用了一名名叫爱德华·赖特的私人侦探去寻找凯瑟琳的下落。从1982年至1994年，他是纽约州团伙犯罪专案组的首席调查员。很明显，替鲍勃调查是他当年接的私活儿。

三十年后，节目组找到了赖特。令人振奋的是，最终节目组的制片人得到了一份赖特在1982年记录的机密文件。文件中的一份报告表明，鲍勃就1月31日当晚他从哪里打电话给凯瑟琳的问题上两度改变了自己的陈述。

第一次，他告诉赖特，他是在南塞勒姆的家中给凯瑟琳打的电话。第二次，他说他是用一家饭店的公共电话打给凯瑟琳的。第三次，他说他回到家之后，又去遛狗，在遛狗的途中用公共电话打给了凯瑟琳。

而其中的另一份报告更令大家震惊。当年河滨路公寓大厦的门房对赖特说，他其实并没有在1982年2月1日（星期一）早上看到过凯瑟琳——这和他对警察说的话完全相反。

而在拍摄苏珊谋杀案的过程中，节目组则有了关键性的突破。和苏珊一起生活了很多年的继子给节目组带来了他在家中发现的苏珊的一些资料。他在其中找到一个信封，里面是1999年鲍勃从纽约寄给苏珊的信，信的内容并不重要，关键在于信封上的地址。

苏珊·伯曼
贝尼迪克特峡谷1527号
加利福尼亚州贝弗利山庄（BEVERLEY HILLS）
邮编90210

注意，这里的"贝弗利"（BEVERLY）被多写了一个"E"，写成了"BEVERLEY"。这和贝弗利山庄警察局在苏珊死后收到的那封匿名信一样，寄信人在拼写地址时犯了一模一样的错误。

节目组拿到信件后，将其拍照复制，并在第一时间将它放进了银行的保险柜。于是纪录片中出现了一个戏剧化的场面，鲍勃认同这封信是自己在1999年寄给苏珊的，但坚决不承认贝弗利山庄警察局收到的匿名信是自己所写。当导演将两个信封上相同的部分并列在一起，让鲍勃辨认哪一个地址是他亲手所写时，鲍勃根本无法分辨。节目组又去求助专业的字迹鉴定专家，专家肯定这是同一个人的笔迹，每个人的笔迹都有其个人独一无二的特征。

2015年3月15日，《纽约灾星》的最后一集播出。在这一集中，当节目拍摄结束时，鲍勃忘记关掉他的麦克风，他依然处于被录音的状态。当他去厕所时，他喃喃自语道："就是这样，你被抓到了（应该是指之前的字迹辨别）……我到底都做了什么啊？……当然是把他们全都杀了。"拍摄结束后，节目组将所有的资料和证据都交给了警方。

2015年3月14日，鲍勃在新奥尔良的万豪酒店被FBI逮捕，洛杉矶警方指控他犯有一级谋杀罪。随后，鲍勃又因非法持有重型武器和毒品被联邦和路易斯安那州定罪，获刑八十五个月。

07. 洛杉矶审判

2016年11月4日，鲍勃因涉嫌对苏珊的一级谋杀罪被引渡到加利福尼亚州，关押于洛杉矶县监狱，不得保释。

2017年2月，洛杉矶法庭召开了一次初步的听证会。鲍勃的好朋友，也是他婚礼的伴郎，在法庭上做证说，鲍勃曾经私下里向他承认自己杀了苏珊。

2020年3月4日，洛杉矶法庭正式开庭审理苏珊·伯曼被杀一案。3月16日，因为新冠疫情的影响，审判暂停。2021年3月

17日，审判重新开始。

这一次，检方掌握了足够多的证据。首先，他们详细地整理了鲍勃在2000年圣诞节前后——苏珊被杀前后——的行程。

2000年12月19日，鲍勃坐飞机飞往北加利福尼亚州的特立尼达岛。到达当地的机场时，他叫了一辆出租车，司机载他去一家车行取了车钥匙，然后又送他回到机场的停车场。检方在停车场找到了车辆的停放记录，可以确定鲍勃开着车离开了停车场。

2000年12月20日，鲍勃在特立尼达岛以南80~90英里的一个小镇上的付费电话亭打了两通电话。继续往南可以到达苏珊所在的南加利福尼亚州的洛杉矶。在此期间，包括苏珊被杀前后，鲍勃的手机一直处于关机状态。20日至23日，没有人知道鲍勃到底在哪里、在干什么。和他在2000年12月11日结婚的新婚妻子也无法说出鲍勃在圣诞节前后的行踪。

2000年12月23日晚上，鲍勃出现在旧金山的一个售票处，买了一张从旧金山飞往纽约的机票，起飞时间是晚上10点。而苏珊的尸体在隔天下午被发现，法医鉴定的遇害时间是23日的下午1点钟左右。

于是，检方认为，鲍勃在12月19日到达北加利福尼亚州之后，便一直向南自驾，最后到达了南加利福尼亚州的洛杉矶。23日下午1点左右，他枪杀了苏珊，之后便开车从洛杉矶赶往旧金山。从洛杉矶沿着101高速公路可以一直开车到旧金山，路程430英里，七八个小时就能到达。鲍勃刚好可以赶上晚上10点的航班。

苏珊的很多朋友也做证说，苏珊曾非常兴奋地告诉过他们鲍勃将在圣诞假期过来拜访她，她十分期待。

鲍勃被警方扣留的三把枪中，有一把是9毫米口径手枪，而杀害苏珊的也是一把9毫米口径手枪。射入苏珊后脑勺的子弹碎成了好几片，因此无法进行弹道试验。

不过这些都无法将鲍勃定罪。最关键的证据还是纪录片里出现的那两个信封和笔迹专家的证词。2021年9月17日，78岁的鲍勃被陪审团认定一级谋杀罪名成立。2021年10月14日，洛杉矶法庭判决鲍勃终身监禁，不得假释。

那么，鲍勃为什么会杀害他最好的朋友呢？虽然他们从来没有过浪漫关系，但是他们周围的很多朋友都认为他们是真正的灵魂伴侣。

从20世纪90年代开始，苏珊一直陷于严重的债务危机之中，她借遍了身边好友的钱，还是连房租都差点儿付不起。2000年夏天，她宣布破产，并打电话向鲍勃求助，却始终没有打通。她又写了一封信给鲍勃，也没有得到回应。2000年的秋季来临时，她突然收到鲍勃的一封热情洋溢的问候信，随信附有25 000美元的支票。2000年12月，鲍勃又给苏珊寄了一张25 000美元的支票。

或许是在2000年10月凯瑟琳失踪案重新开启调查的这个时间节点上，苏珊的求助给了鲍勃很多压力和恐惧。他开始怀疑这个老朋友的忠诚，害怕她会拿这个秘密威胁自己，得寸进尺，无法餍足，于是他决定一劳永逸地解决这个问题。

虽然没有实质性的证据，但估计大部分读者读到这里，都会认为鲍勃也需要对凯瑟琳的失踪负责。凯瑟琳的多数朋友和家人认为，凯瑟琳在1982年1月31日的夜晚被鲍勃在南塞勒姆的度假屋杀害，随后被抛尸，永远地留在了新泽西州广袤的沼泽地里。

2021年11月，因鲍勃涉嫌凯瑟琳失踪与谋杀一案，韦斯特切斯特县检察官办公室启动了对他的诉讼程序，据说将以二级谋杀罪的罪名起诉他。但在判决前，鲍勃因病于2022年1月在洛杉矶的一家医院去世。

笔者看完了纪录片，还阅读了大量纪录片里没有提到的细节性资料，认为鲍勃并不是一个完全冷酷无情的连环杀手，杀人不会给他带来快感，杀人只是他解决人际矛盾的一种方式。

笔者有理由相信，他恨了凯瑟琳的好友吉尔贝特一辈子，他在离开得克萨斯州，弃保逃亡的路上已经有了杀掉吉尔贝特的计划。如果不是警方及时逮捕了他，吉尔贝特恐怕也凶多吉少。

他一生都在追求亲密关系，但在真正得到之后，他便会去亲手摧毁它。年老的鲍勃在镜头前回忆和母亲在一起的日子时，重复了三次"快乐"。笔者相信，至少这一次他说了实话。

也许他一直都在复制童年的那个夜晚，他最爱的母亲以如此惨烈决绝的方式离开了他，让他对于"爱"既渴望又恐惧，恐惧它的转瞬即逝，恐惧自己的无能为力。既然"爱"是如此地捉摸不定，无法把握，那就亲手摧毁它。

笔者：黎恺

显赫律师家族的诅咒

近百年来，美国南部的著名律师家族——默多家族——一直牢牢地把控着南卡罗来纳州低地地区的司法界。然而，就在2023年1月，这个家族的律所继承人之一——亚历克斯·默多（Alex Murdaugh）却因涉嫌谋杀被送上审判席。

不仅如此，调查人员还发现，2015年至2021年六年间，有五起死亡事件和涉案金额上千万美元的经济犯罪都和这个家族有着莫大的关系。

这场对亚历克斯·默多的审判被当地媒体称为南卡罗来纳州的"世纪审判"，是"南卡罗来纳州法律史上最具影响力和轰动性的案件之一"。

01. 司法家族

美国南部的低地地区大致位于南卡罗来纳州的东南部沿海，风景优美，民风淳朴。

低地地区不仅是一个地理概念，也是一个文化概念。该地区保留着浓厚的种植园文化气息，以其迷人的传统小镇、种植园遗址等历史古迹而闻名。默多家族是该地区的一个著名律师家族，其在法律界的创业史可以一直追溯到20世纪初的伦道夫·默多（1887—1940）。

伦道夫出身南方名门，母亲的爷爷是南北战争时期南方邦联总统杰斐逊·戴维斯的堂兄弟。1910年，伦道夫从南卡罗来纳大学的法学院毕业，不久便在南卡罗来纳州的汉普顿县创办了一家律师事务所。1920年，他成为民选的南卡罗来纳州第十四司法巡回区的巡回检察官。自伦道夫之后，从1920年到2006年，默多家族连续三代人先后担任第十四司法巡回区的巡回检察官。在南卡罗来纳州，巡回检察官类似于美国其他州的地区检察官，负责在辖区内起诉所有刑事案件。

第十四司法巡回区包括五个县：博福特县、科利顿县、汉普顿县、贾斯珀县和艾伦代尔县。有媒体甚至将第十四司法巡回区的五个县称为"默多县"，当地人则会直接说自己来自"默多县"。与此同时，默多家族的律师事务所（The Peters, Murdaugh, Parker, Eltzroth Detrik）也在百年间成为南卡罗来纳州低地地区最有名的律所，雇员超过百人，位于汉普顿县的总部大楼占了整个街区，还有五家分部位于南卡罗来纳州的其他地区。

2006年，伦道夫·默多的孙子——伦道夫·默多三世从第十四司法巡回区巡回检察官的职位上退休。虽然自那以后，默多家族再无人担任巡回检察官一职，但是他们依旧在南卡罗来纳州的政界、民事和刑事司法系统中人脉甚广，有着不小的影响力。

《汉普顿先锋报》的主编说："百年来，默多家族在第14司法巡回区就是法律，他们的交际网络中有法官、律师、执法部门、治安官，以及司法系统中的每个人。他们就是法律，有些时候，他们甚至超越法律。"伦道夫·默多三世有三个儿子：大儿子兰迪、二儿子亚历克斯，以及小儿子约翰·马文。

兰迪和亚历克斯作为合伙人，都任职于曾祖父创办的家族律师事务所，现名为"帕克律师事务所"。而一直被家族视为律所头号继承人的亚历克斯，还继承了祖传的家族庄园。出生于1968年的亚历克斯虽然没有像父亲、祖辈那样进入政府的司法系统，但他主攻个人伤害诉讼，业绩斐然，经常能为客户打赢官司，拿到巨额赔偿款。

1993年，亚历克斯和在大学里结识的校花玛吉结婚，婚后育有两个强壮健康的儿子——巴斯特和保罗。巴斯特本科毕业后，追随家族传统，在南卡罗来纳大学攻读法学院的硕士学位。

亚历克斯一家人不仅坐拥占地1700英亩的家族庄园摩泽尔庄园，还拥有汉普顿市的一栋豪宅，以及一处用于度假的私人岛屿。摩泽尔庄园横跨科利顿县和汉普顿县，地势开阔，人烟稀少，主要用来狩猎，面积是特朗普的海湖庄园的86倍。

庄园内绝大部分区域被原始森林覆盖，有各类野生动物，主要是鹿，所以被作为猎鹿的狩猎区。进入红砖墙砌就的大门，平整的车道通向两处建筑，一处是庄园住宅，另一处是辅助设施，包括马厩、狗舍等。

亚历克斯一家都十分好客、好饮，经常在家中或者庄园里大宴宾客，两个儿子的好友们也频繁造访家中。虽然是精通法律的律师家庭，但亚历克斯一家对美国青少年21岁方可饮酒的联邦法律不屑一顾，无论是对自己的孩子，还是对孩子们的伙伴，他们都会提供不限量的酒精饮料。然而，2021年6月，就在摩泽尔庄园中，53岁的亚历克斯经历了一场惨绝人寰的悲剧……

02. 母子被杀

2021年6月7日晚10点20分，汉普顿县警察局接到了亚历克斯的报警电话。电话中，亚历克斯声音哽咽，情绪激动，说自己52岁的妻子玛吉和22岁的小儿子保罗在自家摩泽尔庄园遭遇了枪击，情况危急，需要一辆救护车。

警方迅速赶到庄园。案发现场是庄园中的狗舍附近，玛吉和保罗均已死亡。玛吉的前胸和后背都有多处弹孔，而从她倒地的姿势来看，像是生前在拼命逃跑。法医后来指出，玛吉被四五颗子弹射中，其中一颗射穿左肾，痛苦使她身体弯曲，当她弯腰时，另一颗子弹射穿她的胸口再穿入脸部，导致她的大脑受到严重损害。

保罗的死状也很凄惨。他的胸口正中一枪，而凶手似乎怕他"没死透"，在他的头颈处又补了一枪。因为凶手使用霰弹猎枪近距离射击，所以保罗面目全非，几不可辨。

鉴证人员根据现场情况判断，凶手使用的凶器一共有两种：射杀玛吉的是来复枪，对保罗使用的是霰弹猎枪。凶手可能有两名。法医估计两名死者的死亡时间是当晚的9点至9点30分。

亚历克斯说，当天下午，他和玛吉、保罗都待在摩泽尔庄园。晚上7点半左右，他从小睡中醒来，没有看到妻儿，猜测他们两人应在偌大庄园的某一处。8点5分，他发消息告知妻儿，说自己要前往市区的父母家。亚历克斯的父亲伦道夫三世已经生命垂危，时日不多，他的母亲也患有阿尔茨海默病。9点15分左右，他还逗留在父母家。快回庄园之前，他曾经拨打过玛吉的电话，但没有打通。等他在10点20分回到庄园时，就发现妻子和小儿子躺在了狗舍旁……

亚历克斯冷静后告诉现场的警察，他猜测保罗和玛吉是因为两年前的一场沉船事故遭报复被杀害。在执法记录仪中可以听到亚历克斯说："这是一个很长的故事。我的儿子被牵扯进了一起沉船事故。他一直受到威胁，我知道的就是这样。"

第二天，这起惨案迅速登上当地各大媒体的头条，公众议论纷纷。网络上的一些人根据"总是那个丈夫"（It's always the husband）理论，认为亚历克斯杀人骗保的可能性很大。但亚历克斯的律师向外界澄清，玛吉和保罗的死亡并不能带来巨额保险赔偿金。而汉普顿县大多数居民的想法都和亚历克斯一致，他们认为两人的死亡和两年前的沉船事故有关，和事故中一个女孩的不幸身亡有关。

03. 沉船事故

保罗出生于1999年，和哥哥巴斯特不同，他从小并没有受到父母很多关注，是由家中的保姆格洛丽亚·萨特菲尔德（Gloria Satterfield）一手带大的。保罗和格洛丽亚感情深厚，他的钱包里常年放着自己和格洛丽亚的合影，此外并无任何其他人的照片。另外，爷爷伦道夫三世在所有的孙辈中最为疼爱保罗。保罗一遇到麻烦事，也总是第一时间打电话给爷爷。

在个性、进取心方面，保罗也和哥哥巴斯特不一样。巴斯特谨慎、好学，在学业上努力上进，本科就读于南方著名的学院沃福德学院的国际政治专业，毕业后进入南卡罗来纳大学的法学院，作为新一代的家族继承人走在既定的轨道上。

保罗更像一个南卡罗来纳州低地的农家孩子。他天生随性，热衷于打猎、开船捕鱼，还会给猎犬接生、照顾小狗，以及砍树、劈柴等农活儿。当然，他也极其热衷于和朋友们喝酒、彻夜狂欢，对家族事业基本没有兴趣。

保罗有一个固定的朋友圈，小伙伴们都住在保罗家附近，是汉普顿县中产阶级家庭的孩子。他们是堂兄弟安东尼和康纳以及两名女生马洛里和米利。他们五人基本同龄，几乎从三四岁就开始一起玩耍，安东尼是保罗从小到大最好的朋友。

升入中学后，康纳和米利首先成为情侣。高中一年级时，漂亮的摩根随父母从长岛搬家到汉普顿县，和马洛里、米利成为好朋友。高二时，摩根和保罗开始谈恋爱，摩根是保罗的第一个女朋友。同时，安东尼和马洛里之间也擦出了火花，在新年夜由多年好友成为恋人。这三对小情侣经常在一起聚会，保罗家的摩泽尔庄园和一处在博福特河湾区、保罗家拥有一半产权的私人岛屿，都是他们常去的地方。

2019年2月23日下午，有朋友发短信给这个六人组，问他们晚上要不要一起去附近博福特河上的一个小岛（不是保罗家的岛）上度过一个烤生蚝之夜。天气比较冷的时候在户外烤生蚝，这是低地地区的一个传统。很快，六人组决定一起前往。保罗事先购买了50美元的啤酒，因为未达到法定的饮酒年龄，他使用了哥哥巴斯特的证件购买。

傍晚时分，六人来到船坞，先是喝了一通酒，然后开船出发。晚上8点，他们到达烤生蚝的目的地，然后又喝了很多酒。当时，他们一行人已经出现醉态，保罗醉得最厉害，已经变成了"提米"。提米是其他五人给保罗起的绰号。他们认为，保罗只要一喝醉酒，就完全变成了另外一个人，疯狂、愤怒，完全不能控制自己。提米就像是保罗喝醉之后出现的第二人格。由于保罗重度依赖酒精，常常喝醉，所以提米也会频繁出现在大家面前。午夜过后，烤生蚝派对结束，六人准备开船回家。在岛上时，有其他朋友提出为了安全起见，可以替他们开船，但保罗断然拒绝了。于是六人上船回家。

深夜12点55分，他们路过一家常去的酒吧。保罗和康纳坚持停船，建议大家一起去这家酒吧喝几杯之后再开船回家。20分钟后大家从酒吧出来，保罗已经酩酊大醉。其他五人提出，让康纳接替他开船。保罗非常愤怒，甚至扇了女朋友摩根一耳光，说她不支持自己。接着，他推开众人，继续开船。

到了凌晨2点，河面起了大雾，小船在高速行进中撞上了博福特河中一座大桥的桥墩。六人从船上落水，其中五人因为会游泳很快游上了岸，唯独少了马洛里一人。事故发生后，警方接到报警后赶来，要将五人一起送往医院，但安东尼不愿离开。他徘徊在河岸边，痛哭流涕，坚持在此等待，直到马洛里被找到。

保罗、摩根和米利只受了些皮外伤，只有康纳的伤势稍稍严重一些。他的下巴骨折，伴有一条大裂口，伤愈后能看到明显的疤痕。

保罗的醉酒状态明显，医院记录他的血液酒精含量为0.286克/100毫升，是驾驶机动车辆法定限值的三倍以上（尽管事故发生时，保罗未满21岁，法定限值并不适用），但警方当时并未对保罗进行酒精测试。

亚历克斯很快赶来医院，试图控制局面，说服大家统一口径，让康纳成为出事船只当时的驾驶员——保罗的替罪羊，但是他失败了。七天后，马洛里的尸体在离事发地5英里的地方被志愿者找到。尸检证明马洛里在撞船的那一刻受到了桥墩或船上的钝器重击，昏迷时落水，最终导致溺亡。

马洛里死亡的三个月后，保罗被指控一项酒后驾船致死罪和两项酒后驾船致重伤罪。在法庭举行的第一次听证会上，保罗拒不认罪，并以5万美元的保释金取保候审。

此后，该案件的正式审判一直因程序问题迟迟未能开庭。此事过后，摩根和保罗分了手。安东尼也和保罗形同路人，他对保罗说的最后一句话是："兄弟，我也爱你，但是我不想再看到你。"马洛里的父母一直无法走出丧女之痛，父亲只要提起女儿就会眼里满含泪水。他认为女儿的死亡完全是保罗的酗酒和莽撞导致的，但他并没有因此仇恨保罗，只是认为"他也吓坏了"。

从表面上看，保罗的生活并未因这次事故受到太大的影响。他从家中搬出，独自居住在摩泽尔庄园里的一个小木屋中。从他的分享软件页面发布的照片可以看出，他依旧常常狩猎、开船、和朋友们聚会，只是喝酒的频率似乎有所减少。一天，他用卡车拖着游艇行驶在路上，因为超速被警察拦下，这一次测试没发现他喝酒。

马洛里死后的两年里，保罗一直这样平静地生活，直到沉船事故案确定最终开庭的前一周。这种平静的幻象被摩泽尔庄园中的枪声击破。玛吉和保罗死后的第三天，最疼爱保罗的爷爷伦道夫三世也在家中病逝。

04. 又见枪击案

玛吉和保罗被杀后，警方一直在调查，其间还找过安东尼以及马洛里的父亲了解情况，但没有什么进展，也无人被捕。亚历克斯和大儿子巴斯特联合悬赏10万美元寻找凶手。三个月后，2021年9月4日上午，亚历克斯又一次拨通了报警电话。

他说自己从摩泽尔庄园出来后不久，在路边给自己的黑色SUV换轮胎时，有人驾驶一辆卡车经过时朝他开枪，他被击中了头部。

警方赶来后发现，亚历克斯并无大碍，头部伤口是"浅表的"，子弹仅造成他的头皮擦伤。但从子弹瞄准的位置看，枪手很明显是想一枪击中头部，置亚历克斯于死地。亚历克斯的律师吉姆·格里芬在采访中夸大了伤情，他对记者说，他的当事人在枪击中颅骨骨折并出血。亚历克斯的兄弟兰迪·默多代表家族发表声明："默多家族所遭受的痛苦超出了想象。我们希望亚历克斯康复，并希望在此期间公众尊重他的隐私。"

此次枪击案发生后的两天，亚历克斯却发表了一则和枪击案看似无关的公开声明，说他已经从家族律师事务所辞职，因为药物滥用问题即将进入戒毒康复中心。同时，他声称自己做出了很多如今很后悔的决定。几小时后，他的家族律所PMPED发表声明，指控亚历克斯挪用了公司资金。

9月8日，南卡罗来纳州最高法院无限期吊销了亚历克斯的律师执照。

9月9日，兰迪·默多发表声明，谴责弟弟亚历克斯挪用公司资金，但是称他们所有的家族成员一直热爱并维护家族公司的正常运行。一周后，这一次的枪击案就被警方侦破，61岁的柯蒂斯·爱德华·史密斯（Curtis Edward Smith）作为此案的嫌疑人被捕，他就是驾驶卡车并向亚历克斯射击的枪手。

然而，柯蒂斯的招供让警方大吃一惊——让他去杀死亚历克斯的人竟然就是亚历克斯自己。

柯蒂斯不是外人,他是亚历克斯的远房表兄,经常在亚历克斯的家和庄园里做一些维修工作。但私下里,亚历克斯经常找柯蒂斯帮忙购买通过非法途径获得的处方药。为了证明自己所言不虚,柯蒂斯还主动向警方提供了亚历克斯长期不间断地给他汇款的记录。而这一次亚历克斯找到他,却是雇他杀了自己。一旦他死了,他的大儿子巴斯特就可以获得1000万美元的保险赔偿金。接着,亚历克斯被捕,他承认了自己雇人杀自己以及骗保的计划。

但为何这个家财万贯、日进斗金的名门律师会为了给儿子留下一大笔钱而选择自杀呢?原来,在光鲜的外表下,亚历克斯早已濒临破产,为此他盗用了家族律所数百万美元的公款。就在他实施"自杀"的前一天,他的盗窃行为被律所发现,他被赶出自家三代经营的PMPED律师事务所,这才有了亚历克斯和律所在9月6日相继发表的声明。

之后,律所向警方报了警,并聘请会计师事务所来核查亚历克斯经手的所有账单,怀疑他涉及严重的金融犯罪。2021年9月16日,亚历克斯和柯蒂斯因谋杀、自杀计划的欺诈与共谋罪被起诉,等待审判。

亚历克斯在取保候审时上交了护照,并被法官允许前往位于佛罗里达州的一家戒毒康复中心治疗。与此同时,南卡罗来纳州警方在对亚历克斯的金融犯罪展开调查期间,因为"收集到的重要信息",宣布对长期为默多家族工作的女佣格洛丽亚·萨特菲尔德的死亡展开刑事调查。

05. 保姆之死

上文提过，格洛丽亚是保罗自小的保姆，二人感情深厚，情同母子。到2018年，格洛丽亚已经在亚历克斯家中服务超过了二十年。

2018年2月2日，汉普顿县警方接到一通从摩泽尔庄园拨出的报警电话，报警人是女主人玛吉。玛吉说管家格洛丽亚牵着狗绳外出遛狗时，不小心被狗绳绊倒，摔在了门前的台阶上，已经失去了意识，急需一辆救护车。

格洛丽亚很快被送往医院急救，但因为严重的颅内伤引发了中风等一系列并发症，她在几天后不幸去世。然而，没有人通知验尸官，也没有进行尸检。此事在官方文件中被认定为"绊倒和跌倒事故"，死亡证明书却出人意料地称她死于"自然原因"。在格洛丽亚发生意外的一个多月前，亚历克斯刚好购买了一份保险，这份保险将对发生在自家住宅内的任何人身意外进行赔付。因为格洛丽亚是在摩泽尔庄园意外身故，于是亚历克斯鼓励格洛丽亚的儿子去法院起诉自己，这样他就能用这次起诉来申请格洛丽亚保险金的赔付。诉讼和保险赔付程序通常都十分冗长、繁杂，于是格洛丽亚的儿子就将此事全权委托给亚历克斯进行处理。

但直到三年后亚历克斯被抓时，格洛丽亚的亲属都没有收到任何赔偿款。而在对亚历克斯的金融犯罪进行调查时，警方发现，保险公司针对格洛丽亚的意外死亡早已赔付了430万美元，这些钱疑似全都落入了亚历克斯的腰包。如此一来，原本被定性为意外或自然死亡的格洛丽亚之死看起来就没那么简单了，其中或许涉及谋杀骗保，于是警方宣布启动刑事调查。2021年10月14日，亚历克斯从戒毒中心出院后再次被逮捕。这次的罪名是两项诈骗罪，检方指控他涉嫌挪用了涉及格洛丽亚死亡的保险赔偿款。这一次，法官拒绝了亚历克斯的保释请求，并勒令他进行心理评估。评估结果显示亚历克斯患有抑郁症。

之后，警方进一步的调查表明，除了格洛丽亚的儿子，亚历克斯至少还侵吞了三名委托人的保险赔偿款。他有意挑选社会和经济地位处于劣势的蓝领、移民等受害者，给他们少量却足以使他们满意的赔偿款，自己则侵吞了绝大部分。例如在2019年，他为一名被醉驾司机撞死的女性受害者的母亲担任索赔律师。他告诉受害者的母亲，她能够得到3万美元的和解金（由肇事司机的保险公司支付），但这笔赔偿金实际超过18万美元。

最终，在金融犯罪方面，亚历克斯一共面临超过100项刑事指控，涉及在十一年时间内窃取的约850万美元赔偿金。另外，亚历克斯在九年时间内的收入超过了1400万美元，逃税金额超过48万美元。这一次，亚历克斯的保释金被设定为700万美元。他无力支付，只好在监狱中等待审判。

亚历克斯在法庭上说自己进行金融犯罪是为了购买非法药物，但南卡罗来纳州的一名法学教授指出，亚历克斯的非法所得足够他购买好几百年的药品，他的资金去向成谜。亚历克斯入狱后，有记者拍到他的哥哥兰迪和他的大儿子巴斯特在拉斯维加斯赌博的画面，于是有人怀疑亚历克斯进行金融犯罪的真正目的是为自己或家人偿还赌债。

06. 谋杀审判

2022年7月，在玛吉和保罗被枪杀一年后，警方在保罗生前使用的手机中找到了关键性证据。保罗的手机历经一年时间，经过诸多法律和技术程序才被解锁。保罗在案发当晚9点左右用手机拍摄了一段视频。视频拍摄于狗舍中，画面始终停留在一条烦躁不安的小狗身上。保罗一边用手机拍摄，一边对它进行安抚。保罗的身后好像传来了母亲玛吉和父亲亚历克斯谈话的声音。不一会儿，保罗结束了拍摄，能看出来他结束得并不仓促。凶案应该是在保罗结束拍摄后才发生的。

亚历克斯的不在场证明不攻自破。2023年1月23日，亚历克斯因为双重谋杀罪站在了审判席上，美国主流媒体全程直播了这场南卡罗来纳州民众眼中的"世纪审判"。

首席检察官在开场白中说："这是一项漫长而详尽的调查，但你会得出一个不可避免的结论——就是他谋杀了玛吉和保罗。"检察官称亚历克斯的谋杀动机是转移家族对自己金融犯罪的注意力，并获得同情。另外，有媒体从知情人那里获知，玛吉在案发前给自己找了一位离婚律师，并雇用了一名会计对家中资产进行调查，看起来是要发动离婚大战的架势。笔者认为检察官说的动机很牵强。笔者猜测，玛吉在调查中发现了亚历克斯真实的财务状况，或者知道格洛丽亚的死亡真相并以此作为要挟。而亚历克斯不想离婚分家产，更不希望自己的罪行或财务情况被曝光。两人发生争执后，亚历克斯枪杀玛吉。当天在狗舍的保罗目睹了凶案，为了阻止儿子报警，亚历克斯不得不把他一起杀了灭口。

亚历克斯对谋杀拒不认罪，但他承认自己在不在场证明的笔录上撒了谎。他在法庭上痛哭流涕，说自己撒谎是因为不信任调查人员，而且药物成瘾使他变得偏执。亚历克斯说自己一旦开始撒谎，就不得不继续撒谎。他还引用了19世纪作家沃尔特·司各特爵士的话对陪审员说："哦，我们编织的网多么错综复杂。"但亚历克斯自始至终都否认杀人，他在庭审时说："不，我永远不会伤害玛吉·默多。在任何情况下，我都不会伤害保罗·默多。"

面对亚历克斯的一再否认，检察官高声恳请陪审团："这个被告愚弄了所有人，每个自以为和他亲近的人，都被他骗了，包括玛吉和保罗，而他们为此付出了生命的代价。不要让他再愚弄你们。"

在长达六周的庭审中，亚历克斯的大儿子巴斯特始终站在父亲这边，坚称他无罪。（一年多前，巴斯特因为论文剽窃被南卡罗来纳大学的法学院开除。）亚历克斯对自己的金融犯罪倒是供认不讳。他承认他撒谎并从他的客户和他的律师事务所偷走了数百万美元，因为毒品掏空了他的钱。"我拿了不属于我的钱，我不应该这样做。我讨厌自己这样做了。"辩方律所曾提出抗议，认为控方在谋杀案的庭审上不应提出亚历克斯金融犯罪的相关问题。但法官驳回了他们的抗议，表示陪审员有权考虑亚历克斯的财务状况是否构成杀人的动机。

除了视频证据，检方还提供了另外两个和谋杀有关的证据。第一个是亚历克斯手机和基站的连接数据，数据显示他当时出现在案发现场，为视频证据提供佐证。第二个证据是在亚历克斯案发当晚所穿的白色T恤上检测出的火药残留物。虽然警方一直没有找到杀害玛吉和保罗的枪支，但是这样的火药残留符合从这类枪支中射出子弹的火药残留情况，可以作为间接证据。

但是辩方始终强调，此案没有目击者，没有确凿的证据，检方提出的只不过是一个推测。辩方请来知名的犯罪现场分析专家蒂姆·帕尔姆巴赫做证。他根据保罗所承受的致命枪击分析，认为近距离射杀保罗的枪手会因飞弹而受伤并浑身是血。但是，亚历克斯当晚所穿的衣服上并无任何血迹。蒂姆·帕尔姆巴赫还说，他认为现场有两名枪手。

2023年3月2日，在仅仅3个小时的审议后，陪审团裁定亚历克斯谋杀妻儿的罪名成立，在暴力犯罪中持有武器的罪名成立。3月3日，54岁的亚历克斯被判处两个连续的终身监禁，刑期达到南卡罗来纳州刑罚的最高限度。

听到宣判结果时，亚历克斯脸上没有任何表情，只是全身都在发抖。旁听席上，他唯一幸存的儿子巴斯特则痛苦得掩面哭泣。

该案的首席检察官情绪激动地向法院外的民众宣告：

"你的家人是谁并不重要,你有多少钱或别人认为你有多少钱,你的地位有多显赫,这些都不重要。如果你做了错事,违反了法律,如果你谋杀了人,那么正义都将在南卡罗来纳州得到伸张。"

玛吉和保罗被杀,亚历克斯入狱,四口之家只余长子巴斯特一人。摩泽尔庄园封锁待售,物品被一一拍卖,默多家族帝国倒塌,但故事还没有结束。

07. 诡异车祸

2023年3月22日,南卡罗来纳州警方宣布,八年前一个名叫斯蒂芬·史密斯(Stephen Smith)的年轻人死于谋杀,而不是一起公路事故。这是另外一起可能与默多家族有关的神秘死亡事件。

2015年,从高中毕业的斯蒂芬·史密斯在一所社区学院就读护理专业。7月8日,19岁的斯蒂芬被人发现死在了汉普顿县的一条乡村道路上。他的黄色小车停在路边,完好无损,但车门是打开的状态。这条乡村小道距离摩泽尔庄园10英里。

尸检表明,他的头部遭受钝击,导致致命外伤。当时的警方认定该案为司机肇事逃逸,但并没抓到逃逸的司机。斯蒂芬的家人却不认同这一结论,因为发现斯蒂芬尸体的乡村道路上并无拖拽碾压等车祸痕迹。斯蒂芬的衣着整齐完好,帆布鞋也依然松松地套在他脚上,不符合绝大多数车祸现场尸体的状态。

有警察对此表示，斯蒂芬有可能是在下车查看自己车辆情况时，在侧方被路过的重型卡车撞击，倒地身亡，所以没有拖拽痕迹。但这样的推论没能说服斯蒂芬的母亲，她认为儿子死于仇恨犯罪，因为她的儿子在高中时发表过性取向方面的言论，而南卡罗来纳州极端保守的社会风气很难接受这样的人存在。她雇用了私家侦探去调查儿子的死因。私家侦探在调查过程中，遇到数名自称知道内情的证人反复暗示，包括亚历克斯的长子巴斯特在内的数名年轻人和斯蒂芬的死亡有关。而巴斯特和斯蒂芬是同一届的高中同学。据说，还有人打匿名电话给警方，直接说是巴斯特害死了斯蒂芬。

根据《格林维尔新闻》的报道，斯蒂芬死亡后不久，有关警方掩盖事实和默多家族可能牵涉其中的流言便开始在汉普顿县流传。有人猜测，巴斯特一伙人或许对斯蒂芬施加了伤害；也有流言说巴斯特为了掩盖自己和斯蒂芬的关系，所以将他杀害。

南卡罗来纳州警方在调查玛吉和保罗之死时，发现了一些新的线索。这些线索让他们在2021年6月重新开始调查斯蒂芬的死因。两年后，警方宣布斯蒂芬死于谋杀。在警方给出斯蒂芬的死因结论后，巴斯特·默多向媒体发表了一份声明，否认此案和自己有关。他说："关于我与斯蒂芬及其死亡的这些毫无根据的流言是虚假的。"

截至2023年7月，斯蒂芬·史密斯谋杀案以及格洛丽亚·萨特菲尔德的死亡仍在调查中，还无人因此被捕。亚历克斯·默多目前被关押在南卡罗来纳州一所最高安全级别的监狱内，等待着对他的一系列其他罪行的审判。

笔者：黎恺

无人敢住的房子

2004年,澳大利亚房地产经纪公司L. J. 胡克在悉尼西北部的郊区北赖德的一片草地上立起了一个广告牌,上面写着"此房出售"。草地后面是一座两层的房子,有四个卧室和三个洗手间,巨大的车库面对着宽阔的柯林斯大道。

这个社区有充足的空间和舒适的环境,距悉尼市中心仅15千米,吸引了很多中产阶级家庭前来定居。

刚从中国台湾移民来到澳大利亚的一对夫妻看上了这座房子,以80万澳元[1]的价格从L. J. 胡克公司手上买下了它。但没过多久,这对夫妻从当地报纸上读到了自己新家的可怕历史,而地产经纪公司却没有事先告知他们。他们觉得自己受骗了,要求解除购房合同。L. J. 胡克公司起初不同意,但迫于公众舆论的压力,最终同意解除购房合同并返还所有购房款。

2005年,这座房子前的空草地上再次立起了新的出售广告牌,只是这次在广告语下面多了一句话:这里曾经住着冈萨雷斯(Gonzales)一家。

这座房子里到底发生过什么可怕的事?

---

[1] 相当于2004年的人民币330万元左右。

01. 家庭史

碧瑶市是菲律宾首都马尼拉以北250千米处的一座山城。1954年,特奥多罗(Teodoro)作为冈萨雷斯家的第四个孩子出生在这里。他受到了一家人的宠爱,父母给他取了一个爱称叫"特迪"(Teddy)。特迪从小学习成绩优秀,大学主修法律,并在1977年通过了法律职业资格考试。

大学期间,特迪遇到了玛丽(Mary),两人一见钟情,几个月后便成婚了。他们总是在众人面前大秀恩爱,结婚多年仍然保持着随时牵手的习惯。

1980年,夫妇俩迎来了他们的第一个儿子,取名叫塞夫(Sef)。这是一个奇特而神秘的名字,特迪在塞夫小时候承诺会在塞夫21岁生日的时候向他揭晓名字背后的故事。1983年,冈萨雷斯夫妇的第二个孩子——一个女儿出生了,名叫克洛汀(Clodine)。

特迪是一个目标坚定的理想主义者。他工作极其努力,就是为了给家人提供一个优渥的生活环境,以保证他们的家庭不像自己在成长过程中那样饱受经济拮据的困扰。以优异的成绩从大学毕业以后,他在一家地产经纪公司工作,夫妻俩还开了租碟店和药店。

1989年,他们又开了一家酒店。这家酒店有四层楼,共四十四个房间。在经营的同时,一家人也住在这里。由于地理位置优越,酒店给他们带来了良好的经济收益。

1990年,菲律宾碧瑶大地震打破了一家人平静的生活。地震使地面裂开了一道125千米长的巨大缝隙，还夺去了很多人的生命。冈萨雷斯家的酒店也被摧毁。夫妻俩和女儿在酒店倒塌前逃了出去，而9岁的塞夫被压在了废墟下面。父亲冒着生命危险冲进去救出了塞夫，所幸他并无大碍。地震使冈萨雷斯一家蒙受了巨大的损失。特迪有了一个新的计划，他打算带家人去一个更安全的地方。他们家的很多亲戚都移民到了澳大利亚，在拜访亲戚的时候，他们发现悉尼是个很有吸引力的城市。于是特迪重新进入了学校，并获得了澳大利亚的律师执业资格。

毕业后，他开了一家律所，专门帮助菲律宾人获得移民资格。他的妻子玛丽也在律所里做一些管理工作。夫妻俩非常敬业，到了1999年年底，律所的生意红火，他们在悉尼郊区北赖德的一个中产阶级社区购买了一座房子，也就是文章开头提到的房子。特迪终于重建了自己的理想之家。

冈萨雷斯家的两个孩子就在这样优越的环境中长大。老大塞夫从小就是个成绩全优的好学生，和很多亚裔家庭一样，父母希望他长大以后能成为医生或律师。然而塞夫真正热爱的是音乐，他有一个成为节奏布鲁斯[1]和嘻哈音乐人的梦想。他组建了一个叫作"绝对氛围"的嘻哈乐队，在悉尼的一些夜店和派对上表演。尽管有人评价他们在舞台上的表演有些笨拙，塞夫还是获得了一个4000澳元的唱片合约。

这小小的名气让他的情感生活更加顺利，还给他带来了一个狂热的粉丝。一个叫黛西的女孩为他专门建立了个人网站，

---

1 简称R&B，由黑人表演者在美国发展起来的类似音乐类型的总称。源于布鲁斯，是早期摇滚乐的基础，嘻哈乐和Rap都源于此。

网站里有大量关于塞夫如何令人喜爱的文章，一些献给塞夫的情歌歌词和一些他的照片，包括几张他光着上半身的照片和一张他与几个女模特摆拍的照片。网站的简介这样写道："塞夫是一个体贴、可靠、可爱、善良、宽容、智慧的人，他的歌可以打动任何一个女孩。如果你招惹他，就会得罪我。"

塞夫身边的朋友和熟人都知道他在音乐、跆拳道和模特方面的成就。尽管如此，冈萨雷斯夫妇却认为音乐梦想不太现实。

塞夫一开始就读于新南威尔士大学医学院，但因成绩太差而遭到退学。在20岁时，他又申请到麦考瑞大学法学院。与此同时，他还在父亲的律所兼职做一些助理工作。

第一学年结束后，塞夫的成绩单表明他的学业水平很高。父母为塞夫感到非常骄傲，奖励了他一辆绿色福特轿车和一个私人定制的车牌号。尽管哥哥非常优秀，妹妹克洛汀也没有被他的光芒掩盖。她有着外向健谈的性格，喜欢运动和烹饪，她希望未来能当一名老师。父母对兄妹俩都抱有很高的期望，这使得兄妹俩之间产生了竞争。但这种竞争是良性的，从没破坏两人之间从小就形成的纽带。对克洛汀来说，塞夫一直是对她保护欲很强的大哥哥。

02. 案发

2001年7月10日，冈萨雷斯家的每一位成员都有各自的心事。46岁的特迪在律所里指导他的儿子，期望有一天他可以接替自己的位置。43岁的玛丽正在为即将到来的结婚纪念日做准备。克洛汀刚过完18岁生日，正在放假。

7月10日，和往常一样，特迪和玛丽早早起床，两人各自开车去公司。塞夫先去麦考瑞大学上课，然后去父亲的公司上班，晚上和一个朋友有约。克洛汀则独自留在家里学习。

玛丽的妹妹，35岁的埃米莉，下班后要去接她8岁的儿子，儿子所在的地方离玛丽家很近，于是她打算去和姐姐聊会儿天。

当她把车停在冈萨雷斯家门口时已经是下午6点，塞夫的绿色轿车就停在路边。下了一整天的冬季毛毛雨已经停了，埃米莉和儿子下车时并没有打伞。她惊讶地发现姐姐家里好像没有人，房子里面黑漆漆的，车库门也紧闭着。照理说，姐姐这时应该早就下班回家了。

这时一楼的窗户里闪过了什么东西，埃米莉推测家里其实是有人的。她带着儿子来到家门口，结霜的玻璃透出一丝微弱的灯光，好像是从房子后部的厨房发出来的。埃米莉确定家里有人，她按了几次门铃，但是里面都出奇地安静。正常情况下，姐姐养的六条小狗这时应该在屋里兴奋地狂叫了。埃米莉透过霜冻的玻璃朝屋里看去，惊讶地发现一个直立的人影站在走廊的另一端，他穿着一件长风衣，戴着一顶棒球帽。但是她的儿子说那只是一个衣架，上面挂着衣服和帽子。

埃米莉想绕到房子后，从后门进屋。这时她心里涌起一股强烈的直觉，迫使她不能这么做。她和儿子回到车上。离开了柯林斯大道。整整一个晚上，埃米莉都试图给姐姐打电话，但每次都占线。

当晚,塞夫和好朋友萨姆在位于悉尼最热闹的乔治大街的好莱坞星球餐厅吃晚饭。萨姆的妹妹也是克洛汀的朋友,萨姆接到了妹妹的电话,妹妹说她一晚上都联系不到克洛汀,手机没人接,家里电话一直占线。塞夫解释说可能是有人在拨号上网,所以占线。晚饭过后,塞夫和萨姆去游戏厅玩游戏,一直玩到晚上11点,然后塞夫送萨姆回家。

晚上11点48分,新南威尔士州的急救热线接到了北赖德区打来的电话,一个狂乱的、颤抖着的声音挣扎着说:"我的父母被枪击了,地上都是血。"

几分钟后,柯林斯大道的居民约翰被一阵剧烈的敲门声吵醒,有人在屋外发疯似的喊着救命。约翰认出这个痛苦的声音来自邻居——20岁的塞夫。

这时住在街对面的沙恩也听到了哭喊声,他和约翰从塞夫歇斯底里的哭声中勉强听出发生了什么事——塞夫的家人被枪杀了。就在沙恩打算安慰塞夫的时候,塞夫突然站起来说他知道如何做心肺复苏术,于是便冲回了家中。

沙恩跟了进去,他看到壮实的特迪·冈萨雷斯躺在大门内的白色地毯上,身后是一摊血。塞夫对着父亲的身体号啕大哭。沙恩试图把塞夫拉开,但是塞夫挣脱他跑进餐厅。沙恩跟了过去,发现餐桌旁边倒着身躯娇小的玛丽,她的身体上也布满了伤口。塞夫在父母之间来回奔跑、哭泣。

警察和急救人员很快赶到柯林斯大道。担心犯罪分子还在屋内的警察持枪护送医务人员进了屋,他们看到特迪和玛丽的尸体躺在地上，随后又在二楼发现了克洛汀的尸体。三个人没有被枪击，而是被人用刀残忍地捅死。

特迪·冈萨雷斯身上有十二处伤，主要集中在上半身，他的心和肺被刺穿，颈动脉和脊椎被割断。他的胳膊和手上有一些防御性伤口，表明他曾经顽强地抵抗过凶手。

玛丽·冈萨雷斯的脸、背、胸、腹部均受伤，胳膊和手上也有防御性伤口。她的喉部贯穿着一个6厘米长的裂口，气管被割断。但是喉部没有出血，说明这个伤口是死后造成的。

克洛汀·冈萨雷斯的头部被重物打击，脖子上有五处刀伤，身上有两处，脖子上还有被勒过的痕迹。

验尸鉴定和其他证据确定了死者死亡的大致时间，克洛汀是下午4点多一点儿死的，书桌上打开的教材表明，她是在毫无防备的情况下被袭击的。下午4点50分玛丽离开公司，送同事回家以后在自家遭到了伏击。特迪下午6点20分左右离开公司，给家里打了两通电话均占线，他刚进家门就立刻遭到了凶手的袭击。

冈萨雷斯家唯一幸存的塞夫对警察说，自己和朋友玩完回家就发现了尸体，他还说自己看到一个或两个犯罪者沿着柯林斯大道向南边逃跑了，但是他没有追上。

警方问塞夫，一家人有没有和什么人结仇？塞夫说前几天发生了一起撞车事故，对方对他们大喊"该死的亚洲人"；另外家里餐厅的墙上被人涂鸦，用蓝色的喷漆写着"亚洲人滚蛋"和三个字母K。这些都表明这可能是一起针对亚洲人的仇恨犯罪。

此外，家里看上去还有被抢劫过的痕迹，衣柜都打开着，特迪的公文包被翻开，里面的东西散落四处。电话线被切断。那六只狗被关在一个房间里面。但冈萨雷斯家里基本还是整洁的，没有一般抢劫那种明显的混乱感觉。衣柜虽然打开着，但里面的衣物还是整齐地码放着，特迪和玛丽钱包里的几百澳元还在，家里也没有丢失贵重电器或珠宝。

血迹表明，公文包里面的物品不是在被袭击的时候杂乱地掉落的，而是事后被安放在那里的。这些证据表明这不是一场真正的抢劫，而是被精心策划的，让它看上去像是一场抢劫。

受害者的死亡时间也表明，凶手在4点到7点一直潜伏在冈萨雷斯家里，等待每一位成员回家，然后逐一杀害，不像一般抢劫杀人案件的犯人那样匆匆抢劫行凶，然后离开。不仅如此，卫生间瓷砖上残留的水渍表明，凶手在行凶之后还洗了个澡。

警方发现，厨房的刀架上少了一把刀，于是法医将这把刀的大小和伤口进行比对，判断这把刀就是行凶的武器。这不符合之前猜测的针对种族的仇恨犯罪的特征，因为仇恨犯罪的犯罪分子通常计划周全，不会不带凶器。

现场发现的带血的脚印来自一双25厘米长的跑鞋，这与事后进入现场的每个人都不符，包括警察、邻居和塞夫。

7月11日凌晨3点，塞夫被带到警察局录口供。塞夫详细描述了傍晚的行程。他放学后去了父亲的公司，5点离开公司去见萨姆，由于萨姆发短信要求推迟见面，他在6点回家。他看到家里一片漆黑，就以为里面没人，于是坐在车里，想等雨停了再下车。这时萨姆打电话说改到晚上8点见面，他便开车走了。

为了填补这两个小时的空闲，塞夫向南开车20千米去了另一个社区，探访他刚刚搬到那里的朋友，但是他没有具体地址，在那里转了几圈也没有找到朋友的新家。这时候差不多到约定的时间了，塞夫去接了萨姆，两人一起去吃晚饭。塞夫回家后发现尸体立刻报警，他一开始以为家人是被枪击的。

03. 真凶

对于谁是真凶，塞夫有自己的理论。他认为这起谋杀案背后的主谋是父亲的商业竞争对手。他说凶手故意留下一个活口，就是为了让他当替罪羊。他说自己正生活在有可能被人追杀的巨大恐惧中。

他说的话并不是完全不可信，特迪的同事曾经在案发数月前无意中听到特迪在电话中和一个菲律宾地产商激烈地争吵。据特迪说，对方威胁要杀了他全家。但对此警方没有找到切实的证据。此外，警方也排除了特迪的其他几位竞争对手的嫌疑。

除了商业对手策划了此次谋杀案的推测，塞夫还向警方提供了一封他在案发一个月后收到的匿名邮件。邮件里说，凶手被雇用杀死三个人，而塞夫是特迪和玛丽以外的第三人。

邮件写道：

你本该是那第三个被杀的人，你应该感谢上帝，你当时不在家。

塞夫确信自己的生命受到了威胁，他还要求朋友当他的保镖。塞夫向公众悬赏10万澳元，他对记者说："我的父亲是我的英雄，我希望未来能有他一半的男子气概。我的母亲是家庭的核心，她有坚强而富有激情的性格，她在背后支持我们面对一切困难。我的妹妹是家里的命根子，她是微笑专家，她让我们相信人生应该轻松地度过。很难向人们解释我们家的爱与纽带，现在我人生的三根支柱都没有了。我和我的家人、朋友请求你们所有人的帮助。"

特迪在澳大利亚的资产共有150万澳元，在菲律宾的资产共有130万澳元，而塞夫成了这些财富的唯一合法继承者。

2001年7月20日举行了特迪、玛丽和克洛汀的葬礼。三百名哀悼者聚在一起悼念被杀害的一家三口。塞夫被众多支持他的亲朋好友包围。他在悼词里回忆起父亲在碧瑶大地震时不顾性命去救他的往事，他还说："我永远不会知道我名字背后的故事了，因为它已经被父亲带走。我的那一部分永远不再完整了。"悼词的最后，塞夫唱了一首歌，事后被很多人形容为十分古怪，那是一首节奏布鲁斯名曲——《甜蜜的一天》。在这样一种沉重的氛围下，唱这么一首歌确实显得不合时宜。

不仅葬礼的出席者注意到了塞夫的古怪行为，警方从一开始就怀疑他了。7月10日晚上，尽管塞夫抽泣得很厉害，但是他的眼里没有一滴泪水。尽管他看上去惊惶失措，但是他对警察询问的回答明显非常理性。

警方在塞夫的套头衫的袖子上发现了和餐厅墙上的涂鸦一样的蓝色喷漆。他们还在塞夫的衣柜里发现了一个40码跑鞋的鞋盒,与犯罪现场发现的带血鞋印吻合,但是鞋已经不见了。塞夫坚持说这双鞋是父亲买给一个菲律宾亲戚的,并不属于他。

在搜查塞夫卧室的过程中,他向警察坦白自己藏匿了色情录像带,并表现得非常尴尬。警方认为在这样的惨剧下,塞夫还关心自己的收藏,这显得很奇怪。

案发一周后,警方让塞夫回到案发现场,重新演绎一遍当晚发生的事情,在这个过程中,塞夫没有表现出对创伤经历的痛苦体验。他说自己看到凶手逃走并追赶,但是照理说等塞夫回到家的时候,凶手应该早就不见了。餐厅和游戏厅的监控录像表明塞夫确实有8点到11点的不在场证明。但是他声称自己去了朋友新家的行为无法被证实,他没有4点到7点这段关键时间的不在场证明。

特迪的一个客户告诉警方,7月10日下午4点10分到4点30分,也就是克洛汀被杀的那段时间,他们刚好经过了冈萨雷斯的家,他们看到门前停着一辆绿色的轿车。他们不是唯一看到塞夫汽车的证人,塞夫的小姨埃米莉在6点也看到了他的车停在房前。

塞夫说6点时自己坐在车里躲雨,一直没有进屋。然而埃米莉提供了两个关键的细节来反驳塞夫的口供。首先她明确地记得6点并没有下雨,所以她下车没有打伞。再者她没有看到塞夫坐在车里。警方确认塞夫在撒谎，然而当他们询问他的朋友和社交圈内的其他人后，他们才发现这个20岁的青年一直生活在自己精心编织了多年的种种谎言中。

04.谎言人生

塞夫对熟人吹牛，说自己拥有一个担保公司，经常去纽约谈生意。他还说自己是一个男子乐团的经纪人和音乐制作人、一个成功的歌手、一个模特经纪公司的管理者、跆拳道冠军、律师以及私人教练。

2000年年初，他告诉朋友自己被诊断出癌症，但是他战胜了病魔并且正在恢复中。塞夫撒谎的程度可不是对朋友无害的吹嘘那么简单。

音乐显然是塞夫最大的爱好，但是他的父母直言不讳地反对他的音乐事业，因为这明显影响了他的学业，他从医学院退学就与这个有很大的关系。冈萨雷斯夫妇对塞夫转到法学院后的成绩非常满意，然而他们看到的其实是被塞夫篡改的成绩单。事实上，塞夫的四门主课全部不及格。这个谎言被揭穿后，塞夫和父母的关系出现了巨大的裂隙。父母威胁塞夫说如果他的学业成绩不长进，就没收他的爱车。火上浇油的是，塞夫交了一个新女友，但是玛丽坚决反对，因为这会影响塞夫的学业。她和特迪威胁塞夫说如果他们不分手，就剥夺他的继承权。

塞夫和父母时好时坏的关系可以追溯到他小的时候，尽管冈萨雷斯夫妇很爱自己的儿子，但是在塞夫行为不端的时候会严格管教他。这使他从小到大承受了很大的心理负担，结果就体现为他频繁地尿床。有一次，一个亲戚指责塞夫偷钱，他并没有否认，只是说自己是一个机会主义者。当冈萨雷斯夫妇发现塞夫从他们的钱包里偷现金时，他们并不感到惊讶。

家人被杀后，塞夫获得了政府发放的1.5万澳元的受害者补偿金。他没用这笔钱支付葬礼或者日常开销，而是用来改装他从母亲那里继承的车。

塞夫的小姨埃米莉一开始拒绝接受塞夫是犯罪嫌疑人，但是当她知道塞夫说案发当天下午6点在下雨时，她意识到他在撒谎。埃米莉同意与警方合作调查，在她的车里安装了窃听器。警方的计划是让埃米莉告诉塞夫她知道他杀了人，但是她会保护他。但是这个策略没能成功，塞夫一直否认自己和这起谋杀案有任何关系，并对埃米莉说自己非常沮丧，甚至想过自杀。

案发两个月以后，塞夫在咖啡店里遇见了一个陌生男人。这个人夸塞夫的衣服很好看，于是两人聊上了天。这个人说自己是黑道的，并与警方有往来。塞夫说自己也在一个叫作亚洲白龙会的黑帮组织里。但事实上并不存在这样一个组织，他这么说可能只是为了让这个男人瞧得起自己。

塞夫和男人交上了朋友，男人说他知道塞夫有嫌疑，他认识一个将死的犯人，可以代替塞夫认罪。塞夫没有接受男人的好意，但是他给黑道男人画了一幅平面图，上面标明了自己家人死亡的具体位置和时间。塞夫不知道的是，这个男人其实是一个便衣警察。

不仅如此，塞夫还无意间提供了一条只有警方才知道并且故意保密的信息——死亡时间。警方监视塞夫期间，他一直没有承认自己是凶手，而是坚持有人雇凶杀人的说法。

他还对这个男人说，警方没有怀疑他，他们手上没有任何不利于他的证据。不知道是塞夫嘴硬还是他真的没有意识到警方对他的怀疑。

警方在他的电脑里发现了令人不安的搜索历史，他在网上搜了"可以轻易混入食物的毒药"。他还从美国供应商那里购买了两种致命的植物种子，7月初到货。他甚至访问了一个澳大利亚种子供应商，但是暂时没有买成种子。

他给这个供应商发邮件解释说种子是买给自己60岁母亲的生日礼物，因为他的母亲自从去年在佛罗里达州看到这种植物后就一直在找它的种子。当然，这也是谎言，他母亲玛丽只有43岁，而且近期也没有去过佛罗里达州。当警方对此进行质问时，像之前面对鞋印和鞋盒的问题一样，塞夫再次把责任都推给了已经逝世的父亲，他说种子的搜索和购买都是特迪做的。然而警方在一次搜查塞夫卧室的时候发现了一小瓶透明液体。经检测，液体是塞夫从购买的植物里提取出来的有毒物质。

在案发数天前，玛丽曾经因为发高烧和剧烈的腹痛进过医院。她当时怀疑元凶是餐馆未煮熟的食物，因为塞夫也说自己在那个餐馆用餐后感觉不适。玛丽被诊断为结肠炎和食物中毒，她接受了一晚的治疗后就出院了。警方这时才意识到，塞夫对家人的谋杀其实已经谋划数月了。

从塞夫电脑的搜索历史可以发现，他不仅搜索了很多毒药，还对他自己的个人主页进行了频繁的访问，就是叫黛西的少女为他创建的主页。当警察询问塞夫和黛西的关系时，他说黛西在"9·11"恐怖袭击事件里死去了，还说自己和黛西的母亲去纽约参加了黛西的葬礼。但是随着调查的深入，警方发现黛西根本不存在，那些爱意喷涌而出的帖子都是塞夫自己创建并管理的。

2001年9月，案发后两个月，塞夫声称自己得了脑瘤。他告诉了姑姑安妮这个诊断，并要求她给自己19万澳元用来做手术。安妮负责管理特迪的境外资产，她听到这个消息立刻对侄子产生了怀疑。她没有给塞夫钱，而是把自己的担忧告诉了警方。

到了这时，塞夫还是没有取得自家数百万澳元资产的管理权，他要求获得更多受害者补偿金的申请也被政府拒绝。但是他通过售卖父母的车、母亲的珠宝和自己的福特车一共获得了8.8万澳元。10月，塞夫为一辆豪车预付了17.5万澳元的订金。他告诉车商他会在获得遗产后支付剩下的钱，但最终因为无法支付而取消了订单。他购买了一辆他负担得起的车，并定制了一个车牌号，是他们一家人名字首字母的组合。

自从谋杀案发生，塞夫在几个亲戚家来回住，直到他搬进一个安保条件比较好的出租公寓，房租由亲戚出。他对亲戚说这个地方是警方出于安全考虑要求他住进去的，然而事实是警方从来没有这么要求过。

12月，埃米莉同意和警方去冈萨雷斯家再现她记忆中7月10日发生的事情。这次埃米莉回忆起那个穿着风衣、戴着棒球帽、站在走廊另一端的人影有5.4英尺高，这恰好是塞夫的身高。

到了2002年1月，塞夫获悉警方怀疑他的不在场证明。当地《每日邮报》也报道警方正在调查塞夫的福特车。塞夫的黑道好友——那个便衣警察也故意向他泄露有人在凶案那天的下午看到了他的福特车就在家门口停着。

此外，警方还在塞夫的电脑里发现了之前那封匿名威胁邮件的草稿。他们对塞夫的怀疑越来越大。

但这一切好像都没有影响到塞夫，他甚至没有觉察到警察在监听他的手机和电话。在1月10日和朋友的一次电话交谈中，塞夫承认他最初的不在场证明是一个谎言，但是他有一个肯定能说服警察的新证据。

这通电话后，警察找塞夫核对不在场证明。这次他改口说自己那天晚上没有去找朋友的新家，而是去了色情场所，他一开始没有坦白是因为这会给他的家族带来耻辱。他声称自己下午4点离开公司后把车停在了家门口，然后步行到附近的一个加油站，从那里打车去了色情场所。他把车停在家里是因为不想被人看到自己的车停在色情场所附近。塞夫说他事后回家也打了车，然后直接开车去接朋友萨姆吃饭。

警方继续监听塞夫，发现他最近联系了多家色情场所和一个陌生的男性。警方找到这个男人并询问他与塞夫的关系以及他们最近联系的目的。该名男性是一个出租车司机，他说塞夫在1月12日找到他，给了他50澳元让他写一个书面声明，说他在去年7月10日接塞夫去了色情场所。当警察对司机说这件事与一桩谋杀案有关时，他立刻撤回了声明。

到了4月初，警察与塞夫的不在场证明里提到的打工女联系。打工女说自己当天其实根本没工作，是塞夫给她发了一百条骚扰短信要求她这么说的。

5月30日，塞夫报警说有人非法闯入了他的公寓，同时说他收到了两封威胁邮件，邮件上说："向警察坦白吧。你的父亲死得活该。不要跟记者说话。"警方在塞夫的公寓里没有找到非法闯入的迹象。他们还发现两封邮件发自悉尼的一家网吧，但是网吧里没有监控录像，无法确认发送者。

随着媒体对塞夫越来越感兴趣，塞夫答应一个记者接受有偿的采访，他声称自己的安全遭到威胁并需要钱来雇保镖。后来他意识到因为家人的死而接受有偿采访看上去很不好，于是同意免费接受当地《每日邮报》记者的采访。采访中，他说自己怀疑杀死家人的凶手就是非法闯入他公寓的人，还说："我知道在某地，有某人害怕说出关于某事的真相。我理解你。我相信不管是谁，只要能够勇敢地站出来说出真相，警方都会全力帮助你。"这位记者后来把她对冈萨雷斯凶案的调查写成了一本书。

不久后，塞夫在一个排水沟旁被人发现，他被送进医院。塞夫对医生说他不记得自己是谁，现在是哪年。但医生检查发现塞夫没有受到头部创伤。当塞夫看上去恢复记忆以后，他向警方报告说自己走在街上遭到了绑架，有人把他拖进车里，给他的头套上塑料袋，用木棒敲击他的脑袋。绑匪警告他撤销对公众的悬赏并停止对媒体讲话，否则他的亲戚将会遭到严重的报复，尤其是他的奶奶。警方这时已经彻底不相信塞夫的话了，他们开始担心塞夫会为了转移警方的视线而去伤害他的奶奶。

05. 终结

2002年6月13日，警方执行了对塞夫公寓的搜查令并指控他犯了三起谋杀罪。他的指纹也被录入了警方的数据库，警方随后发现他的指纹与2001年7月2日寄给一个食品工厂的信封上的指纹相吻合。

这封威胁信写着：

> 你们工厂的三种食物受到了致命毒物的污染，现在这些产品都已经上了货架。这就是你们像对待垃圾一样对待员工的后果。下地狱吧！

警方还在塞夫的电脑里查到了他搜索工厂地址的记录。

塞夫的奶奶和小姨向警方表示她们担心自己的安全，同时警方认为塞夫逃跑的风险很大，因此他的保释申请被驳回。两个月后，塞夫提出获取遗产以便支付律师费用，这个申请被拒绝。

2004年4月初，特迪·冈萨雷斯、玛丽·冈萨雷斯以及克洛汀·冈萨雷斯谋杀案开审。塞夫的辩方律师由法律援助提供。检察官说塞夫早在凶案前几个月就在计划谋杀全家了，他的预谋在他给玛丽下毒的行为上体现得很明显。塞夫关于犯罪当晚行动的多个谎言被警方提供的八千多条电话监听信息当场揭穿。

检方认为塞夫杀害父母是害怕他们会因他第二学年成绩再次不及格而对他进行惩罚。只有妹妹克洛汀的头部遭到了重击，这可能说明他杀害克洛汀的动机包含着更多私人情绪，因为是克洛汀告诉父母塞夫伪造了成绩单。塞夫的贪婪是他杀害克洛汀的另一个动机，这样他就能成为父母数百万遗产的唯一继承人。

根据证据，检方总结：塞夫在2001年7月10日下午4点回家后，上二楼杀害了克洛汀。随后他潜伏在家里等待母亲回家。下午6点左右，玛丽回家后被塞夫杀害。然后他待在门廊等待父亲回家。这时埃米莉从结霜的大门玻璃处看到了那个穿着风衣、戴着棒球帽的人影。下午7点左右，特迪刚到家就立刻被杀害。随后塞夫洗澡更衣，将犯罪现场伪装成被种族歧视分子非法闯入并抢劫的样子。他涂鸦的时候不小心把喷漆弄到了自己的袖子上。然后他开车离家处理掉了刀具、棒球棍、喷漆、鞋子和衣服，这些物品没能被找到。做完这一切后，塞夫去接了萨姆并来到热闹的餐厅，以期给自己提供一些不在场证明。晚些时候他回到家，拨打急救电话，伪造歇斯底里的哭声，然而没能挤出一滴眼泪。

面对无比确凿的证据，塞夫只承认自己在很多事情上撒了谎，但是他拒绝认罪。2004年5月20日，陪审团认定塞夫有罪。塞夫在听到有罪判决的时候明显很震惊。

法庭外，他的姑姑安妮说："我只觉得我们家又失去了一位家庭成员，我们真的非常痛苦。我相信法律是正义的，但是只有凶手是另一个人我们才能更容易地接受。这太难接受了，我只希望那不是他干的。"

2004年8月27日，塞夫的奶奶在受害者声明里说："直到今天，我仍然在艰难地承受情感痛苦和创伤。我怀念他们每一个人，每一天。"

精神病学教授大卫·格林伯格接受了判断塞夫是否患有精神疾病的任务。他认为没有足够的证据支撑任何精神病学诊断。塞夫在1990年的大地震时得了被压抑的创伤后应激障碍的可能性也被否定。

在判决前的评估中，塞夫告诉格林伯格教授："他们审判我，是因为我是一个非常糟糕的人。我为那些曾经撒过的谎感到深深的自责，但是他们不应该因此让我认罪。"

在判决过程中，塞夫对奶奶说："如果你不觉得我也很痛苦，那你就错了。不管你感受到了怎样的痛苦，我感受到的痛苦比你更深。我不会只为了让人们高兴，就承认我没有做过的事情。"

2004年9月18日，塞夫24岁生日的第二天，他被判处三个终身监禁同期执行，不得假释。法官宣称塞夫缺乏对自己穷凶极恶的罪行的认知，也不接受对自己罪行的任何责罚。法庭外，塞夫的小姨埃米莉说："今天是令人非常伤心的一天，因为我们都很爱塞夫。我只是非常高兴这一切都结束了。我们会永远爱他。"

三年后，2007年6月底，基于凶案当晚警察的不谨慎行为，新南威尔士最高法院准许了塞夫的上诉，但是由于没有发现司法不公的证据，上诉最终被驳回并维持原判。入狱后，塞夫仍然坚称他是无辜的，但是他余下的人生只能在监狱里度过了。

2005年11月，柯林斯大道上冈萨雷斯一家曾经的住宅终于以72万澳元的价格售出，比正常的价格低了8万澳元。购房者完全了解并接受这座房子的黑暗历史。十几年过去了，他们仍然幸福地生活在那里。

笔者：洛蒂

中奖噩梦

2006年10月25日，星期三，美国佛罗里达州300万美元的彩票头奖空开，这并不罕见。300万美元奖金进入了两周后下一次抽奖的奖金池，但是那一次，还是没有人中奖。

在三次空开后，11月15日，奖金池里的奖金已经达到了3000万美元。但是这3000万美元对之后的中奖者而言，却意味着灾难的开始……

01. 3000万美元

41岁的亚伯拉罕·莎士比亚（Abraham Shakespeare）和母亲同住在佛罗里达州莱克兰市的一座小房子里。他从小在这里长大，周围住着和他家一样贫穷的邻居。亚伯拉罕虽然在青少年时期做过一些违法乱纪的事，但他的性格热情随和，很受邻居和朋友的喜欢。

人到中年的亚伯拉罕没有银行账户和信用卡，也没有任何积蓄。他六年级时从学校辍学，几乎没有学过任何专业技术，因此也找不到什么好工作，只能从劳工市场上找到一些临时工作，比如洗盘子、拖地、收垃圾、装卸货车。

尽管亚伯拉罕大多数时间都在工作，但生活还是很拮据。2001年，他有了一个儿子，但儿子跟随女方生活。2006年，他在一个食品物流公司做货车司机助理，每小时赚8美元，这些收入都不够他支付5岁儿子的抚养费。有时他会去市中心的湖边散步，幻想自己拥有一栋湖畔的大房子。

2006年11月15日是个星期三，亚伯拉罕和一个名叫迈克尔的同事要为距离370千米远的快餐厅配送肉类产品。在离开莱克兰市不久后，他们把车停在一家便利店前。迈克尔下车买饮料和香烟，问亚伯拉罕是否需要什么东西。亚伯拉罕告诉他："帮我买两张机选彩票。"机选彩票由机器随机选取号码，比手选彩票更方便快捷。

迈克尔帮亚伯拉罕买了两张机选彩票，亚伯拉罕从兜里仅剩的5美元中拿出2美元给了迈克尔，把剩下的3美元给了一个流浪汉。

彩票当晚开奖，中奖号码是：

6 12 13 34 42 52

亚伯拉罕惊呆了，他中奖了！

很快，电视台播放了亚伯拉罕赢得大奖的画面。他戴着平时戴的帽子，穿着平时穿的白T恤和阔腿裤，手里拿着一张巨大的美元支票，上面是粗体加大的字：3000万！

他有两种方式领取这些钱，第一种是在未来的二十年时间里，每年获得150万美元；第二种是一次性得到所有的钱，但需缴纳1300万的高额税款。和大多数中奖者一样，亚伯拉罕选择了第二种。在接受采访时，他说："我不用再为生存挣扎了。"

亚伯拉罕立刻用这笔新得的财富偿还了一些债务，包括他欠下的子女抚养费。他还用100万美元为儿子办了一个信托基金。很多彩票中奖者会雇用专业的财务顾问来管理自己的钱，但亚伯拉罕认为自己不需要。

尽管一下子拥有了巨额财富，亚伯拉罕还是经常在当地的快餐厅用餐，依旧和之前的邻里熟人打成一片。他给几个慈善项目捐了钱，帮助社区里经济困难的人。

当然，他也没忘记挥霍一把。他买了一辆新车、几件新衣服，在一个典当铺里买了一块打折的劳力士手表。他最大的花销是在城市北部一个高档社区里花100万美元买了一栋房子。这栋房子有一个游泳池、四间卧室、四个卫生间、一个衣帽间、一个壁炉和两个车库，正是亚伯拉罕梦想中的家。

金钱并没有改变亚伯拉罕，却改变了他身边的人。他中奖的消息流传开后，认识的和不认识的人都来找他借钱，向他诉说自己遇到的经济困难。亚伯拉罕帮助他们支付账单和医疗费，投资他们的创业计划，他都不记得自己帮助过多少人了。当有人提醒他不要那么做时，他就会说："能够帮助别人比自己独享更幸福。"

当然，亚伯拉罕在给出这些钱的时候，并不认为自己是在送钱，而认为自己是借钱给别人渡过难关，但是没有一个人还钱。找他要钱的那些人不仅不感恩，还总觉得自己得到的钱比别人少，尤其是亚伯拉罕的家人，他们埋怨他对不熟悉的人比对自己的家人更大方。

很快，亚伯拉罕发现中奖不仅没有让自己过得开心，反而更加痛苦。当他走在街上时，总有人拦住他，管他要钱。他的手机一刻不停地响。有一次，在他和弟弟见面的30分钟里，他就接听了八通电话，全都是管他要钱的。他甚至收到一封来自监狱的信件，一个罪犯无缘无故向他索要1000美元。尽管亚伯拉罕觉得这个要求很可笑，但还是给了这个人50美元。亚伯拉罕的姐姐说，自己的弟弟太善良了，以至于不会拒绝任何人。

亚伯拉罕在一夜之间成了一个有钱人和当地的名人，但是他的生活越来越不安宁。这样的日子过了一段时间后，他有点儿受不了了，开始白天整日睡觉，晚上一个人出门散步。他还找到了一个解脱的方法——旅游。他坐上了前往加勒比的邮轮，还第一次去了纽约。他希望通过保持距离来降低人们对他的期待和敌意。

02. 离家出走

在亚伯拉罕遭受的敌意中，有一部分来自和他一起开车做物流的前同事迈克尔。迈克尔对亚伯拉罕很嫉恨。自从亚伯拉罕中奖后，迈克尔就经常去他买彩票的那家便利店，为自己买两张机选彩票，期待能像亚伯拉罕一样中大奖。

刚刚中奖的时候，亚伯拉罕答应给迈克尔一笔钱帮他做生意，但是他觉得迈克尔要的100万美元太多了，只愿意给一部分。那时奖金还没有到账，亚伯拉罕要求迈克尔耐心等待一段时间。然而仅仅两天后，迈克尔就当面质问亚伯拉罕，威胁要起诉他。

迈克尔指控亚伯拉罕在2006年11月15日那天偷了他买的彩票。迈克尔声称，自己把买的彩票塞进了钱包，把钱包放在了货车驾驶座上方的一个储藏隔层里。第二天，迈克尔找不到彩票，以为是自己不小心把彩票丢了。当他得知亚伯拉罕中大奖的消息后，他前去质问亚伯拉罕，指责亚伯拉罕独自在车里的时候偷了本属于他的彩票。

2007年10月，两人对簿公堂，这在当地成了一个大新闻。迈克尔的律师试图诋毁亚伯拉罕的人格，不断地提起他的犯罪记录：13岁时，亚伯拉罕因为在一家便利店偷窃被捕，被送往一家少年管教所；18岁时，他又因为一系列犯罪行为被捕，包括擅自闯入民宅和盗窃。亚伯拉罕总共犯有七项重罪和三项轻罪，曾在监狱里服过两个刑期。

原告律师总结说，江山易改，本性难移。当有人出庭为亚伯拉罕的人格做担保时，原告律师却说那是亚伯拉罕花钱雇的人。

被告律师指责原告抹黑被告。他反问道："亚伯拉罕为什么要去偷一张只值1美元的彩票而不是自己买一张，难道他能提前猜到中奖号码吗？"被告律师还强调，亚伯拉罕有长期购买彩票的习惯，并在法庭上展示了一大箱亚伯拉罕购买的旧彩票作为证据。

迈克尔还暴露了自己撒谎的事实。在预审阶段，他说自己曾经借钱给亚伯拉罕，但是在正式庭审中，他又说自己从来没有帮助过亚伯拉罕。

经过五天的庭审，陪审团花了一个多小时，一致认定亚伯拉罕没有偷迈克尔的彩票。

尽管迈克尔的起诉在一定程度上损害了亚伯拉罕的名誉，亚伯拉罕还是选择了原谅迈克尔。他说："迈克尔曾经是我很好的朋友，如果他能耐心地等待，我本来计划给他25万美元的。"

迈克尔不愿接受审判结果，开启了漫长的上诉过程。2009年5月27日，迈克尔的上诉最终被驳回。但那一刻，亚伯拉罕没有出庭听到这个好消息，因为他已经从人们的视野中消失好几个礼拜了。

人们给亚伯拉罕打电话，但是他都没有接听。有人说，他为了躲避公众的关注，离开了莱克兰市。

彩票中奖后，亚伯拉罕有了第二个孩子。孩子出生不久，他和孩子的妈妈就分手了。但那不是一次和平分手，两人卷入了法律纷争。有传言说，那个女人故意怀了孩子，就是为了亚伯拉罕的钱。人们说他消失是为了逃避支付这个孩子的抚养费。

流言越传越多：有人说亚伯拉罕出国做生意或者做手术了；还有人说他犯法了，正在躲避警察的追捕；甚至有人说他已经因为艾滋病死了。但那些最熟悉亚伯拉罕的人否认了这些传言。

中奖之前，亚伯拉罕在一家理发店打过工，理发店老板格雷格是亚伯拉罕的好朋友。格雷格亲眼看到中奖给亚伯拉罕带来的负面影响,也发现亚伯拉罕不再像以前一样开朗,甚至念叨着想回到从前。

格雷格也在为贷款的事情苦恼,但是他没有告诉亚伯拉罕这件事,他不想像其他人那样赤裸裸地管他要钱。有一次,亚伯拉罕在理发店看到了格雷格的贷款文件,意识到自己的朋友正处于金钱困境中。之后,他为格雷格偿还了6.3万美元的贷款。格雷格打算每月还给亚伯拉罕500美元,直到还清。

当亚伯拉罕突然离开,并且不接电话以后,格雷格给他发了一条短信:"给我打电话,我有重要的事情跟你讲。"亚伯拉罕回短信说:"兄弟,我在一艘游艇上,我很快会回去的。那些人都因为钱的事情烦我,我只是需要离开一阵子。"

格雷格还是要求亚伯拉罕立刻给他打电话,但亚伯拉罕又回复道:"我明天早上再给你打电话,我现在需要静一静。"格雷格对亚伯拉罕的反应感到很意外。亚伯拉罕的受教育程度非常低,他在读写上都有困难,通常他有事都习惯打电话或者面对面说,而不是发短信,并且这些短信也与他平常说话的方式不符。

格雷格的妻子也认为这些短信很奇怪,她给亚伯拉罕发了一条短信,让他赶紧回家。亚伯拉罕回复道:"我会尽快回家,回去的话会给你打电话。"几天过去了,格雷格夫妇还是没有接到亚伯拉罕的电话。

亚伯拉罕以前每周都会给自己的儿子打电话,但是现在也用短信代替了。他给一个熟人发了六十条短信,但是没有打一个电话。在这些短信中，他反复强调自己很好。其中有一条短信语气很不耐烦，说他已经是一个成年人了，当他准备好的时候自然会回来。

亚伯拉罕的一个熟人在短信里问了一个只有亚伯拉罕本人才知道答案的问题，结果没有收到任何回复。一些人向警方报告亚伯拉罕的失踪，但是因为他们都不是他的直系亲属，警方不予理会。

亚伯拉罕的母亲伊丽莎白也打算报警，她知道儿子不会离开家这么长时间却不给家里打电话。但是她的一个侄子锡德里克说，亚伯拉罕每天都给他打电话，他还代收了亚伯拉罕寄给伊丽莎白的一张生日贺卡以及作为礼物的100美元和一条项链。贺卡上写道："我很快就会回来。"底下是亚伯拉罕的签名，这消除了伊丽莎白的忧虑。

当11月的感恩节来临时，亚伯拉罕已经离开莱克兰市七个月了。在这个亚伯拉罕最喜欢的节日里，没有人收到来自他的任何消息。这一天，亚伯拉罕被正式认定为失踪人口。

03. 从暴富到暴贫

亚伯拉罕在离开前过着一种不稳定的生活。当时他正在和一个叫考特妮的女子约会。考特妮告诉警方，她最后一次见亚伯拉罕是在4月的第一周。她要去另一个城市见朋友，亚伯拉罕开车送她去汽车站，当晚他们通了几个小时电话。但是在那之后，考特妮再也没有听到过亚伯拉罕的声音。

她后来听说亚伯拉罕和另一个女人私奔了。然而，当她去亚伯拉罕家收拾自己的东西时，却发现他没有带走任何随身物品。

中奖之后，亚伯拉罕对管理财产所需的文书工作和会面事宜感到厌烦，于是他请认识了十五年的老友朱迪来帮他完成这些工作。后来，朱迪成了他财务方面的代理律师。

亚伯拉罕身边的人都觉得这个决定很奇怪，因为朱迪既没有会计资格证，也没有律师资格证。在一些人眼里，她只是一个喜欢派对的女孩。不管怎样，亚伯拉罕在2009年的4月初，也就是失踪前不久，签了一份文件，委托朱迪全权代理他个人财务方面的法律事宜。据朱迪对警方的陈述，之后她也再没有见过亚伯拉罕。

警方认为亚伯拉罕可能真的只是为了逃避中彩票后遇到的麻烦才消失在人们的视线中，但是他们也不排除迈克尔已经遭遇不测的可能性。

自从和亚伯拉罕的官司打输了，前同事迈克尔就搬去了佐治亚州，继续当卡车司机。迈克尔向警方承认自己回过几次佛罗里达州，但都是工作需要。他表示自己最后一次见亚伯拉罕是在法庭上，对他之后的去向一无所知。

警方调查了亚伯拉罕的银行账户，发现他在失踪前的几个月内取过几次钱。这次调查也揭露了一个严酷的事实：在短短的三年间，亚伯拉罕几乎用光了所有奖金，他的账户里只剩下

45 000美元。如此看来，这样的金额似乎不足以成为他人谋杀他的动机。

大卫是负责寻找亚伯拉罕的警察之一。一天，警察局收到一个匿名男性的电话，要求与大卫通话。大卫询问对方的身份。但对方声称这不重要，他只是想告诉大卫，他在迈阿密的一家脱衣舞俱乐部见到了亚伯拉罕。他说："他掏兜的时候证件掉了出来，我看到了，就是他，亚伯拉罕。"

大卫询问他是在何时见到的亚伯拉罕，但对方挂断了电话。事后，大卫也无法追踪这通电话的来源。在这个当地尽人皆知的案子中，警方难免会遇到很多搞恶作剧的人，所以他们并没有把这通电话当回事。

当圣诞节来临时，亚伯拉罕已经失踪了将近九个月。他的母亲伊丽莎白接到一通电话，听到一个熟悉的声音说："妈妈，我很好，我很快就会回去见你。"伊丽莎白急忙问："你在哪里？"亚伯拉罕说周围太吵了，听不清她的话。伊丽莎白提高音量重复了一遍，对方却挂断了电话。

警方成功追踪到了这通电话的来源，竟然是亚伯拉罕的好朋友——理发师格雷格。警察暗中监听并跟踪格雷格，看到他开车到了超市停车场，然后另一辆车出现了。一个头发被漂成金黄色的中年白人女性从车上下来，交给格雷格一些现金后驾车离开。

警方拦住了格雷格，命令他下车。格雷格表现得很冷静，并表示愿意配合。在接受警方的询问时，格雷格承认自己假装成亚伯拉罕给伊丽莎白打了电话。他还承认了之前大卫收到的那通来自迈阿密的电话也是他打的。

格雷格解释说，这些电话都是那位在停车场付给他钱的中年女性让他打的，她名叫迪迪·穆尔（Dee Dee Moore）。格雷格相信自己是在帮亚伯拉罕的忙，但是他并不知道亚伯拉罕身在何方，为什么离开，以及什么时候回来。他一直试图联系亚伯拉罕，但都没有结果。

警方之后询问了亚伯拉罕的表亲锡德里克，也就是那个收到亚伯拉罕给母亲的生日贺卡、自称每天都接到他电话的人。锡德里克承认自己撒谎了，他说有人付他5000美元，要他散播亚伯拉罕仍在联系亲人的消息。锡德里克急需这些钱，同时他认为这么做没有伤害到任何人，还能消除亚伯拉罕妈妈的担忧。

警方追问是谁付钱让他这么做的，锡德里克坦言是一个名叫迪迪·穆尔的女性。迪迪是一名注册护士助理，开办了一家护士代理机构。

警方找到迪迪后，她承认自己认识亚伯拉罕。

在2008年的一个佛罗里达州的商务会议上，她听到一位房地产经纪人聊起一个叫作亚伯拉罕的彩票中奖者。那位经纪人说，他曾经帮助亚伯拉罕卖掉了一套房子，但亚伯拉罕过得并不好，这打破了他过去持有的"有钱就会幸福"的看法。

听到亚伯拉罕的故事后，迪迪打算为一本杂志撰写这个故事。2008年10月，她安排了与亚伯拉罕的会面。这个时候，亚伯拉罕的钱已经只剩下100多万现金和价值300万美元的不动产。

迪迪很快意识到，亚伯拉罕的暴富故事背后其实是一个"暴贫"故事，她目睹了亚伯拉罕因为自己仅剩的这些钱所受到的骚扰。当迪迪告诉他自己要写的文章时，亚伯拉罕一开始并不信任她。但是迪迪向他保证，她会在文章里强调亚伯拉罕的慷慨和仁慈，亚伯拉罕最终同意了。

迪迪拍摄了采访亚伯拉罕的视频。她问他是否因为人们不断问他要钱而感到厌倦。亚伯拉罕说："他们不接受拒绝，我为此感到厌倦。"亚伯拉罕向迪迪坦白了自己的财务困境，承认自己听从了糟糕的建议，没把钱投资在明智的地方。

迪迪很同情亚伯拉罕，决定帮助他，让他不再被人利用。尽管迪迪是一个害羞温和的人，但是她敢于向那些欠亚伯拉罕钱的人追讨债务。另外，也是她让亚伯拉罕请自己的朋友朱迪当代理律师，全权管理他的财务。

中奖以来，亚伯拉罕不停地将他的钱从一个银行转移到另一个银行。亚伯拉罕经常与迪迪讨论他的财务状况。令迪迪感到惊愕的是，亚伯拉罕将一部分钱用来从事她眼中的违法犯罪活动。于是，迪迪建议他把剩下的钱存放在一个银行里不要动。

在迪迪对亚伯拉罕的采访视频中，她鼓励他多出去走走，去享受生活。迪迪问他想去哪里，他回答说："无所谓，我去哪里都行。"于是迪迪建议他去纽约、加利福尼亚州甚至国外生活一段时间。这时亚伯拉罕看上去有些烦躁，他要求迪迪关掉摄像机。在迪迪关闭摄像机前，她问："你会想念家乡吗？"亚伯拉罕回答："会的，但是我的生活要继续。"

04. 烂摊子

迪迪自称,她感到亚伯拉罕随时有可能离开。有一天,亚伯拉罕告诉她,自己弄到了一个假护照,上面的名字是罗德里格斯。他提出将湖边的别墅以50万美元的价格卖给迪迪,但是她没有那么多钱。于是,两人达成了一个协议,迪迪可以住在那所房子里,通过给亚伯拉罕买东西的方式逐步还清购房款。

亚伯拉罕还希望迪迪帮助他散播关于他的传言,以便让人们无法追踪他的去向。他把手机留给了迪迪,允许她以他的身份给别人发短信。之后,迪迪给了格雷格300美元,让他给大卫打电话,声称自己看到了亚伯拉罕。

在警方询问迪迪的过程中,她表现得很情绪化,坚称自己不知道亚伯拉罕在哪里,只承认他们在2009年4月见过面。迪迪说她一开始以为这一切都是暂时的,等亚伯拉罕一回来,她就不用这么做了。但是随着时间的流逝,她开始怀疑亚伯拉罕压根儿没打算回来。

迪迪表示,亚伯拉罕之所以让她管理财务,是因为他不想支付子女抚养费。她还向警方透露亚伯拉罕沾上了毒品,他可能为了弄到钱而贩毒。

无论迪迪的说法如何,亚伯拉罕的亲友一致认为,如果有人知道亚伯拉罕在哪里,那个人一定是迪迪。记者一直等待着拦截采访她,警方隔三岔五询问她,并对她的电脑文件进行调查。

迪迪无法承受这样的压力,于是她找到亚伯拉罕的好友格雷格，向他倾诉自己的痛苦。格雷格保证会一直帮助她，直到亚伯拉罕出现。谈话过程中，迪迪突然抓住格雷格的衣服，试图寻找监听设备。格雷格生气地甩开她。迪迪冷静了一会儿，然后向格雷格道歉，说她太焦虑多疑了，不知道自己该相信谁。迪迪边哭边抱怨亚伯拉罕把这个烂摊子留给了她，导致她现在难以脱身。格雷格安慰迪迪。迪迪对他说："我现在明白亚伯拉罕为什么和你是好朋友了，感谢你相信我并站在我这边。"

2010年1月底，迪迪再次与格雷格见面。两人抱怨警方的所作所为，包括监听他们的电话、搜查房子以及冻结财产。迪迪甚至开始怀疑警方想要构陷她，把亚伯拉罕的失踪归罪于她。格雷格鼓励她坚强，并表示大家现在是一根绳上的蚂蚱。迪迪对格雷格说："我跟你见面是因为我也在寻找亚伯拉罕。但是我现在很害怕，莱克兰市的人说我利用亚伯拉罕，而且亚伯拉罕与好几个枪支、毒品贩子有联系。我把这几个人的名字告诉了警方，我怕他们会报复我。"

为了避开警方的监视，迪迪和格雷格购买了一次性手机进行联系。有一天晚上，他们约好在一家汽车旅馆见面。格雷格用假名字登记入住，迪迪戴着手套和浴帽，穿着鞋套前来，生怕留下任何痕迹。迪迪表示她受够了，决定要开始采取行动。她搬来一台笔记本电脑和一台打印机，在格雷格的帮助下，她开始以亚伯拉罕的名义给他的母亲伊丽莎白写信。她认为亚伯拉罕可能不会回来了，她要转移调查的方向。

格雷格提醒她不要过多地提及自己，以免引起怀疑。这封信有几页长，详述了亚伯拉罕离家的原因。迪迪以亚伯拉罕的口吻写道："妈妈，我经历了太多，你知道我只是累了。"她还在信中编造了一个故事："有人认出了我（亚伯拉罕），我为了继续保持失踪的状态，用2万美元贿赂了一个警察。"迪迪还是忍不住提到了自己，她写道："不要担心迪迪，就算她进了监狱也会没事的，对她的指控证据不足。她本不应该被牵扯进来。"迪迪想到亚伯拉罕是个半文盲，因此在信的最后又加了一句："我不会写信，这封信是一个好朋友替我写的。我会回去见你的，我保证，给我一点儿时间。"

格雷格惊讶地对迪迪说："这封信一点儿也不像你写的。"他们把信打印出来，装到一个信封里。然后，他们把旅馆房间的里里外外都擦了一遍。接着，他们来到伊丽莎白家，把信投入了她的信箱。

迪迪期待着在媒体上看到这封信的消息，但是她的期望落空了。伊丽莎白从来没对人说起自己收到了这封信，而警方也似乎不知道这封信的存在。

05. 洗脱嫌疑计划

为了找到亚伯拉罕，警方将悬赏金额提高到1万美元，并承诺提供消息的人不需要出庭做证。警方公开表示："根据我们目前掌握的情况，没有证据表明亚伯拉罕还活着。"

迪迪成为被警方正式调查的嫌疑人。她崩溃了，打电话向格雷格求助，说："他们就是盯住我不放了。我从来没有做过任何伤害别人的事情，我所做的一切都是在帮助亚伯拉罕。"

几个小时后，格雷格同意和迪迪见面，他们约在莱克兰市10英里外的地方。格雷格刚停好车，迪迪就高兴地跑到他的窗边说："亚伯拉罕回来了！"迪迪压抑着兴奋说道，有人在湖边的一处地点看到了亚伯拉罕。她亲自去验证后发现一辆车里坐着一个人，她肯定那个人就是亚伯拉罕。格雷格随即跟着迪迪一起前往那个地方，但是那辆车已经不见了。不久以后，又有人声称看到了亚伯拉罕，但令迪迪失望的是，这些目击事件都没有媒体报道。

警方仍将嫌疑放在迪迪身上，这让她很沮丧。她只好继续寻求格雷格的帮助。格雷格对她说："警方想拿你当替罪羊，那你可以给自己找一个替罪羊。"格雷格提出了一个计划：他有一个表亲叫麦克，即将因为贩毒入狱服刑二十五年，他们可以给他一笔钱，让他帮忙。迪迪流下了激动的泪水，她拥抱了格雷格，感谢他。

他们找到麦克，提出支付他5.5万美元，条件是麦克要告诉警方，亚伯拉罕欠了买他毒品的钱，但是迪迪却不帮他付毒资，因此麦克和亚伯拉罕发生了冲突。在冲突中，麦克为了自卫，不小心开枪打中了亚伯拉罕。麦克接受了这个交易。

然而麦克提出，他需要亚伯拉罕的尸体来说服警方，不然没人会相信他杀了亚伯拉罕。但迪迪认为只要提供一件武器就足够了，她会想办法把亚伯拉罕的指纹印在上面。她自己正好有一把38毫米口径的左轮手枪。虽然这把枪登记在她的名下，但麦克可以说这把枪是自己从她那里偷来的，或者说她之前把枪卖给了亚伯拉罕。

尽管有了枪，麦克还是对这个计划有所迟疑，仍然坚称需要亚伯拉罕的尸体。他知道有个人做过类似的事情，但后来那个"被杀"的人突然出现了，那些参与计划的人都被判了欺诈罪。

迪迪开始怀疑这个计划的可行性。她对格雷格倾诉，自己担心亚伯拉罕真的已经被杀害，而所有知道真相的人都被威胁闭嘴。

迪迪怀疑一个名叫罗纳德的男人，他是一个枪支和毒品贩子，曾经威胁要杀了迪迪和她的儿子。亚伯拉罕曾经和他交易过。格雷格叫她不要害怕，鼓励她勇敢面对罗纳德，给他一笔钱，从他那里买到关于亚伯拉罕的真相。

格雷格和迪迪再见面的时候，迪迪说她联系了罗纳德，他坦白了一切。亚伯拉罕确实和毒贩发生了冲突，因此被杀。罗纳德想让迪迪当替罪羊，早就将亚伯拉罕的尸体埋在了她家后院。于是，格雷格又想出了一个计划，他和麦克将在夜里挖出亚伯拉罕的尸体，而迪迪则和家人待在亚伯拉罕在湖边的别墅里，制造不在场证明。迪迪还建议他们把尸体带到乡下烧掉。

她把左轮手枪给了麦克，让他准备好"坦白"。2010年1月25日白天，格雷格和麦克来到迪迪家。迪迪为他们准备好了铲子和清洁工具，然后把他们带到自家后院的一个10米见方的水泥板处。她指着一个具体的位置说："这是你们应该挖的地方。"当晚，迪迪待在亚伯拉罕的别墅里，怀着激动的心情等待着结果。她接到了格雷格的电话，格雷格愤怒地说："你到底在搞什么鬼，很多警察来到了你家。"他指责迪迪试图陷害他，而迪迪发誓说她没这么做。格雷格要求立刻见她。两人就约在一处停车场，见面后，他们在格雷格的车上大吵了一架，迪迪坚持说自己没有向任何人透露他们的计划。这时两辆车突然停在了格雷格的车旁，几名警察下来把两人都带到了警察局。

迪迪立刻背叛了格雷格，说是他杀死了亚伯拉罕。审讯她的两名警察看了彼此一眼，然后对迪迪说："你知道格雷格没有杀亚伯拉罕。"迪迪开始哭泣。接着，警方对迪迪说出了真相："格雷格在为我们工作。"

06. 迪迪

格雷格第一次见迪迪是亚伯拉罕介绍的。当亚伯拉罕把自己的经济大权交给迪迪时，格雷格质疑她的资质。但迪迪声称自己写过一本理财的书，只是从未出版。

迪迪出身贫困，从小就羡慕有钱人，对自己家的经济状况感到羞耻。她上中学的时候，为了避免朋友看到她家的老破车，她会让父母在离学校很远的地方放她下车。

22岁那年，她遭遇了一场严重的车祸。对方车上的两个人都死了，但是迪迪奇迹般地康复了。从那之后，迪迪的母亲发现女儿的性情和行为开始变得不稳定，怀疑她存在脑损伤，只是未被诊断出来。

作为护士的迪迪看上去很和善、耐心，很适合这个工作。只是这个职业的收入太低了，于是迪迪开始卖电话卡作为副业。副业做得还算成功，同事们认为迪迪很有生意头脑，但是迪迪自己并不满足，一直在为金钱的事情苦恼。

迪迪曾经因为偷窃和写空头支票被捕，还曾拒绝支付汽车贷款和房租。2001年年中，迪迪出现在她家40英里外的地方，手上绑着胶带，她明显受到了惊吓。她告诉警方，有三个浑身是文身的拉丁裔男人拿枪指着她，劫持了她的车，强奸了她，把她扔在水沟里，然后开着她的车逃跑了。但在31英里之外的地方，有人发现了迪迪的车，原来迪迪雇了一个人帮她伪造了一起抢车事件，就是为了骗取汽车保险赔偿。那次她被指控犯保险诈骗罪。

2006年，迪迪因为盗用6万美元被起诉，那些钱是别人受骗后给她投资做生意的钱。但是这个案子证据不足，她没有被定罪。此后，迪迪两次因为欠债遭到民事起诉。

随后，迪迪认识了亚伯拉罕。仅仅九十天之后，她就获得了他的财务管理权。警方发现，从亚伯拉罕账户里最后一次取出的钱被存到了迪迪的银行账户里。然后迪迪从里面取出了大量现金，用于购买珠宝、汽车，去高档餐厅消费和旅游。迪迪看上去在为亚伯拉罕讨债，但是从其他人那里要回来的钱都进了她自己的账户。

这个时候，警方已经高度怀疑迪迪，但是苦于没有证据。

警方发现迪迪和格雷格走得很近。于是他们想出了一个计划，派格雷格做卧底，从迪迪口中套取信息。

格雷格也对迪迪颇有疑心，直觉告诉他，亚伯拉罕已经死了。迪迪一开始怀疑过格雷格身上带了窃听器，但是格雷格想办法打消了她的疑虑。他们在接下来的几周里又见了很多次，格雷格偷偷记录了他们所有的对话。每次见面，迪迪都喋喋不休地讲着一些令人难以置信的话，看上去她自己也迷失在无尽的谎言之中。她编造出可怕的毒贩罗纳德，把亚伯拉罕的失踪归罪于他。

格雷格有时对迪迪的表现哭笑不得，但是无论她想出什么样的荒唐办法来阻止调查，他都配合她演戏。与此同时，格雷格一直期盼并诱导迪迪吐露关于亚伯拉罕失踪的真相。迪迪写了那封给伊丽莎白的信。尽管信中内容完全无法令人信服，但是格雷格告诉迪迪，那封信伪造得很逼真。他们送完信后，警方立即将信作为证据收走。

那段时间因为和迪迪过从甚密，格雷格遭到了人们的非议，有人认为他也和亚伯拉罕的失踪有关。

当迪迪提到亚伯拉罕已经死了的时候，警方觉得这个案子即将有突破了。他们派了一个卧底警察扮演格雷格的表亲——即将入狱二十五年的毒贩麦克。最终，他们得到了亚伯拉罕尸体的位置。

得知这一切后，迪迪无法再嫁祸于格雷格和麦克。她痛哭起来，说所有的罪行都是罗纳德犯下的。她滔滔不绝地说着罗纳德，直到一名警察打断她："迪迪，罗纳德并不存在。"

迪迪很快又编造了一个新的故事，说有人用枪指着她，因为惊吓过度，她晕了过去。等她醒过来，亚伯拉罕已经被射杀。警察问是谁开的枪，迪迪说她不记得了。一位警察说："你不记得，是因为开枪的人是你。"

07. 审判

迪迪的前夫告诉警方，他在2009年4月的时候往迪迪家里送过一台铲土机，帮她在后院挖了一个大坑，因为迪迪说要焚烧并掩埋一些废弃物品。她要他几个小时后过来帮她填上坑。同一个月，迪迪说自己需要一块硬地停车，她找来一个水泥承包商用水泥封住了那个坑。

在亚伯拉罕失踪九个月后，警方用了两天将他的尸体挖了出来。他的胸部有两个38毫米口径的弹孔，但是伤口已经严重腐败，无法与迪迪的枪做比对。

迪迪仍然在不断地编造亚伯拉罕的死因，每一次都更加离奇。她归罪于所有她认识的与亚伯拉罕有关的人，包括他的表亲锡德里克。她一度说，亚伯拉罕为钱的事情和她争吵，掐住了她的脖子，她失去了意识。这时有人枪击了他，但是她没有看清是谁。她说也有可能是她自己开枪射击了亚伯拉罕，但如果是她，她只是在自卫。就在警察们以为他们已经听完她编造的故事时，迪迪又称自己14岁的儿子是凶手。她甚至试图联系自己年迈的父亲，想让他承认自己杀了亚伯拉罕。

在警察眼里，迪迪毫无疑问是一个惯性撒谎者、一个职业的诈骗专家、一匹披着羊皮的狼。

迪迪因一级谋杀罪被起诉。2012年11月，对迪迪的审判开始。

检方推测迪迪在亚伯拉罕耳边煽风点火，说他的小儿子不是他亲生的，让他不要支付抚养费。亚伯拉罕逐渐信任迪迪，把经济大权交给了她。当发现她是个骗子后，他去找迪迪对质，在冲突中，迪迪用自己的左轮手枪射杀了亚伯拉罕。

然后，她埋了尸体，并开始散布关于亚伯拉罕的谣言，以阻止警方的调查。格雷格出庭做证，他和迪迪的对话在法庭上被播放。在这个过程中，迪迪动不动就哭，几度导致审判暂停。她还时不时对陪审团成员做讨好的表情和动作。有一次，法官不得不关闭迪迪身上的麦克风，以阻止她扰乱法庭秩序。

辩方律师说警方的证据都是间接的，没有直接证据表明是迪迪杀了亚伯拉罕。

经过3个小时的讨论，陪审团认定迪迪有罪。法官说，迪迪可能是他在这个法庭上见过的最善于操控人心的人。

亚伯拉罕的母亲是一个虔诚的教徒，她坚决反对死刑，因此检方没有坚持寻求死刑判决。迪迪被判处终身监禁，不得假释。

2019年，迪迪提出上诉，这次她声称是格雷格发现自己的妻子与亚伯拉罕有染后杀死了他。最终，上诉被驳回。但迪迪在狱中依然坚称自己是无辜的。

这一切结束后，亚伯拉罕的账户上只有几万美元了。这些钱被用来给他的儿子设立信托基金。

08. 后续

彩票中奖者常常成为被骚扰、诈骗、抢劫、勒索、绑架甚至谋杀的目标，因此他们通常会乔装打扮一下再去领奖，得到奖金后往往也会第一时间雇用律师和经纪人帮他们管理财务。

可惜，亚伯拉罕当时没能采取这样的保护措施。亚伯拉罕获奖的时候，佛罗里达州的法律要求获奖者公开他们的身份和所在城市。2022年5月，佛罗里达州颁布了一项新的法规，允许获得25万美元以上奖金的彩票中奖者在九十天之内不公开自己的姓名，这给了他们足够的时间切换到新的生活。

推行这项法律的人说，我们都会梦想自己中了彩票大奖。不幸的是，有的人以为梦想成真了，最终却发现那是一场噩梦。

笔者：洛蒂

枕畔的恐怖情人

提起"恐怖情人",人们总会想到控制欲强、情绪极端、嫉妒心与猜忌心强、有暴力倾向的男性。他们往往因爱生恨,在爱人变成仇人后导演玉石俱焚的悲剧。身为"恐怖情人"的女性很少见诸报端,但是这并不代表她们不存在。和男性比起来,她们的暴力行为有时更加隐蔽,报复手段更加复杂。

这个"恐怖情人"不仅做出了跟踪、骚扰、破坏,甚至谋杀等行径,而且报复手段也完全超乎正常人的理解范围。只有看到最后,你才会明白,一个真正的"恐怖情人"能有多恐怖。

01. 疯子卡丽

36岁的戴夫·克劳帕(Dave Kroupa)决定和交往十二年的女友埃米·弗洛拉(Amy Flora)分手,把两个孩子交给埃米抚养。现在,他急切地想认识新人,但是在进入下一段恋爱关系前,他只想享受一下约会的乐趣,而不想做出任何承诺。

2012年10月的一天,在车行担任汽修工的戴夫认识了37岁的卡丽·法弗（Cari Farver），她的黑色SUV出现了一点儿小问题，前来维修。

戴夫立刻被卡丽吸引了，但他没有做什么，因为跟自己的客户约会显得很不专业。几天后，戴夫在用约会软件的时候，卡丽的照片突然出现了。原来卡丽也是单身，并且也在寻找约会对象。戴夫忍不住给卡丽发了一条私信："嘿，我认识你。"

戴夫没想到，卡丽很快给他回了私信。他们在网上聊了两周。一天，卡丽再次出现在戴夫的车行里，她的车又出现了一个小问题。这次，戴夫没有错过机会，他和卡丽互换了电话。

两人的第一次约会是在10月29日，他们表达了对彼此的兴趣，但是两人一致同意，他们并不想进入一段严肃的恋爱关系。当天晚上，戴夫带卡丽回了家。很快，两人待在一起的时间越来越久。

戴夫的前女友住在艾奥瓦州。为了离两个孩子更近一些，戴夫搬去了离艾奥瓦州不远的内布拉斯加州奥马哈市。卡丽也住在艾奥瓦州，但她在奥马哈市的一家公司上班，通勤距离为1小时的车程。

卡丽是一名程序员，因此她经常加班。11月12日，卡丽被公司要求为一个大项目加班。戴夫建议卡丽住在自己家里，直到项目结束，这样可以帮她节省很多通勤时间。卡丽欣然接受了，她收拾行李搬进了戴夫家。11月13日上午，戴夫收到了一条来自卡丽的短信，她说："我们同居吧。"戴夫吃了一惊，他们只约会了两周，而且两人说好了不进入严肃的恋爱关系。戴夫觉得可能是自己邀请卡丽暂住的举动向她释放了一个错误的信号。戴夫尽量委婉地拒绝了卡丽的提议。几分钟后，他收到另一条短信，卡丽说："好吧，滚开，我去找别人了。不要再联系我，我恨你。"

晚上回家后，戴夫发现卡丽已经收拾好自己的东西离开了。戴夫想，卡丽露出了疯女人的真面目，幸好他躲过了一劫。可戴夫不知道的是，他这一劫才刚刚开始。

平静的几天过去了，戴夫专心工作，不再想这件事了。突然有一天，戴夫的手机不停地响，他收到了一连串来自卡丽的短信，短信里卡丽不断地辱骂他。她还试图给戴夫打电话，但是戴夫都拒接了。

时间一天天过去，卡丽的辱骂短信还在继续，戴夫试图维持正常的生活，但他的手机总是在他工作和社交的时候不断响起。不久之后，戴夫的邮箱里也充斥着充满敌意的邮件，其中有些邮件让戴夫觉得很不安。卡丽声称自己一直观察着戴夫的一举一动，邮件中有时还会附上戴夫的家和汽车的照片。

发展到后来，戴夫工作的车行也会接到一连串的骚扰电话，每次有人接听时，对方就挂断。这样的电话能持续一整天，导致车行的电话一直占线，客户没法拨通电话。这种现象严重地影响了戴夫的同事，戴夫差点儿因此丢掉工作。

戴夫感到震惊，他还从来没有经历过这样的事。成为别人的骚扰目标让戴夫觉得很痛苦，但更让他害怕的是，他不是唯一一个被骚扰的人，卡丽的攻击范围逐渐扩大到了和他有过浪漫关系的其他女人，包括他的前女友埃米和曾经同他约会过的利兹·戈拉尔（Liz Golyar）。卡丽和利兹曾经在戴夫的公寓里见过一面。在给戴夫的短信中，卡丽称利兹是一个又丑又胖的婊子。

不久后的一天，戴夫接到利兹的电话，对方听上去很苦恼和困惑。她说卡丽给自己发了许多辱骂短信和邮件，利兹想知道卡丽是如何得知自己的联系方式的。没多久，卡丽对利兹的骚扰也升级了。一天，利兹回家后发现，自家的车库被人闯入了。闯入者偷走了利兹的一些支票，墙上还被喷漆喷了"戴夫的婊子"几个字。

随后，利兹和戴夫都收到了一封邮件。邮件里，卡丽对自己的破坏行为表现得扬扬得意。利兹担心自己的住处已经被卡丽知道，以后会发生更可怕的事，便向奥马哈市警察局报了警。警方没能找到卡丽，因为她刚刚辞去了在内布拉斯加州的工作，去堪萨斯州开始了一份新工作。

警方调查了卡丽的背景，发现她几年前得过双相情感障碍[1]。根据卡丽母亲的说法，她曾经擅自停药，因为她讨厌服药带来的副作用。警方对这样的情节并不陌生，他们经常看到没有得到及时治疗的精神病患者做出各种过激行为。他们认为卡丽正在发病，所以才跟踪骚扰戴夫。但在找到卡丽之前，他们难以阻止她继续骚扰戴夫。

到了2012年年末，这种骚扰行为已经持续了近两个月，

---

1 既有狂躁发作，又有抑郁发作的一类精神疾病。

戴夫每天都会收到六十多条短信和一百多封邮件，全都是卡丽发来的。即使戴夫换了电话号码也没用，卡丽总能找到他的新号码。戴夫还曾尝试屏蔽卡丽的电话，但是卡丽总是会换无法追踪的电话号码继续骚扰他。戴夫将这些号码全都存在了手机里，最后甚至累积到了十八个。

卡丽还会用不同的邮箱账号攻击他，很多邮箱账号里有戴夫的名字，比如"戴夫卡丽76"和"戴夫的女孩卡丽"。卡丽还坚称自己怀了戴夫的孩子。一天晚上，戴夫正在看电视，这时候手机响了，卡丽在短信里说："我能看到你坐在椅子上，跷着二郎腿，穿着蓝色的衬衫。"卡丽对戴夫的描述都是正确的，这让戴夫非常惊恐，怀疑卡丽肯定正在他的窗户外面窥视。他冲出去找她，却没有找到。戴夫的公寓外面有大片草丛和很多大树，一个人想藏起来很容易。从那以后，戴夫每天回家都把窗帘拉上。

这样的骚扰不仅发生在戴夫独处的时候。戴夫和他曾经约会过的利兹同病相怜，他们恢复了浪漫关系。利兹有时候会在戴夫家过夜，卡丽的嫉妒心使她更加不遗余力地骚扰他们。有时候，当两人一起坐在沙发上看电影时，他们的手机会同时响起，卡丽会同时发来一模一样的短信，骂利兹是个婊子。戴夫和利兹会相互倾诉自己的苦恼，他们给卡丽起了个外号，叫"疯子卡丽"。

2013年1月6日，戴夫收到了卡丽的一封邮件，里面附带一张一个黑发女人蜷缩在汽车后备厢里的照片，她的手被捆在背后，嘴上贴着胶布，很难看清楚是谁。卡丽在邮件中声称利兹在她手里，她要求戴夫和利兹分手，再与自己重修旧好。只有这样，卡丽才会放了利兹。

戴夫不确定这个威胁是不是真实的，因为那张照片看上去像是从网上下载的。他立刻联系了利兹，但是对方没有回复。此时已经很晚了，戴夫觉得利兹很可能已经睡着了。第二天早上，利兹联系了戴夫，他才松了一口气：昨晚的邮件只不过是一场恶作剧。

2013年1月10日，戴夫回到家，发现屋外停着一辆很眼熟的车。那是一辆黑色SUV，戴夫认出这正是卡丽的车，立刻报了警。警察局把车扣押了。戴夫把近期收到的骚扰和威胁信息都给警方看了。警方要求下载戴夫和利兹手机里的内容以协助调查，两人都同意了。

2013年的整个上半年，卡丽对戴夫的骚扰都没有停止过。有一天晚上，戴夫去前女友家看望自己的两个孩子时收到卡丽的一封邮件，里面写着："我今晚去找你，你不在家，我打碎了一扇窗户。"戴夫回到家，发现自己卧室的窗户真的被一块砖头打碎了。

还有一次，戴夫发现自己的车上被划出了一行字：戴夫喜欢胖婊子。利兹的汽车也被划出了一行字：婊子，不要再去见戴夫了。与此同时，卡丽还在继续骚扰戴夫的前女友埃米。

到了2013年夏天，戴夫收到卡丽的一封威胁邮件，她说道："我要杀了利兹，她把你从我这里夺走了，同时也夺走了我的梦想和未来。这个婊子必须死。"

02.骚扰升级

2013年8月17日,奥马哈消防局接到一个报警电话。当消防人员赶到的时候火已经熄灭,但是屋子里面的家具都被严重烧毁,空气中弥漫着浓烟,墙体全被烧成了黑色。消防员发现了四具动物尸体,分别是两只狗、一只猫和一条蛇,它们都是被浓烟呛死的。

这套房子是利兹的。好在利兹和她的孩子当时并不在室内,他们正在搬家,着火的时候他们在新住处。利兹早上回来搬东西的时候发现了火情,立刻报了警。经过调查,消防员在客厅的地上发现了一罐可燃性气体,在厨房的椅子上发现了一瓶汽油,看上去房子里有多个火源。他们还发现,火之所以没有把整个房子都烧着,是因为所有的窗户都是关闭的,这阻止了氧气的进入,火在耗尽屋子里的氧气后就自动熄灭了。利兹说那罐气体和那瓶汽油都是她的,但是它们本来是被储存在车库里的。

就在火灾被发现的几个小时之前,利兹收到卡丽的一封邮件,邮件里说:"臭婊子,戴夫不想再和你说话了。他想和我在一起,我们最近做爱了。他会永远爱我,他不想要你了。臭婊子利兹,希望你和你的孩子都被烧死。"

戴夫觉得很对不起利兹,利兹因为他失去了宠物和财产。利兹拒绝告诉戴夫她的新地址,因为怕卡丽再找到她。戴夫完全能理解她的恐惧。现在,卡丽对利兹和戴夫的人身安全造成了真正的威胁,戴夫觉得必须采取行动保护自己。他买了一把手枪,放在储物室的架子上。

卡丽对戴夫的跟踪和骚扰对他的精神状态造成了损害。他开始每夜在酒吧里喝酒，喝到很晚才回家。他的体重增加了30磅[1]。2014年的一天晚上，戴夫和一个新认识的女性朋友待在他的家里。有人转动他公寓的门把手试图进屋，失败后用砖头打碎了戴夫卧室的窗户。

2015年2月，戴夫搬家了。他希望能以此阻止卡丽的跟踪，但是他仍然不断地受到骚扰。11月底的一个下午，戴夫回到家，发现他存放手枪的盒子从架子上凸出来了，明显被人动过。他打开盒子，发现手枪已经不见了。

一周后的12月5日，利兹打算去公园散步。那是冬日的6点半，天色已暗。利兹走了一会儿，想去椅子那儿休息一下。刚坐了没多久，她看到一个黑影向她靠近，一个女人的声音要她趴到地上不许动。利兹依照攻击者的话去做，但是对方并未停止对她的攻击，在击中她的腿之后跑掉了。

利兹拖着伤腿爬回自己的车上，打了报警电话。警方赶到的时候，发现利兹坐在车边，大腿不断流着鲜血。利兹对警察说："我知道是谁开的枪，不是卡丽，而是戴夫的前女友埃米。"

03. 消失的卡丽

三年前的2012年11月13日，卡丽的母亲南希收到女儿的

---

[1] 英美制质量或重量单位，1磅合0.4536千克。

一条奇怪的短信。在这之前，卡丽正在推进一个重要的工作项目。为了离公司更近，她打算住在新认识的男友戴夫家里，因此希望由南希帮忙照看14岁的儿子马克斯。

南希以为卡丽几天后完成工作就能回来接孩子，但是卡丽却在短信里说，自己得到了一份堪萨斯州的新工作，准备搬到那里去。南希觉得很困惑，她和女儿的关系很亲近，每天都会通电话，她以为卡丽喜欢自己现在的工作。卡丽突然辞职让她觉得很奇怪。

南希问外孙马克斯，是否听卡丽讲起过堪萨斯州的新工作？马克斯说母亲确实说起过想在那里找份新工作。这让南希放心一点，但她还是觉得卡丽发的短信语气很奇怪，而且在通常情况下，卡丽做出这么大的决定，应该会打电话告知她，而不是只发短信。

几天后就是卡丽同母异父的弟弟结婚的日子了，南希想到时候见到女儿再当面问她具体情况。可是弟弟结婚当天，卡丽并没有出现。南希觉得很不对劲，于是报了失踪案。警方并没有重视，他们觉得卡丽是一名中年女性，她有自己的生活和自由，而且她也一直在通过短信和他人联系。

警方调查发现，卡丽在社交媒体上很活跃，她在11月21日发了条信息，说自己要搬去堪萨斯州开始新的工作，自己会想念亲人和朋友的。卡丽的母亲南希提到，卡丽是一个活泼外向的人，但是她大约十年前被确诊过双相情感障碍。警方觉得是卡丽的病复发了，她很可能擅自停药，所以做出了古怪的行为。不管怎样，卡丽还是被列为失踪人口，但是她的案子不是警方的优先事项。

卡丽被报失踪后的几周,南希收到卡丽的短信说自己的黑色SUV丢了。这辆车登记在南希的名下,于是南希向有关部门报告车被偷了。大约一个月后,也就是2013年1月10日那天,戴夫在自家公寓前发现了这辆车。警方搜查了汽车,发现里面非常干净,只在一个座椅上发现了一些饮料的痕迹,里面也几乎没有私人物品,只有水杯架里有一个薄荷糖盒子。然后这辆车就被归还给了南希。

卡丽身边亲近的人越来越担心她,她没有出席弟弟的婚礼,也没有像往常一样参加儿子的体育活动,这完全不像她的做法。卡丽的父亲是癌症患者,卡丽以前经常去医院探望他,现在她已经很久没去过了。她的父亲在她失踪一个月后去世了,卡丽也没有参加葬礼。

然而卡丽却一直在给别人发短信。卡丽对拼写和语法从来都是一丝不苟的,但是现在她的短信里经常出现语法和拼写错误。卡丽"失踪"后不久,她给南希发短信说自己要在网上卖掉一件家具,请求南希去给购买者开门搬家具。南希起了疑心,那张梳妆台是卡丽的曾外祖母留下的,卡丽为什么想卖掉它?南希回复说:"我必须听到你的声音,确定真的是你。"然后她收到一条愤怒的短信,卡丽指责南希是一个控制狂、一个坏母亲。

几个月后,南希浏览社交媒体的时候,发现卡丽开了一个新账号。账号下有一个帖子提到了戴夫,卡丽是在和戴夫约会期间失踪的,因此南希怀疑这件事与戴夫有关。她询问警方,警方告诉了她戴夫一直受到卡丽的骚扰。

南希还在卡丽的社交账号下看到一个帖子，说戴夫和卡丽已经订婚了，帖子里附有一张图片，是一只短粗的手戴着一枚钻戒。那看上去根本不是卡丽的手，卡丽的手指很长。南希现在非常确定，有人在冒充她的女儿。

卡丽的儿子马克斯也这么认为，他不相信自己的母亲什么都没有解释就抛弃了他。一天，马克斯收到卡丽的新账号发来的信息，里面写道："小伙子，最近怎么样？"马克斯觉得很奇怪，卡丽从来没有叫过他"小伙子"。

为了确认对方的身份，马克斯回复道："我童年时最好的朋友叫什么？"但是他没有收到任何回复。卡丽的家人都认为她已经遭遇不测了，但是他们没有任何证据。警方对这个案子也很不上心。

一天晚上，南希做了一个梦，梦见自己死去的丈夫出现在她面前，对南希说："南希，卡丽已经和我在一起了。"这个异常真实的梦让南希感到非常悲痛。

04. 埃米的坦白

当利兹在2015年12月被射伤时，离南希报告卡丽失踪已经过去三年了。在这三年里，盗用卡丽身份的那个人给利兹发了上千条辱骂短信和上千封邮件，利兹的家被烧毁了，她失去了四只宠物，她的腿也被射伤了。

利兹的腿被射伤后,她对警察说,卡丽不可能对她有如此深的仇恨,她和戴夫才约会了两个礼拜。利兹认为,戴夫的前女友埃米才是幕后黑手,她更有动机做这些事情。利兹还知道埃米有戴夫公寓的钥匙,很可能是她去戴夫家里偷走了那把枪。警方派出了大量警力,包括一架直升机,去利兹中枪的公园里搜索,但是没发现任何嫌疑人。

2015年12月25日,利兹被射伤后的第二十天,她收到一封邮件,并立刻转给了调查此案的艾奥瓦州警察吉姆。这是一封来自埃米的邮件,里面写道:"我遇见了疯子卡丽,她一刻不停地谈论着戴夫,说他们即将结婚。她试图攻击我,但是我在她肚子上捅了几刀,然后我烧了她。我把她的残骸扔进了垃圾桶。利兹,你应该高兴我没有对你做同样的事。"

这封可怕的邮件让利兹非常担心自己的安全,但是除了这封邮件,警方没有任何证据能证明埃米与这些事情有关。他们告诉利兹,他们会监控事态的发展并紧紧盯住埃米。在接下来的几个月里,埃米又发了几封邮件,描述自己对卡丽的谋杀。虽然每次都有些出入,但都提到她捅死了卡丽,然后烧了她的尸体并扔进垃圾桶。

在其中一封邮件里,埃米声称她捅了卡丽以后开车带她到树林里。卡丽仍然活着,请求她放过自己。但是埃米只是静静地看着她的血渐渐流干,走向死亡。为了证明自己没有撒谎,埃米提供了一个只有亲近的人才知道的关于卡丽的细节,那就是卡丽的大腿上有一个阴阳鱼太极图案的文身。

埃米还描述了在杀死卡丽以后,自己如何清洗了她的车,然后去她家拿走一些衣物,使得一切看上去像是卡丽自己离开了一样。埃米准确地描述了卡丽房间的布局。她说自己还假扮成卡丽和南希通信。也是她把卡丽的车停在了戴夫的公寓前,让戴夫以为卡丽在跟踪他。

05. 警察吉姆

2015年春天,警察吉姆听到警察局里有人在讨论一个叫卡丽的女人的失踪案。他对这个案子很感兴趣,于是请求接手此案。在卡丽失踪之初,警方曾收到几条来自卡丽手机的短信,里面说道:"我将要离开,我的妈妈反应过度了。"在接下来的两年半里,卡丽一直行踪难觅,同时却不断骚扰着戴夫。

警方在视频网站上发现了一个以卡丽为名的账号,里面发布了一条视频,名字叫《我丈夫出轨的地点》。视频的内容是戴夫公寓的外景。卡丽在网上很活跃,但是没人在现实中见过她。

吉姆和他的搭档接手这个案子后,决定从不同的方向来办案:吉姆从假设卡丽已经死去的方向着手,而搭档则从假设卡丽还活着的方向入手。随着调查的深入,他们惊讶于卡丽本人似乎在2012年11月13日以后就消失得无影无踪。

调查显示,卡丽的信用卡最后一次被使用是在2012年11月16日,是她最后一次被人看到的三天后。有人用卡丽的信用卡在打折店里购物两次。从那以后,卡丽的信用卡再没有被使用过。

之前提到，2013年年初，戴夫和利兹的手机内容和记录被警方下载以协助调查。这次，吉姆和搭档仔细筛查了里面海量的信息，发现了之前没有发现的线索。在2012年11月6日和7日，大约是卡丽失踪的一周前，利兹给卡丽家打过六通电话，每次通话时间都不长，最长一次是33秒。

为什么利兹会在那时给卡丽打电话？当时她们甚至都不认识对方。他们发现利兹的相册里有2012年12月24日拍摄的几张照片，照片里有卡丽的黑色SUV。照片拍摄的两周后，这辆车出现在戴夫家门前。警方随后提取了利兹的指纹，发现它与卡丽车上的那个薄荷糖盒子上的指纹吻合。

当警方第一次搜查卡丽的车时，他们并不知道那其实是一个犯罪现场。他们现在想起来，当时车上非常干净。2016年2月18日，警方找回那辆车，对它进行了第二轮搜查。来自埃米的邮件曾提到卡丽坐在车上被捅了几刀，于是警方去掉了副驾驶车座上的软包，用鲁米诺反应来检测上面是否存在血迹，这才发现他们本来以为的饮料痕迹其实是血迹。

一周后的2月25日，警方已经做好逮捕利兹的准备了。

06. 利兹

2012年夏天，戴夫和利兹在网站上相识，身为保洁员的利兹是戴夫和埃米分手后最早约会的几位女性之一。戴夫只是被利兹的身体所吸引，两人并没有精神上的共鸣。他们偶尔会约会，虽然利兹想让两人的关系更进一步，但是戴夫明确表示自己不想和利兹发展恋爱关系。在与利兹约会的同时，戴夫还一直在认识其他女性。

到了2012年10月，戴夫遇见了卡丽。卡丽曾经对朋友说，戴夫并不是她通常会喜欢的类型，但是她莫名地被戴夫吸引，尽管如此，她还是不想进入严肃的恋爱关系。戴夫也和朋友说，自己仿佛中了头奖，找到一个自己喜欢的女人，而这个女人想要的关系和他想要的一模一样。

戴夫第一次和卡丽约会的时候，他不断地收到来自利兹的电话和短信。他不想被打扰，所以一直不理睬，但是电话一直响，他只好接听了。利兹说想去他家里拿回自己的物品。戴夫说这不是一个好时间，他正在约会。

当晚，戴夫领卡丽回家。他们刚进门，戴夫的手机和门铃就同时响了，利兹出现在他家门前，坚持要在这时取回自己的东西。戴夫向卡丽解释。卡丽只是笑了笑，主动离开了，留下戴夫和利兹解决他们的问题。卡丽在出门的时候，和利兹擦肩而过。

戴夫对利兹的突然出现感到很恼怒，他要求利兹收拾好东西之后立刻离开。利兹离开后，戴夫又给卡丽打了电话。卡丽邀请他去自己家。

戴夫最后一次见到卡丽是在2012年11月13日早上6点半。当时卡丽正坐在沙发上使用笔记本电脑，戴夫和她亲吻后就去上班了。3个小时后的9点54分，有人使用卡丽的手机登录了她的社交账号，然后取消了对戴夫的关注。

随后，戴夫收到了卡丽那条奇怪的短信，说她想和戴夫同居。两天后，卡丽的主管收到卡丽的一条短信，说："我不会回来了，我在堪萨斯州得到了一份新的工作。我向你们推荐一个新人，她很适合接替我的工作，她叫利兹。"利兹申请了这份工作，但是身为保洁员的她没有任何编程技能和经验，所以没有申请成功。

警方调查发现，利兹的手机里有一张貌似利兹本人被绑架的照片，和卡丽发给戴夫的是同一张。警方怀疑是利兹拍了自己的这张照片并发给了戴夫。卡丽的视频网站账号曾发布过戴夫公寓的视频，警方追踪这个账号的IP地址后发现它来自利兹的住址。

吉姆告知卡丽的母亲南希，卡丽可能已经遭遇不测。虽然不是什么好消息，但是南希心里的一块石头终于落了地，警方终于开始认真调查卡丽的案子了。南希也把自己的手机交给警方调查。警方重点查看了卡丽发给南希的信息，找到一条卡丽解释为什么要卖家具的短信，短信里还要求南希让买家进房取家具。短信里附了一张照片，里面是一张付给卡丽的5000美元的支票，而买家的名字竟然是利兹。

07. 真相大白

到了2015年年底，调查卡丽失踪案的警方已经掌握了大量的间接证据，但是他们苦于没有找到直接证据。12月4日，已经多次报告自己被卡丽骚扰的利兹突然又来到警察局，报告另一起骚扰事件，说埃米在社交媒体上跟踪她。利兹还怀疑埃米偷走了戴夫的枪，她为自己的人身安全感到担心。

警方再次下载了利兹手机里的内容，并要求她报告所有的可疑情况。一天后，也就是12月5日，利兹在公园散步时，腿上中了一枪，她报警后指证是埃米干的。警方调查了埃米，发现她当时正与孩子在一起，并不在利兹散步的公园。

虽然整件事看上去很奇怪，但是此时警方怀疑那一枪是利兹自己开的。2013年，警方第一次下载利兹手机里的内容时，他们把利兹当作一名受害者，只调查了手机里现有的内容。但是这次，他们把利兹当作嫌疑人，于是对她手机里删除的内容进行了恢复。

随着电脑专家对手机内容的恢复，一些线索渐渐浮出水面。利兹曾经下载过一个软件，这个软件可以让她使用假号码冒充卡丽发短信，还可以预设短信的发送时间。这就解释了为什么戴夫和利兹会同时收到"卡丽"的短信。

她还使用虚拟专用网络掩盖自己发送邮件的真实IP地址。利兹通过这些手段，给戴夫和自己，以及和戴夫约会过的其他女人发送了上万条短信和邮件。警方估算了这些行为需要花费的时间，最后得出结论：利兹每周要用40~50个小时来假扮卡丽骚扰别人。

2015年12月14日，利兹腿上中枪的九天后，吉姆把利兹请到警察局。吉姆解释说，他们找到一些卡丽的人体残骸，他们怀疑是埃米干的，但是需要一些证据。几天后，吉姆收到一系列邮件，都是利兹转发埃米发给她的邮件。邮件里，埃米承认自己枪击了利兹，然后非常详细地描述了自己是如何杀死卡丽并弃尸的。

警方联系了戴夫，告诉他利兹有很大的嫌疑。他们还担心利兹接下来可能会伤害埃米，建议戴夫搬去埃米家，保护她和两个孩子。警方这么做其实还有一个动机，就是他们认为利兹看到戴夫和埃米重新在一起，肯定会情绪崩溃，从而露出破绽。

利兹果然非常激动。她联系了警方，质问他们为什么不逮捕埃米。警方说他们没有足够的证据。几个小时后，警方又一次收到利兹转发的埃米给她的几封邮件，里面再次描述了卡丽大腿上的阴阳鱼太极图案，又再次说明卡丽是在她自己的SUV里被攻击的，邮件里提到的新信息是卡丽家的布局。

2016年2月25日，在确定SUV车座上的血来自卡丽后，警方搜查了利兹的公寓，然后去利兹的工作地点逮捕了她。但利兹不承认自己和卡丽的失踪有关系。

警方在利兹的公寓里发现了印花浴帘，这与卡丽失踪几天后的信用卡消费记录吻合。他们还发现了一台属于卡丽的小型摄像机，里面有一段影片，拍摄于2012年11月11日，也就是卡丽最后一次现身的两天前。在影片中，卡丽先是拍摄了自己，然后去室外拍了那辆黑色SUV，并提到自己本打算将这辆车送给儿子马克斯，但意外发现车子的引擎盖上被人用白色喷漆涂了字。

警方第一次发现这辆车时，白色喷漆字迹已经被清理了。

结合这段影片，警方怀疑很可能是利兹先在卡丽的车上涂字，后来又清洗了整辆车。警方还发现，利兹在卡丽失踪前给她打了几通电话，还用两个假的社交账号加了卡丽为好友。

尽管利兹很在意自己是不是戴夫唯一的女人，她自己却在和戴夫约会期间见别的男人。2010年，利兹开始和一个叫作埃里克的男人约会，他在经济上给了利兹很大的支持，还帮她照顾两个孩子。利兹的房子着火时，她和孩子就住在埃里克家。大火烧死的两条狗也是埃里克买给利兹的。

卡丽失踪几个月后，埃里克收到了来自卡丽的短信和邮件（邮件内容不得而知）。当他问利兹谁是卡丽时，利兹只说是一个朋友。埃里克最终受不了利兹，和她分手了。2015年12月，利兹从他家里搬出来，也就是在同一时期，利兹的腿上中了一枪。

08. 罪名成立

2016年12月27日，利兹因一级谋杀罪和纵火罪被起诉。她的律师坚称，在找到卡丽的尸体前，警方没有证据证明卡丽已经死了，更没有证据证明是利兹杀了卡丽。

警方反复询问戴夫有没有什么其他的线索时，戴夫说没有。但是2017年年初，戴夫突然想到，利兹和他约会期间曾经使用过他家里的一台平板电脑。警方在电脑里发现了一张记忆卡，这张卡也在利兹的手机里使用过。卡丽的内容已经被全部删除了，但是电脑专家恢复了几千张被删除的照片。

在浏览了大量利兹的自拍和她孩子的照片后，吉姆发现了一些奇怪的照片。有一张照片是一块灰色的帆布覆盖着一个不明物体，看上去像人类的皮肤，上面文了汉字。法医鉴定这张照片显示的是一只正在腐烂的人类的脚。

警方询问卡丽的母亲，她说卡丽的左脚上文了汉字"妈妈"，正是照片上的文字。这成了利兹谋杀卡丽的关键证据。利兹的律师知道这个证据后，放弃了陪审团审判，选择只由法官来审判（量刑可能会轻一些）。

2017年5月24日，利兹的两项罪名均被宣判成立，她因谋杀罪被判终身监禁。

09. 利兹的过往

2020年，犯罪纪实作家莱斯莉·鲁尔写了一本关于此案的书——《纠缠的网》（*A Tangled Web*）。她的母亲是知名犯罪纪实作家安·鲁尔，曾写过特德·邦迪[1]案。莱斯莉调查了利兹的过往，有一些令人惊讶的发现。

利兹在很小的时候失去了父母，在孤儿院长大。她22岁的时候已经离了婚。23岁的时候，她生下一个男孩科迪。有一天，利兹21岁的男友尼尔（不是孩子的父亲）在利兹上班的时

---

[1] 西奥多·罗伯特·特德·邦迪（Theodore Robert Ted Bundy，1946—1989），美国连环杀手。

候照看五个月大的科迪,当时尼尔的妈妈在帮助他。他们发现爱哭的科迪当天出奇地安静。

利兹5点下班回家后,发现科迪已经没有了呼吸。科迪的死因是剧烈晃动导致的严重脑损伤。智力有残障的尼尔被警方拷问了几个小时。尼尔说自己有时会把科迪抛向空中,然后接住,但是每当这个时候,科迪总是在笑,看上去很享受这样的玩乐。

警方给尼尔施压,尼尔承认自己那天抛科迪的时候比往常抛得高了一点儿。最终,尼尔因为杀害科迪而被起诉。但是尼尔的妈妈不相信儿子能做出这样的事。她问尼尔,在科迪死前有没有什么奇怪的事情发生?尼尔说利兹前一天晚上曾经给他打电话,要他尽快回家,因为她没有抱好科迪,把他掉在地上了。

很多人,包括科迪的亲生父亲,都认为利兹与孩子的死有关。利兹在科迪死后的几天看上去非常愉快。利兹在法庭上呈上了一系列尼尔在监狱里给她写的信。信里尼尔表达了对利兹的爱意,承认是自己杀害了科迪,但要利兹在法庭上承认她摔了孩子,以便让自己重获自由。

尼尔没有否认是他写了这些信,但是他身边的人都认为以尼尔的智商写不出这样的信。莱斯莉试图找到这些信的原件,以便核对字迹。她认为利兹惯于以他人的身份来伪造坦白信,但莱斯莉没有找到信的原件。

尼尔最终在法庭上认罪,并在服刑八年半后被假释。他现在有了两个孩子,而他的家人坚信他是无辜的。

几年来，戴夫一直以为自己被卡丽骚扰，他对卡丽的好感变成了仇恨。当他得知利兹才是幕后凶手时，觉得事情都说得通了。戴夫回忆起自己有一天晚上从酒吧回来，发现利兹在黑暗中趴在离他公寓不远处的地上。他喊了利兹，但是对方没有回应，而是溜走了。当他回家后，他收到了利兹的几条短信。利兹向他道歉，并解释说她喝醉了，不知道自己做了什么。

戴夫为卡丽因自己而死感到非常痛苦和内疚。卡丽的母亲南希说，戴夫和自己的女儿一样，也是受害者，他们只是在错误的时间出现在错误的地点。她相信卡丽的在天之灵会原谅戴夫。

笔者：洛蒂

音乐少女身亡案

2013年7月15日中午12点30分左右，美国威斯康星州哈特福德市的911电话接到了一名中年女性的求助电话，报案人名为乔伊·布洛杰特。她紧张地向接线员报告：自己19岁的女儿身体呈青蓝色。

911电话录下了乔伊与接线员的对话：

接线员："哈特福德911，您有什么紧急情况？"

乔伊："我女儿的整个身体都是青蓝色的。我刚到家准备吃午饭，去卧室叫她，她却没有醒来！哦，我的上帝！"

接线员："好的。她还有呼吸吗？"

乔伊："我认为没有。"

接线员："好的，女士，你知道怎么做心肺复苏吗？"

乔伊焦急地重复着："杰茜！她的身体冰冷！她的身体冰冷！"

接线员："她的身体冰冷吗？"

乔伊："她的身体冰冷。天哪，我的上帝！"

…………

乔伊："我看到她的身上有被捆绑的痕迹。她的裤子全湿了，身上看上去有勒痕。"

接线员："是勒痕吗？"

乔伊："看上去是的，我不知道发生了什么！我不知道这是怎么回事！"

挂了电话，接线员立刻通知哈特福德市警察局的警察理查德·西克恩斯前去事发地点。随后，理查德赶到乔伊家中，同行法医当场确认了乔伊的女儿杰茜的死亡，死亡时间为早上9点至10点，死因为窒息。接着，理查德在杰茜的房间里发现了一本日记，日记里出现的两个男人引起了理查德的注意。杀害杰茜的凶手会是他们吗？

01. 少女离奇身亡

杰茜·布洛杰特（Jessie Blodgett）于1994年3月22日出生在美国佐治亚州北部科布县的玛丽埃塔市。这座城市被山水环绕，树木郁郁葱葱，非常宜居。在杰茜还是儿童的时候，布洛杰特一家离开了风景如画的玛丽埃塔市，搬到了威斯康星州华盛顿县的哈特福德市。杰茜的家庭氛围开放美满，父母很疼爱她，并且非常注重对杰茜的教育和培养。

在生活中，杰茜的父亲巴克·布洛杰特不仅把杰茜当作女儿，还将她视作一个独立且成熟的人。他们有时会在闲暇时讨论对于毒品的看法，还会谈论一些与性有关的知识。巴克认为虽然自己是杰茜的父亲，但杰茜仍然可以在自己面前畅所欲言。

由于一直生活在氛围融洽的家庭里，杰茜的个性也受到了影响。她十分善良，让人感到温暖，勇于为遭遇校园霸凌的同学发声，还积极地投身到反对虐待动物和反对家庭暴力等社会运动中。杰茜爱好和平，情绪饱满，富有感染力，同学们常来杰茜的家里玩。

杰茜对音乐非常着迷，喜爱演奏钢琴和小提琴，很有天赋。2012年，杰茜从哈特福德联合高中毕业后，进入威斯康星大学密尔沃基分校的音乐教育学院，大学一年级就获得杰出人才奖学金。杰茜的同学兼好友杰奎琳·纳特斯曾说："每次去杰茜家的时候，杰茜都在弹钢琴。如果我想要和她说话，得大声喊叫，她才能从钢琴曲里回过神来。"

杰茜年纪轻轻便才华横溢。她利用大学课余的时间在哈特福德社区开设了声乐、钢琴和小提琴课程，在不到两个月的时间里，就有二十八名年轻人慕名而来，成为杰茜的学生。除了教课，杰茜每个暑假还会在中央中学管弦乐团的暑期项目中担任志愿者，她的愿望是通过音乐来影响年轻人并改变世界。为了实现这个愿望，杰茜计划在高中或大学的合唱团担任志愿指挥。

2013年的整个夏天，杰茜都和自己的好朋友丹尼尔·巴特尔特（Daniel Bartelt）待在一起创作音乐。两人有很多共同爱好，他们都是哈特福德社区戏剧社的话剧成员。杰茜还因为表现出众，担任了社区剧院的剧目《屋顶上的提琴手》的女主角。

2013年7月14日晚上，杰茜在哈特福德社区的剧院完成了出色的表演。尽管演出结束后杰茜感到有些疲惫，但她为了不扫大家的兴，还是和大家一起参加了剧院的庆功派对。乔伊和巴克知道杰茜当晚要参加派对后，没有催促杰茜早点回家，而是选择让她尽情享受派对。他们没有锁门，也没有睡觉，在家中等着杰茜回来。

7月15日的凌晨1点左右，杰茜回到家中。但是与平时热情洋溢的表现不同，杰茜到家时驼着背，耷拉着脑袋，看起来无精打采。看到女儿如此丧气的样子，乔伊和巴克十分担心，连忙询问杰茜发生了什么事情。杰茜的表情有些尴尬，犹豫了一会儿，才不情愿地开口："没什么大事，只是聚会上有两个年纪很大的男人一直要和我调情。"

说完，杰茜就回到了自己的卧室。乔伊和巴克看到杰茜并不想谈论这件事，便也没有再追问下去。杰茜回到房间后打开了日记本，她写道："我觉得我很崩溃，某些男人把柏拉图式的友谊扭曲成性竞争。我不是孤立无援的……我会认识到问题所在，勇敢地面对它们。"后来据杰茜的朋友所说，在聚会上有个男人试图拉着杰茜往自己的大腿上坐。

7月15日清晨，杰茜的父亲巴克照常出门上班。大约在早上8点15分，母亲乔伊将洗好的衣服送到杰茜的房间，往往这个时候杰茜已经醒了，她不是一个爱睡懒觉的女孩。但在这天早上，杰茜并没有醒。乔伊看到女儿睡得很香，认为她可能是前一晚玩得太累了。当天除了要在中午给一个女孩上钢琴课外，杰茜并没有别的安排，乔伊便没有叫醒她。随后乔伊离开了家。

7月15日中午12点左右，乔伊回家，发现杰茜的学生已经到了家门口，但杰茜没有给学生开门。

刚开始，乔伊以为杰茜外出了还没回家，但看见她的车还停在家门口，乔伊知道杰茜并没有出门。乔伊有点儿生气，她来到了杰茜的房间，想叫杰茜起床。但当乔伊看到躺在床上的杰茜时就惊慌失措了，疯狂地拨打了911求救电话，于是就出现了文章开头发生的那一幕。

警察理查德到达案发现场后看到，杰茜的脖子、手腕和脚腕有着非常明显的被捆绑的痕迹。"凶手把她的身体摆放在这里，我相信对方还冲洗了她的身体，随后又把她放回到床上，并盖上了被子。"想从遗体中得到更多线索，还需要等法医出具详细的尸检报告。

勘查现场后，警方没有找到任何作案工具，不过在杰茜的床下，警方发现了一盒录音带。理查德发现乔伊家没有任何遭人强行闯入的痕迹，但乔伊和巴克告诉理查德，他们经常不锁门，他们从不提防哈特福德社区里的任何居民。

巴克回忆起在案发几周前，他和乔伊曾请了几个工人来修剪院子里的树枝，那几个中年男人在树上窥见了二楼杰茜的卧室。当时杰茜感到非常不适，不高兴地问乔伊："那几个人走了吗？他们什么时候离开？"

但是理查德推断，凶手应该是杰茜的熟人，并且非常熟悉这座房子，知道在哪里可以找到杰茜，也知道杰茜什么时候会一个人在家。

离开乔伊家后,理查德首先传讯了杰茜日记本上的两个男人。其中一个是与杰茜同剧组的演员,在理查德的追问下,这个男人否认自己曾做出过骚扰杰茜的举动,他说自己只是在派对上跟杰茜开了几句玩笑,仅此而已。但理查德不太相信这个男人说的话:"他是个演员,在这一点上,我很难判断他是在演戏还是说了实话。"

另一个骚扰杰茜的男人则是这个男演员带去的。他同样否认了自己曾在行为上骚扰过杰茜,只说自己开了一些不合时宜的玩笑。

理查德调查了这两个男人在杰茜被杀当天的行踪。男演员那天没有出门,手机记录也显示他当天并没有与杰茜联系过。另一个男人在案发当天没去上班,而且他是独居,没人能够证明他在案发当天是否出过门。但后经警方调查证实,案发现场附近的监控里没有这个男人的踪影。他的手机卫星信号定位显示他确实一直在家中,并且他也不知道杰茜家的具体住址。

排除了二人的嫌疑后,理查德走访了杰茜的邻居和同学们,想知道杰茜生前有没有与人结怨,但大家都称杰茜是一个很和善的女孩,不会与人交恶,还有邻居表示"所有认识杰茜的人,都不会忍心伤害她"。

警方毫无头绪。7月16日,乔伊和巴克在家中为已故的女儿杰茜举行了哀悼会。由于前来悼念的人太多,房间里显得有些拥挤。大家围坐在一起,诉说着自己与杰茜相处的过往,哭泣着,拥抱着。杰茜的好朋友丹尼尔也赶来了,他在案发前一天也出演了《屋顶上的提琴手》,并且和杰茜一起在演出结束后参加了派对。他一直留在杰茜的父母身边安慰他们。

就在整个哈特福德社区沉浸在悲伤和惋惜的氛围之中时,隔壁镇里奇菲尔德的警方正在全力追踪一名公园袭击案的罪犯。在调查的过程中,两起案件竟然出现了重合的地方。

02. 小镇突发袭击案

2013年7月12日,在杰茜被杀害的三天前,华盛顿县的里奇菲尔德镇发生了一起袭击案。受害的年轻女性名叫梅利莎·埃茨勒(Melissa Etzler),她对华盛顿县警察乔尔·克劳辛说,案发当天她像往常一样在公园里散步,准备离开公园的时候,身后突然传来了急促的脚步声,把她吓了一跳。还没等梅利莎回头细看,她就被一个陌生男人从背后扑倒了,还被他压在身下。

梅利莎转过头,看到这个男人长得眉清目秀,认为他是一个友好的人,只是不小心撞到了自己。于是梅利莎对他说:"你吓到我了。"但就在她说完这句话后,梅利莎发现这个男人手里拿着一把刀。梅利莎这才意识到事情并不像她想的那么简单,她当机立断,一把握住了刀刃,夺走了陌生男子手上的刀。歹徒试图将刀抢回,梅利莎奋力争夺,刀刃割伤了她的手。经过一番搏斗后,歹徒放弃袭击梅利莎,松开她,问道:"我能走了吗?"接着他最后一次尝试抢走那把被梅利莎紧紧握在手中的刀。"不，"梅利莎说，"你得离开这里，我要把刀带走。"目睹歹徒离开后，梅利莎拿着刀回到自己的车里。这时她才发现自己已经满手是血，连忙报警，然后去医院缝合伤口，一共缝了十五针。

克劳辛接到报警，立刻来到医院，就梅利莎刚刚遭遇的袭击询问了她。尽管梅利莎经受了与歹徒的搏斗和伤痛的侵扰，她还是提供了一些非常可靠的细节。克劳辛在事后评价梅利莎："她是我在职业生涯中见过的最好的证人。"

梅利莎回忆歹徒是一名白人男性，18~20岁，身高大概6英尺2英寸，体重约210磅……他有一头淡金色的头发，蓬松但有些乱糟糟的，皮肤很白，穿着格子短裤。有了这些线索之后，华盛顿县警察局的犯罪侧写师画出了歹徒的模样。

除了样貌，梅利莎还清楚地记得歹徒逃跑时开了一辆深蓝色小货车。虽然不知道具体型号，但梅利莎十分确定车型是老款。梅利莎还描述了歹徒把车停在公园停车场的具体位置，她的记忆十分精准。

克劳辛把此次袭击事件告知了当地媒体，并将侧写师画的画像和歹徒汽车的特征公之于众，试图寻求公众的帮助。克劳辛的同事迈耶看到了新闻，找到克劳辛说，他记得在几周前，自己在这个停车场的同一位置见过这辆车，当时还对这辆车进行了搜查，但没有发现任何可疑的物品，只拍了张照片存档。迈耶从记录中找到了这辆深蓝色道奇汽车的车牌号。经查证，这辆车的车主是一对中年夫妇，并不符合梅利莎的描述。

2013年7月16日，克劳辛询问这对夫妇："这辆汽车平时还有谁在开?"这对夫妇告诉克劳辛,他们19岁的儿子丹尼尔·巴特尔特(Daniel Bartelt)平时会开这辆车去上班。丹尼尔身高大约6英尺1英寸,体重约200磅,这与梅利莎的证词非常吻合。

克劳辛向这对夫妇表示感谢,并要来了丹尼尔的手机号码。下午5点左右,克劳辛开车离开了巴特尔特夫妇家,在路上拨通了丹尼尔的电话,通知他立刻到警察局来一趟。丹尼尔告诉克劳辛,自己正在参加好朋友杰茜的哀悼会,此刻他正在安慰因丧女而悲伤的杰茜父母,稍后就会赶到警察局。

克劳辛感到有些奇怪,大多数人听到警察局来电要自己去谈话时,通常会问一句"发生了什么事?我为什么要见你?",但是丹尼尔的反应非常平静,听不出有任何惊讶或慌乱的情绪,就像听到朋友约自己吃晚餐那样平常。

很快,丹尼尔就来到了审讯室。在审讯室里,克劳辛问丹尼尔:"7月12日,你在哪里?"丹尼尔回答,自己当天在杰茜·布洛杰特家。"那天,你有没有去过里奇菲尔德公园?"克劳辛问道。丹尼尔否认了自己曾去过那个公园。但当克劳辛询问他手肘及手上的伤时,丹尼尔的谎言不攻自破。丹尼尔称这些伤是在工程公司拧螺丝时划到的,然而克劳辛对丹尼尔说:"丹尼尔,如果我现在给那家公司打电话,他们会告诉我你在那里上班的事吗?"

意识到警方已经知道了他没有工作的事实,丹尼尔只好改变说辞,声称伤口是在家里做饭时不小心割伤的。克劳辛听完此话,把自己的椅子朝丹尼尔坐着的地方挪了挪,然后一脸严肃地盯着丹尼尔的双眼说:"如果是在家里做饭的时候割伤了自己,正常人不会在这件事情上撒谎。发生了什么事?说实话。"

沉默了片刻后,丹尼尔向克劳辛坦白,他曾在7月12日去过里奇菲尔德公园,并承认在那里袭击了梅利莎。而丹尼尔给出的袭击理由是:"我就是想吓唬吓唬人,因为我看不惯大家都很自信的样子。"

03. 证据确凿

梅利莎遇袭案顺利地找到了凶手,但杰茜被害一案仍在调查之中。杰茜是被熟人所害,丹尼尔恰好又和杰茜相熟,因此,克劳辛联系了负责杰茜案件的警察理查德,请他一同来询问丹尼尔有关杰茜的事情。在审讯的过程中,克劳辛问道:"她(杰茜)发生了什么事?"

丹尼尔回答:"我认为有人强奸并谋杀了她。"

这句话引起了警察的怀疑。法医的尸检报告还没有出呢,丹尼尔怎么知道杰茜被强奸了呢?

理查德接着问:"杰茜被害那天你去了哪里?"

丹尼尔回答,为了让父母以为他仍有工作,他当天早上10点左右开车出了门,去了伍德朗公园看书,并尝试写小说。

警方调取了7月15日伍德朗公园的监控录像,发现在杰茜被害当天上午10点25分,丹尼尔背着一个双肩包出现在了公园男厕所的门口。

理查德和其他警察一起搜查了伍德朗公园的垃圾桶，发现了一个麦片盒子，里面塞满了绳子、带血的消毒湿巾和胶带。警方立即将搜集到的证物送去检验，结果显示，绳子与杰茜脖子、手腕和脚腕上的勒痕完全吻合，并且上面有杰茜和丹尼尔二人的DNA，胶带上也检测出杰茜的DNA。随后，警方搜查了丹尼尔的住处。在丹尼尔家的车库里，警方发现了和公园里找到的一模一样的绳子。丹尼尔的蓝色道奇汽车座椅上残留着血迹，后来被检测确认是梅利莎的血迹。

紧接着，在丹尼尔家的通风口，警方发现了一盒录音带。这盒录音带是丹尼尔在袭击梅利莎时录下的，和杰茜卧室床下的那盒录音带属于同一个品牌的同一型号。经过检验，警方确认，这两盒录音带上都沾有丹尼尔的指纹。警方还在丹尼尔的卧室里找到了一个笔记本，上面是他在杰茜被杀害当天写下的小说。小说的主角名叫"杰茜卡"，是一个年轻靓丽的女大学生，但最终被一个名为D的男人用装满塑料积木的枕头打昏致死。

几乎同时，杰茜的尸检也有了结论。尸检报告显示，杰茜的死因是外力导致的窒息，从她的指甲里发现了丹尼尔的DNA。她的体内还有精液残留。经检测，这些精液来自丹尼尔。

理查德推测，丹尼尔来到杰茜的卧室，先用绳子把杰茜绑了起来，再用胶带把她的嘴封住。这样杰茜不仅动弹不得，还无法呼救，然后丹尼尔强奸了她。

警方调出了丹尼尔的网页浏览记录。他们惊讶地发现，在杰茜被害前，丹尼尔反复观看了一部色情谋杀电影，谋杀情节与杰茜的死法非常类似。警方认为丹尼尔是在模仿电影情节作案。丹尼尔的搜索记录里还有许多关于连环杀手的条目，例如"按受害者数量排列的连环杀手名单""从20世纪到现在的连环杀手的受害者人数"等。

虽然警方并不明确丹尼尔杀害杰茜的动机，但因为证据确凿，警方还是第一时间以谋杀的罪名逮捕了丹尼尔。

04. 前因后果

丹尼尔·巴特尔特，1994年出生，与杰茜在高中时是同班同学，因为同样喜爱音乐而互生好感。他们约会了三四个月，确认了关系。但在恋爱的过程中，杰茜渐渐发现自己与丹尼尔还是适合做朋友，于是提出了分手。分手后，两个人仍是好朋友。

高中毕业以后，丹尼尔进入威斯康星大学史蒂文斯波因特分校读书，但因无法适应大学的节奏，读完一年级便退了学。退学后丹尼尔的情绪非常低落，对社交感到恐惧，曾说"希望别人也能有这样的感受"。杰茜得知后不断地安慰他，丹尼尔的情绪日渐好转，两个人的感情因此而升温。夏天，他们每天都待在一起创作歌曲，还把写好的歌上传到了视频网站上。

丹尼尔后来称，他和杰茜又恢复了恋爱关系："我们开始在沙发上接吻，随后她问我要不要去二楼的卧室。"但他没有立刻向外人宣布两人的关系，因为那段时间里他还在和另一个女孩约会。

杰茜的父母乔伊和巴克过去很喜欢丹尼尔这个小伙子，他们认为丹尼尔是一个很杰出的青年。乔伊评价丹尼尔："他拥有一切有利条件。他（在高中时）是个优等生、学霸。他甚至在许多音乐剧中担任主角，非常有才华。"退学后，丹尼尔在一家工程公司找了份工作，负责一些零件的维修。但因为频繁旷工，丹尼尔最终被公司开除，成为一个无业游民。为了不让父母知道，丹尼尔每天早上会换好衣服开车出门，伪装出一副自己去上班的模样。

而在7月16日，当丹尼尔在杰茜家接到警察克劳辛的电话时，其他人还不知道他曾在几天前袭击了梅利莎。杰茜的妈妈拥抱了丹尼尔，告诉他："丹[1]，别担心，他们会和杰茜所有的朋友谈谈的。"

在审讯中，丹尼尔泪流满面，坚称杰茜的死与自己无关，他仍然爱着杰茜。检察官还询问了丹尼尔写的小说情节是否与现实有关。但听到此话的丹尼尔立刻收起了眼泪，严肃地拒绝了回答检察官的提问："你的提问让我很不舒服，这是在暗示。"

铁证如山，丹尼尔仍然喋喋不休："我无法向任何人证明

---

[1] 丹尼尔的昵称。

我是无辜的,即便是我自己……我接受审判的唯一原因是,我被告知,我不能不承认,我不能反驳证据,不能不接受判决。"

检察官认为,丹尼尔敏感的性格让他在和杰茜相处的过程中感到自卑并产生嫉妒,并且丹尼尔有着无法抑制的不同寻常的性癖。而他之所以选择杰茜这个亲密的朋友进行犯罪,很大程度上是因为杰茜非常信任他。这份信任让他下手非常"方便"。

2013年9月,丹尼尔·巴特尔特面临四项重罪指控,其中一项指控是一级谋杀罪,还有两项是针对2013年7月12日他在里奇菲尔德公园袭击平民的指控,第四项指控是对杰茜进行非法监禁。

2013年10月14日,华盛顿县法官裁定丹尼尔有罪,判处他终身监禁,不得假释。被定罪后,丹尼尔继续坚持自己是无辜的。他对杰茜的父母说:"巴克、乔伊,我不能给你们想要的答案。我为你们祈祷,为你们所有人祈祷,我希望——我相信——有一天你们会在法庭上知道我是清白的。我穿的这身连体衣(指红色囚衣)、我戴的这些镣铐,都不能说明我有罪。"丹尼尔继续说道:"我现在比以前更痛苦。我问心无愧。法官先生,我可怜你。"

05. 判决

判决结果出来以后，杰茜的父亲巴克在法庭上哽咽着对丹尼尔说："从我知道你是凶手后，我就已经原谅你了。我相信每个人都有好的一面和坏的一面，我不会妖魔化你或是诋毁你的全部。你偷走了杰茜的生命和未来，你可以支配她的身体几分钟，但你无法支配她的精神、她的心、她的意志力、她的恩典、她的美丽善良、她的爱，你一秒也无法控制这些。"

庭审结束后，巴克接受了《犯罪观察日报》的记者采访。他说道："就我个人而言，我不喜欢给他贴标签，但我认为他是一个反社会者。"巴克说："我认为他没有同情心。我认为他很聪明，很有才华，就像许多反社会者一样，他们很精于算计，他们学会了如何融入社会。我不想让大家认为我此刻一点儿都不愤怒和痛苦……相比于那些情绪，我感受到的更强烈的情感是一种难以名状的平静和宽恕。我不知道该如何解释这种感觉，我认为世间万物都应该好好地继续生活下去。"

杰茜已经遗憾故去，巴克和乔伊没有让自己的生活停滞不前。他们怀揣着爱女儿的心，建立了一个非营利性网站，将其命名为"爱大于恨"。因为杰茜是一个勇敢的、热爱社会公益的女孩，巴克和乔伊认为自己有延续杰茜理想的责任。

巴克说："我们的双重使命是结束对女孩和妇女的暴力行为，并启发、教育和激励所有人去选择爱，而不是恨。"最终，巴克和乔伊把杰茜葬在了格兰比中心的公墓。虽然杰茜的肉体已经不在，但杰茜对待他人和生活的态度却依然影响着许多人，每年都会有市民前来祭奠这位年轻的音乐天才少女，为她祈福。

笔者：陈迦南

高智商凶手的算计

01. 中毒

阿尔图拉斯是一个位于美国佛罗里达州中部的小镇。不同于佛罗里达州海岸线城市的喧嚣,阿尔图拉斯人口稀少,平静安宁,整个镇子种满了橘子树,终年阳光明媚,绿树成荫。

1988年3月的一天,住在阿尔图拉斯的41岁的单身母亲佩姬幸福地嫁给了交往了五个月的男友派伊·卡尔,成为佩姬·卡尔(Peggy Carr)。

佩姬在之前的婚姻中有三个孩子:女儿叶连娜、大儿子艾伦,还有17岁的小儿子杜安。派伊也有两个孩子:18岁的女儿塔米和16岁的儿子特拉维斯。佩姬的大儿子艾伦已经离家,加入了美国海军。女儿叶连娜离了婚,带着2岁的女儿凯西,搬来和佩姬同住。

佩姬和派伊结婚之后,带着女儿和外孙女以及小儿子杜安一起搬进了派伊的独栋房屋里。就这样,佩姬和派伊组成了一个有着五个子女以及一个小外孙女的大家庭,除了参军的艾伦,大家都住在一起。

佩姬和派伊夫妻恩爱，幸运的是几个孩子也都相处得十分融洽。尤其是杜安和特拉维斯，他们都是有着无穷精力的壮实男孩，年纪几乎一般大，爱好也一致。两人很快就如亲兄弟一般形影不离，他们俩最喜欢在院子里一边听着音乐，一边帮派伊修车、整理车库，还参加烧烤之类的家庭活动。派伊是一个矿工，在镇子附近的一个磷酸盐矿工作。女主人佩姬和大女儿叶连娜都在离家不远的同一家餐厅当女招待。

派伊的姐姐卡罗琳也住在阿尔图拉斯，她是一名护士。她和弟弟派伊的新家庭相处得十分和睦。两家经常聚会，孩子们有个头疼脑热的，她总会前来帮忙照应。

1988年的10月23日是一个星期日，女主人佩姬早早地起床，前往打工的餐厅。佩姬是一位金发碧眼、身材娇小的漂亮女性，生性开朗，热情大方，总能让别人感觉如沐春风。她在这家餐厅工作多年，和很多老顾客都成了好朋友。星期日的早上，她通常会提前去餐厅开门，和老顾客们一起吃早餐、聊天。

但这一天，佩姬到达餐厅后不久，就感觉很不舒服。她的手指发麻，而脚趾好像针刺一般疼痛，心脏则像被一把锤子重重地敲击着，疼痛感很快蔓延到整个胸腔。

顾客中有一位医生检查了她的脉搏、血压、心跳和呼吸，却发现一切正常，于是建议她回家好好休息。佩姬强撑到下午，等到女儿叶连娜来换班时，才回到家中。

晚上9点，叶连娜下班回家，发现躺在床上的佩姬情况恶化了：她脸色苍白得吓人，眼睛半睁着，甚至意识都有些模糊。面对女儿的询问，她只会喃喃道："好疼呀，好疼呀……"与此同时，叶连娜发现继父派伊正悠闲地坐在餐桌旁啜饮着伏特加和橘子汁。叶连娜对着他说："派伊，你要带她去医院吗？她的病很严重了。"派伊抬起头说："哦，不需要，她感染了流感，明天我让卡罗琳过来看看。"

叶连娜再次进屋看望妈妈，这次佩姬双眼紧闭，面对叶连娜的询问也不吭一声。叶连娜对派伊说："我认为她真的需要去医院了。"派伊开始恼火，他嚷道："就是个流感，她自己说她不想去医院。"叶连娜生气地摔了门。

当天夜里11点30分，佩姬被送去了医院，她用尽全身的力气告诉医生："我全身像着了火一样疼。"与此同时，佩姬引以为傲的亮丽金发也开始大把地脱落。医生给佩姬做了各种检查，但依然查不出她到底哪里出了问题。

佩姬住院三天后，她的儿子杜安以及派伊的儿子特拉维斯这两个健壮如牛的小伙子也开始出现和佩姬一样的症状，先是抱怨手指、脚趾如针刺一般疼痛，然后是胸痛、胃痛，最后全身像着火一样疼痛，还有随之而来的脱发。杜安和特拉维斯入院后，医生先是怀疑母子三人患了同一种传染性疾病，但很快排除了这种可能性。联想到三人发病都是从手指和脚趾开始，又有医生怀疑是神经系统的问题，于是三人被转入一家拥有一位著名神经科专家的医院。这位专家在仔细检查后，很快怀疑这三人的病情是某种重金属中毒所致。

他问派伊，家里最近是否用过杀虫剂？派伊肯定地回答：

"没有。"专家取来佩姬的血液，测试了铅、砷（砒霜的主要成分）和汞（通称水银）这三种最常见的会导致中毒的重金属，结果却没有符合的。

这位专家想起在医学期刊上读过的一篇文章，有一种很罕见的重金属中毒非常符合佩姬的症状，决定再做一次额外的测试。他将三人的尿液送往一家位于亚特兰大的实验室，结果很快出来了，他的直觉是对的——佩姬以及两个男孩都是重金属铊中毒。

在人体内，铊与钾有着极高的相似性。伪装成钾的铊可以瞒天过海，在体内大肆搞破坏。更可怕的是铊虽然具有重金属的性质，但用于治疗重金属中毒的传统药物对铊中毒来说并没有明显的疗效。

1988年的医学界还没有意识到普鲁士蓝对铊中毒具有良好的沉淀排毒效果，所以即使确诊了病因，医院也只能通过利尿剂和血液灌流疗法进行治疗。佩姬的症状并没有缓解，很快她就被转入了重症监护室。

随即，医生们高度怀疑这是一起谋杀事件。在佩姬出现中毒症状的十天后，医院报了警。铊主要以化合物的形式——铊盐出现，早期常用于杀虫剂和捕鼠药中。铊盐无色无味，极易溶于液体，几片阿司匹林大小的铊盐就能致死，是完美的谋杀武器，在20世纪五六十年代被欧洲的间谍们广泛用于暗杀行动。由于铊盐的致命性，美国于1972年禁止了铊盐作为杀虫剂和捕鼠药的成分被使用，并在工厂及实验室里严格监督铊盐的使用，一般人很难获取铊盐。在1988年佩姬家发生集体铊中毒之前，整个美国都没有官方记录的铊中毒事件。

02. 丈夫

阿尔图拉斯隶属于波克县。事发不久，波克县的警察都德赶到了医院。与此同时，佩姬远在阿拉斯加州的姐姐日夜兼程地赶到了阿尔图拉斯，其他兄弟也都在来的路上。杜安的生父和特拉维斯的生母也聚到了医院，照顾自己中毒的孩子。佩姬的状况日益严重，已经完全说不出话了。

佩姬和四个兄弟姐妹出生在阿拉斯加州的一个聋人蓝领家庭，父母完全失聪。幸运的是所有子女的听力都没有问题，他们作为父母和外界的翻译，从小就熟用手语。佩姬虽然说不出话，但还有意识，能听清问话，也能用简单的手语回复姐姐。在都德到来之前，姐姐已经告诉佩姬，她不是生病，而是铊中毒。

都德来到医院后，第一件事就是要求姐姐再问一遍佩姬："你知道自己是怎么中毒的吗？你觉得会是哪些人想要害你？"佩姬的回答都是"不知道"。

阿尔图拉斯小镇乃至整个波克县民风淳朴，很少发生谋杀事件，所以此时的都德首先怀疑佩姬家的水井遭受了某种杀虫剂的污染，导致集体中毒事件。都德一方面紧急联系环境事故方面的专家前去佩姬家采样，另一方面也将此事件作为谋杀案处理，开始排查嫌疑人。

投毒案一般发生在家庭内部，从统计学上来说，与佩姬结婚七个月的丈夫派伊是第一嫌疑人。但是派伊的亲生儿子特拉维斯也中毒了。"也许是他在实施计划的过程中出现了失误，光凭这一点还不能排除他的嫌疑。"都德事后告诉记者他当时的想法。

都德开始和每个家庭成员以及各位亲属一一谈话。佩姬的姐姐虽然平时远在阿拉斯加，但她和妹妹非常亲密，一周总要通话两三次，无话不谈。佩姬的姐姐告诉都德，佩姬和新婚丈夫的关系出现了问题，佩姬曾带着孩子们离家出走，住在一家汽车旅馆里。和派伊重归于好，回到家的那个周末，佩姬就出现了中毒症状。另外，四个月前，佩姬家收到了一封恐吓信。和佩姬的姐姐结束谈话后，都德来到两个男孩——杜安和特拉维斯的病房里，病床边一个身形高大、留着短胡须的中年男人警惕地看着他。

都德出示证件后，这个男人放松了下来："我是派伊，我很高兴你能过来，我愿意做任何你需要我做的事情。"

两个男孩抱怨着疼痛，告诉都德，他们没有发现什么不寻常的事情，在疼痛开始的前一天，两人一起在院子里给车库刷了新漆。

派伊也表示家中没有发生什么不同寻常的事情，他在佩姬出现严重症状的10月23日当天才回到家中，之前的几天一直在南卡罗来纳州打猎。当都德对派伊提起那封恐吓信时，他才恍然大悟似的说："对，是的，我把它给忘了！"派伊说，这封信不是通过邮局寄过来的，而是有人把它放在了他汽车的引擎盖上。

派伊很快从家中取来了这封信，当时他们都没当回事，觉得就是个恶作剧。还是佩姬把信收好，专门放在了厨房的抽屉里。

信封上写着：

阿尔图拉斯路2690号，派伊收。

不过，信封上派伊的姓名拼错了。信封里有一张纸片，上面的字是打印出来的：

我给你和你所谓的一家子两周时间搬离佛罗里达州，否则你们全部都得死。这可不是在开玩笑。

都德问派伊，最近有没有和什么人结仇、发生过冲突？派伊说最近的一次小冲突就是邻居过来抱怨，说这两个男孩在院子里放音乐的声音太吵，影响到了他们，也不是什么大事。接下来，都德询问了佩姬的大女儿叶连娜。她情绪激动地说，一定是继父派伊害了她的母亲。因为派伊非常不愿意送佩姬去医院，而且直到现在，派伊面对佩姬都神色麻木，没有表现出悲伤，一滴眼泪都没掉过。叶连娜还猜测，是派伊的姐姐、身为护士的卡罗琳为派伊提供了毒药。而杜安的亲生父亲、佩姬前夫拉里的话更加深了派伊的嫌疑。

拉里说，佩姬曾经告诉他，派伊为佩姬、杜安和特拉维斯三人都买了数额非常大的人身保险，光是佩姬的保费就有8万美元。拉里还说，有一天，当亲朋好友们都聚集在病房里讨论医生所说的铊中毒时，特拉维斯的亲生母亲、派伊的前妻对派伊说："你在矿场工作了这么多年，会不会是你不小心把矿场里的一些化学品带回家，他们不小心碰到了？"派伊当场勃然大怒，对前妻凶狠地说："闭上你的臭嘴吧！"当时是佩姬入院的第二周，她已经陷入了深深的昏迷之中。从海军部队赶回来的大儿子艾伦看到母亲和弟弟的状况，几乎崩溃了。

佩姬一家铊中毒的消息也传遍了整个小镇。一位卫生部门的职员打电话告诉警方，德国还在生产一种小罐装的含有铊盐的灭鼠药，有人曾经带过一批到美国。

与此同时，派伊所在矿场的一名工人恰好发现了一些贴有骷髅和德文标签的小罐。警方立即将这些小罐送去检验。一个女人给警方打来匿名电话，说派伊和佩姬结婚一个月后，就与一名高中女老师约会了。派伊还对这位老师说，自己犯了一个严重的错误（和佩姬结婚），并且希望下次还能再见到她。派伊的嫌疑加深了，但都德在医院看到的情形反而让他认为凶手可能不是派伊：派伊经常待在佩姬的病床前，一坐就是几个小时，不停地对陷入昏迷中的佩姬说话——派伊认为她能听见。

都德觉得派伊对佩姬的感情是真实的，而且事发后派伊表现出的迟钝麻木是很多老派佛罗里达州人应对悲伤的方式，他们总是将伤痛隐藏在心中。又一周过去了，佩姬还在昏迷中。医生说，除非她能够自己醒来，目前他们能做的只是维持她的生命体征。杜安有了明显的好转，但特拉维斯的状况却在恶化。

这时，实验室传来了两个消息，大大地减轻了派伊的嫌疑。佩姬确诊铊中毒后，医生在征得全家人的同意后，采集了全家人的尿液送检。结果表明，除了派伊的亲生女儿塔米外，全家人的体内都含有远超出标准值的铊，连叶连娜2岁的女儿凯西都没能幸免。叶连娜和女儿凯西之所以没有出现症状，是因为体内的铊含量并不高，但也远远超出了标准值。

而派伊体内的铊含量相当高，足以使一个小个子或者瘦弱的人出现严重症状。因派伊身形高大，也许可承受的量较大，他其实也感觉到了一些疼痛，但从没当回事。在派伊工作的矿场发现的那些小罐，检验结果里面并没有铊盐的成分。而派伊的背景调查显示，除了医疗保险，他几乎没有购买过任何形式的保险，就连房屋保险都没有，关于他为家人购买大额人身保险的消息有误。

目前看来，好像只有塔米的嫌疑最大。但是据都德调查，塔米和家人并没有什么矛盾。据派伊说，他唯一记得的是，女儿和杜安因为一件微不足道的小事吵过一次嘴，这在多子女家庭再正常不过了。再说，怎样的仇恨才会使得一个18岁的女孩毒杀全家，包括自己的亲生父亲和亲弟弟？另外，佩姬家的水井、冰箱和碗橱里的食物，以及家附近的土壤都没有任何问题。

警察在佩姬家也没有发现任何可疑的指纹、脚印，甚至没有丝毫线索能提示警方他们到底是如何中毒的。

03. 可乐瓶

11月22日，当地报纸登出头条新闻《中毒导致三人病情危急》。都德征得派伊的允许后，亲自去仔细地检查派伊和佩姬家的房子。在这栋房子里的一个垃圾桶后面，他发现一提可乐没有被检测人员带走。八瓶装的可乐还剩三瓶，垃圾桶里还有两个空瓶。这些可乐是目前这栋屋子里唯一留下来的食品，都德没有抱太大希望地将这些可乐以及空瓶带走，以确保检测工作没有疏漏。

因为派伊体内含有大剂量的铊，都德基本将派伊划出了嫌疑人的目录。他开始思考其他可能性：护士卡罗琳——派伊的姐姐，她经常开玩笑说自己很嫉妒弟弟派伊对佩姬的感情；唯一一位没有中毒的家庭成员——派伊的女儿塔米。

和佩姬在同一家餐厅工作的一位好朋友告诉都德，佩姬带着孩子们搬进派伊房子的这几个月中，因为两个男孩总是喜欢在院子里播放音乐，隔壁邻居和佩姬一家起了好几次冲突。邻居太太甚至口出恶言："要将他们像狗屎一样清理掉！"虽然都德认为因为音乐声太吵就去杀人的可能性微乎其微，但他还是决定去拜访一下佩姬和派伊的邻居。

佩姬的邻居是一对中年夫妇。男主人名叫乔治·特里帕尔（George Trepal），好像没有固定工作，也经常不在家。女主人名叫黛安娜，是一位整形医生。都德知道，铊有可能用在一些整容的材料中。当都德坐在黛安娜的办公室，说到佩姬一家的中毒事件时，黛安娜的声音里几乎透着掩饰不住的喜悦。她坦然地说起他们的几次口角，直言："他们和我们不是一类人。"黛安娜还说，她的诊所里从来没有用过铊盐，她只在阿加莎[1]的小说《灰马酒店》里听说过铊盐。回到警察局后，都德接到实验室的电话：在佩姬家的可乐空瓶底部发现了铊盐。

在佩姬入院的五周后，警方终于知道了铊盐是如何投放的。事关重大，州警方决定将未开封的三瓶可乐交由FBI的实验室来检验。警方还第一时间通知了可乐公司位于波克县的灌装公司。可乐公司如临大敌，全面检查了公司内部的生产线和成品，所幸没有发现铊盐的痕迹。可乐公司总部当天得知消息后，大力配合县警方行动，派出专机，迅速将三瓶未开封的可乐送到FBI位于匡蒂科的实验室。

12月9日，FBI实验室给出报告：三瓶可乐中含有大量的铊盐，每瓶有1.5克，而1克的铊能杀死一个100磅的成年人；每个玻璃瓶的瓶盖都有打开后再次安装的痕迹，有人用非常专业的

---

1 阿加莎·克里斯蒂（Agatha Christie，1890—1976），英国侦探小说作家。

工具处理过这些瓶盖。

于是，警方确认这不是一次公共场所的随机投毒，而是针对佩姬家的谋杀行动。当佩姬的女儿叶连娜知道是可乐瓶中被投放铊盐后，便告诉都德，派伊的姐姐卡罗琳曾经劝母亲喝下大量的可乐。

面对都德的询问，卡罗琳解释说，那是在佩姬入院前的两天。当时佩姬就已经有点儿不舒服了，卡罗琳觉得可能是天气突然变热导致的，就让佩姬多摄入水分。面对叶连娜的指控，卡罗琳显得非常伤心。都德选择相信她，认为凶手不是卡罗琳。可乐瓶中的投毒也解释了为什么全家只有塔米一人没有中毒。家人和塔米的好友们都知道，塔米几个月前为了保持身材制订了健康饮食计划，视碳酸饮料为天敌，平时只喝水及果汁，这才躲过了一劫。

04. 侧写

作为此案的总负责人，都德毫无头绪。鉴于此案的特殊性，FBI的探员布莱德加入了调查，FBI的行为分析小组的侧写员马克也帮忙分析案情。

马克一共研究过八千多起案件，其中只有八起是中毒案件。这八起要么是自杀，要么是家庭成员之间的谋杀案，使用的都是常见的毒药，从来没有铊这样的罕见毒药。

马克认为这起投毒案的凶手一定是一个高智商的犯罪分

子。首先，这个人知道铊的各种化合物的特性。虽然几乎所有的铊盐都能悄无声息地溶解于水，但有的铊化合物被投入可乐时，会引起化学反应，可乐的颜色会发生明显改变。实验室测试了四种含有不同铊化合物的铊盐，才确定凶手使用的是一种一价铊化合物。其次，凶手有打开玻璃可乐瓶瓶盖的精湛技术，投毒后还能够完美地将瓶盖复原。马克探员认为，凶手选择八瓶装的小瓶玻璃瓶可乐投毒，可能还有一种炫技的快感。佩姬最常买的是2升塑料大瓶装的可乐，如果凶手将铊盐直接放入佩姬家中已经开封的塑料大瓶装可乐中，明显更省事，根本不需要复原瓶盖。

凶手极其冷酷，并且对佩姬一家怀有极大的愤怒。这种投毒方式可能杀掉屋子里的每一个人，包括一名2岁的儿童，甚至还有可能是毫无关系的客人。凶手的目标是这个家庭，但如果误伤他人，也在所不惜。

凶手能够在所有人都不知道的情况下，将投过毒的可乐放进佩姬家中，说明对佩姬家庭成员的活动一定非常熟悉，也许从自己家中就能看见佩姬家人的行动。不到一千人的小镇上很少有暴力事件发生，这里的很多人都没有锁门的习惯，包括佩姬一家。所以只要确定家中无人，凶手就能顺利地将可乐放进去。

选择可乐投毒也是凶手的高明之处。可乐是美国家庭最常见的饮料，任何家庭成员都可能随手买上一些，所以即使家里出现了不在采购清单上的可乐，也没有人生疑。另外，所有的投毒者本质上都非常懦弱，他们不敢直面受害者，只会躲在角落里,看着受害人被夺去生命。在生活中,凶手很可能也是一个不会和别人发生正面冲突的人。

马克探员还认为,写恐吓信的人和投毒的凶手是同一个人。根据这些特征,佩姬的所有家庭成员都被排除在嫌疑之外了。随着铊被慢慢地排出体外,杜安和特拉维斯都开始好转。然而昏迷中的佩姬进入了脑死亡的阶段。在家人来到她的床前和她告别后,医生撤下了她的生命维持系统,佩姬告别了人世。佩姬的大儿子艾伦已经返回美国海军,在听到母亲去世的噩耗后,他吞下了三瓶止痛退烧药,幸好抢救及时,最终脱离了生命危险。

05. 邻居

都德和布莱德根据FBI提供的侧写,开始进一步排查嫌疑人。1988年的阿尔图拉斯镇人口不到一千,符合这些特征的人应该并不多。这时候,派伊的前妻提供了一条重要的信息。她说,和派伊离婚之前,他们在这座房子里一起住了好多年(1967—1986),其间养了两条狗。两条狗都在很短的时间里莫名地死去,死前都出现过大面积的脱毛。虽然没有任何证据,但当时她怀疑是邻居乔治毒死了它们,因为她好几次看见乔治在用棍子打狗。柯南·道尔曾经通过福尔摩斯之口说出:"排除一切不可能的,剩下的那个即使再不可思议,那也是真相。"

音乐声太吵或者狗叫声太吵，也可能是谋杀的动机。从邻居乔治和黛安娜家中的二楼，可以清楚地看见佩姬家的后院和车库，以及他们家人的一举一动。并且，这一处只有佩姬和乔治家两栋房子。

都德和布莱德在乔治家扑空了好几次，乔治好像都不在镇子里。但这一次他们上门时，乔治就坐在院子里。他是一个普普通通的面无表情的中年男人，穿着一件已经褪色的T恤和一条格子短裤。

都德开始问乔治一些背景问题。乔治迟疑地回答，他说自己兼职做一些计算机编程工作，并为一些技术类的杂志撰写文章，还为妻子黛安娜的诊所提供电脑技术方面的服务。当说到邻居佩姬一家的中毒事件时，乔治突然变得非常紧张，发出干涩的声音："我们很少来往，顶多打个招呼，我们不是一类人。"

"你们之间发生过冲突吗？"

乔治突然不再紧张，变得十分愤怒："那家人每人都有一辆卡车，卡车的声音、院子里的音乐声……太多的噪声，你简直没有办法待在房子里！"

"关于铊，你都知道些什么？"

"我只在阿加莎的小说《灰马酒店》里读到过。"

"为什么会有人想毒害佩姬一家呢？"都德不经意地问道。

"为了让他们永远地搬走！"乔治脱口而出。

都德和布莱德探员对视了一眼，按捺住心中的狂喜。

乔治说的话完美对应了那封恐吓信上的内容。而这封信从来没有被公开过，媒体并不知道。

从乔治家出来后，都德二人便迅速展开了对乔治的全面调查。

1949年，乔治出生在纽约。他在20世纪70年代是一位化学家，主管一家化学实验室。

1975年，乔治被逮捕，罪名是非法生产甲基苯丙胺，这是冰毒的主要成分。乔治服刑三年，在狱中，他居然还给狱友们上过化学课。乔治的智力测试结果超过150，他是世界顶级智商俱乐部"门萨"的成员。而之前被证实放入可乐中的一价硝酸铊，正是生产冰毒过程中的副产品。

他在谈话中流露出对邻居一家极大的愤怒，却从来没有直接向他们抱怨过，都是他的妻子黛安娜前去交涉。黛安娜是美国最早的女性整形外科医生之一，也是门萨俱乐部的会员。他们俩是通过门萨俱乐部内部的相亲广告相识相恋的。1981年两人结婚，一直居住在阿尔图拉斯。

乔治的背景和性格特征非常符合FBI之前给出的凶手侧写。都德和布莱德一致认定，他就是嫌疑最大的人。但仅凭侧写，没有丝毫证据，不仅无法将乔治定罪，甚至都无法申请到对乔治家的搜查令。

于是，针对这样一个高智商嫌疑人，警方请来了一位救兵——擅长监视和卧底的33岁女特警苏珊。

苏珊几乎全天候地监控乔治。乔治具有照相机式的记忆力，为了避免打草惊蛇，她必须非常小心。乔治的妻子黛安娜也处于警方的监视之下。几乎每天都有警察偷偷翻捡乔治家扔出来的各种垃圾，但始终一无所获。

06. 卧底

时间在一天天流逝，而每一桩案件的调查成本都是有限的，警方必须尽快找到证据。佩姬一家中毒近半年后，都德、布莱德以及苏珊三人制订了一个大胆的行动计划。乔治夫妇是门萨俱乐部在波克县地区的活跃会员，经常参与及组织会员活动。警方在当地的报纸上发现，1989年4月14日至16日的周末，乔治夫妇将在当地的一家酒店举办一场名为"门萨谋杀周末"的会员主题活动。于是，特警苏珊化身为一位门萨俱乐部的得克萨斯州会员——她刚刚结束一段可怕的婚姻，从得克萨斯州搬到佛罗里达州的波克县。

当天活动的主题是涉及几起谋杀事件，由在场的四十多名会员扮演案件中的各种角色，有妓女、牧师、探员等，找出凶手的那位就是当天活动的获胜者。苏珊被分配到的角色是一位来自墨西哥城的人。

乔治在活动的开场白上讲了一个关于律师的笑话。苏珊暗自揣摩，乔治有可能非常讨厌律师。于是，在苏珊和乔治的第一次交谈中，苏珊将自己那个在得克萨斯州休斯敦的虚拟前夫描述成一个贪婪、自私、愚蠢的律师。从这个话题开始，两人果真相谈甚欢，互相留下了联系方式。

活动开始了，第一个案子揭晓，是乔治设计的一桩投毒谋杀案。在关于案情的背景介绍中，乔治写道："当门口出现了你根本没有购买的食物时，谨慎的人会扔掉这些食物。因为大部分出现在家门口的东西也许是一位邻居发出声明的一种方式：'我不喜欢你们，搬走或者走着瞧吧！'"

苏珊立刻意识到，这起虚拟谋杀案和佩姬一家的中毒案是如此相似，这绝对不是巧合。活动结束后，苏珊找到时机，又和乔治夫妇搭上了话。这次她收获了一条重要信息：乔治说，黛安娜想去别的城市发展她的整容业务，他们可能很快就要搬家并卖掉现在的房子。苏珊抓紧机会说，她正在四处看房，因为在她的离婚安置协议中，她的前夫需要帮她买一栋房子。顺理成章地，乔治夫妇热情地邀请她在方便的时候去家中看房。

接下来的一个周末，苏珊怀着极大的兴趣去参观了乔治的房子，暗自希望能发现一个化学实验室或者化学药品容器之类的物证，用来获得搜查令。参观过程中，乔治给她展示了一个通往图书室的秘密走廊。她还看到一个令人毛骨悚然的模特假人，可惜这些都不是获得搜查令的理由。苏珊的这次任务失败了。

苏珊继续和乔治保持联系，经常和夫妻俩一起外出吃饭。在一次午餐中，她诉说着对前夫的憎恨，表示真想干点什么毁掉他的名声和事业，甚至干脆杀了他。苏珊暗自希望乔治接下来会指导她如何毒死她的"前夫"，然而乔治对她说："写一封说他是如何猥亵儿童的检举信。"

每一次吃饭聚会，苏珊在看似无拘无束谈话的同时，也保持着十二分的警惕，时刻注意着食物是否有可能被投毒。吃饭的过程中，她尽量中途不离开。一旦离开后再返回餐桌，她就不再吃任何东西。她也不敢确定乔治有没有识破她的卧底身份。

很快，佩姬被投毒已经过去了一年，苏珊还没有取得突破性进展。警察局的一些高层开始质疑在这起案件上的投入是否过大。正在都德就此案的预算和警察局讨价还价时，苏珊收到了来自乔治的消息：黛安娜的整容诊所以及他们夫妇俩都搬到了附近的锡布灵市，他们在阿尔图拉斯的住宅现在正处于空置状态。

一个绝妙的主意出现在苏珊的脑海中。她通过电话向乔治夫妇租下了这套住宅，并迅速邮寄了租约和租金。在苏珊完成租赁手续的那一刻，大批警察和FBI探员冲了进去，将这套住宅搜了个底朝天。他们发现了一些化学品，封存后立即送往FBI在匡蒂科的实验室。

由于FBI忙于一起重大爆炸案，三个月之后实验才出结果：在乔治家发现的一个小瓶里装有和佩姬家的可乐里相同的一价硝酸铊。

终于有了实质性的证据，警方迅速取得搜查令，搜查了乔治位于锡布灵的新家。在这次搜查中，警方发现乔治有一套非常迷你的起子，这可能是珠宝专用工具。这一套起子独独少了其中一支。经FBI实验室鉴定，佩姬家被投入铊盐的可乐瓶盖子上的痕迹恰好和缺失的这一支起子的型号完全一致。警方还在乔治的新家中发现了一个暗室，里面有许多关于毒药的书籍，还有一本阿加莎的小说《灰马酒店》。暗室里还有一个类似床的平板，上面装有捆绑装置。苏珊联想到乔治之前曾数次邀请她去新家参观，不禁倒吸了一口凉气，说不定这个暗室就是为她准备的。

07. 逮捕和审判

1990年4月，乔治被逮捕。经过对乔治的妻子黛安娜的审讯，警方认为她对乔治投毒谋杀邻居一事并不知情。黛安娜坚持乔治是无辜的，在他们老房子里发现的铊盐是其他人栽赃。1991年，乔治被起诉一项谋杀罪、六项企图谋杀罪、七项投毒罪和一项篡改消费品罪。乔治拒不认罪，坚称自己是无辜的。他的辩护律师也认为现有的证据都是间接证据，不足以定罪，为他做了无罪辩护。陪审团经过4个小时的讨论，一致认为乔治所有的罪名成立，乔治被判处死刑。

1991年年初，在医院的杜安和特拉维斯终于康复出院。

1996年，黛安娜和狱中的乔治离婚，随后再婚。黛安娜于2018年去世，享年69岁。派伊后来也再次结婚，于2020年去世，享年76岁。

而现年73岁的乔治仍旧在佛罗里达州的监狱里等待执行死刑。[1]他是一个模范犯人，基本不提任何私人要求，但经常

---

1 本文创作于2022年5月。

在狱中投诉狱友。投诉的内容只有一项：他们放的音乐声太吵了。

笔者：黎恺

模范医生
杀人事件

说到医生，相信大部分人都会觉得，这是一种高尚的职业。在美国，每个医学生毕业前都要宣誓，承诺将会奉献自己的一生为人类服务，并永不利用自己所学的知识违反人权与公义。

这个职业的无私令我们格外尊重医生。二十多年前，这也是英国海德镇居民对医生哈罗德·希普曼（Harold Shipman）的态度。作为一名全科医生，希普曼在英国的海德镇行医超过二十年，诊治过的病人多达三千多名。当地居民普遍很信任他，喜欢他。而这位模范医生实际上是一个披着白衣的恶魔，利用职业的掩护，在二十多年的时间里连续杀害了两百多人，是英国史上杀人数量最多的连环杀手。

直到希普曼被定罪犯下十五起谋杀案和一起遗嘱伪造案后，海德镇居民才意识到，这个受人尊重的医生竟然是一个冷酷残忍、善于说谎的连环杀手。

如果不是因为一起遗嘱伪造案，没有人知道希普曼还会逍遥法外多久，又有多少人会因此命丧他之手。

01. 意外的死亡

海德镇位于曼彻斯特市东边7英里外。1998年案发时，当地生活着大约三万五千名居民，而凯瑟琳·格伦迪（Kathleen Grundy）正是其中一位。

凯瑟琳·格伦迪出生于1916年，是海德前任市长约翰·格伦迪的遗孀。作为保守党议员，凯瑟琳曾在市政厅工作多年，还出任过地方社区卫生委员会主席。丈夫去世后，凯瑟琳一直过着独居生活。她唯一的孩子安杰拉·伍德拉夫则生活在两个小时车程外的沃里克郡。

1998年，虽然凯瑟琳已经81岁了，但她依然精力充沛，头脑清醒，机敏健谈。她每周都会去慈善商店做义工。除此之外，她还为镇上的老人组织每周三次的午餐聚会，并帮忙准备和派发食物。她充满活力，热爱社交，身体几乎没有任何问题。女儿安杰拉评价她"更像60岁而不是80岁"。

1998年6月24日，凯瑟琳本该像往常一样，一早就到老人们聚会的沃纳斯中心帮忙准备食物。但同事们一直等到中午也没看见她，打她家里的电话也没人接听，这可是从未出现过的情况。出于担心，两位同事去了凯瑟琳家。11点55分，当他们发现凯瑟琳时，她穿着得体，蜷缩在沙发上，看起来很平静，像是睡着了。但她毫无血色、明显发青的面孔让两位同事意识到，这位精力充沛的老太太恐怕已经去世了。

凯瑟琳的同事通知了她的医生哈罗德·希普曼。在检查过凯瑟琳的遗体后，希普曼向她的同事们宣布，凯瑟琳死于心搏骤停。希普曼唏嘘地告诉他们，自己在早上8点半到9点还见过凯瑟琳，并且和她简单地聊了两句。

他还告诉凯瑟琳的同事，他们可以打电话给镇上的哈姆顿律师事务所，律所会处理接下来的事情，然后他离开了现场。但在凯瑟琳的同事联系了这家律所后，律所否认自己是凯瑟琳的代理人，并建议他们联系凯瑟琳的亲属。因为联系不上凯瑟琳的女儿安杰拉，同事们最后只能报警。

两名警察随后对凯瑟琳家进行了勘查。在没有发现任何可疑痕迹后，他们联系了希普曼。希普曼在电话中向他们确认凯瑟琳死于自然原因。警方随后通知了安杰拉。

对安杰拉来说，母亲去世的消息来得格外突然。几周前，凯瑟琳才刚来沃里克郡看过她和丈夫，他们三个人还一起出去散步。回家后，这位精神头极佳的老太太甚至趁着安杰拉夫妇坐在沙发上休息的工夫把衣服都熨了。

安杰拉想不明白，好端端的，母亲怎么会突然去世？在悲痛和震惊的驱使下，安杰拉和丈夫第二天一大早驱车赶到了海德镇，希望能和希普曼谈谈。当他们到达诊所时，希普曼告诉他们，他已经准备好凯瑟琳的死亡证明了。在死因那栏，希普曼填了"高龄"。希普曼还建议安杰拉不要进行尸检，因为这个过程只会徒增伤悲，并暗示凯瑟琳的去世不像他们以为的那样突然，实际上她感到不舒服已经有一段时间了。

希普曼的解释没有说服安杰拉和丈夫，毕竟高龄和去世并没有直接的因果关系。但因为警方也没发现任何值得怀疑的地方,他们只能作罢。1998年7月1日,带着悲痛与不解,安杰拉将母亲葬入了海德教堂的墓园。

02. 遗嘱

事情的转折发生在葬礼后的第十二天。这天,安杰拉接到了一通来自海德镇哈姆顿律所的电话。对方称,凯瑟琳曾给他们寄过一份遗嘱和一封说明信。

在这份遗嘱中,凯瑟琳称自己的家人并不需要自己的财富。她希望将自己所有的财产,包括钱和房子都留给哈罗德·希普曼医生,以感谢他对她和海德镇居民的照料。因为从未见过凯瑟琳本人,律所并不愿意直接执行这份遗嘱,因此联系了安杰拉。握着电话,安杰拉一头雾水。

安杰拉是一名律师,因此母亲的法律文件几乎都是她处理的。没有人比她更清楚,母亲早在十二年前就立好了遗嘱,把独生女儿安杰拉列为主要受益人。如果母亲想要变更遗嘱,为什么不先来找自己谈谈?更何况,安杰拉和丈夫的经济状况并不差(她的丈夫是华威大学的物理教授),就算母亲想将部分遗产捐给希普曼医生,也不会在母女间引发强烈的冲突。她又何必特意去一家陌生的律所留下遗嘱呢?

两天后,安杰拉收到了遗嘱的复印件。从复印件看来,这份遗嘱是由打字机打印的。打字机的状况非常糟糕,以至有些字母都看不清了。除此之外,文中还出现了一处表述错误。

根据这份遗嘱，凯瑟琳希望将她名下的那栋房子留给希普曼医生，但实际上，凯瑟琳拥有两处房产。

安杰拉知道，以母亲一丝不苟的性格，在遗嘱中，她肯定会列出自己具体有哪些资产，以及她希望怎么分配这些资产。更何况，凯瑟琳生前曾从事过秘书工作，专门负责打印文件，她是不可能容许文件打印得这么糟糕的。看到遗嘱复印件的一瞬间，安杰拉所有的困惑都消失了。她敢肯定，遗嘱是别人伪造的。

虽然哈罗德·希普曼是遗嘱的直接受益人，但安杰拉和丈夫并没有怀疑他。毕竟，希普曼已经在海德镇工作了二十一年，而大家对他的印象一直都是一位敬业、关爱病人的医生。安杰拉和丈夫觉得，或许有人为了构陷希普曼伪造了遗嘱。

03. 调查

为了弄清事情的原委，安杰拉找到了两位遗嘱见证人。根据其中一位见证人保罗·斯潘塞的说辞，他确实曾经为一份文件的签署作见证人，但他并不知道那是一份遗嘱。

当天，他原本正和另一位女士在希普曼的诊所排队。希普曼突然把头探出自己的诊室，问他们介不介意帮他一个忙——见证一份文件的签署。因为文件被折了起来，所以保罗不知道自己签的是什么，他估计这大概是一份例行公事的医疗文件。出于对希普曼的信任，他签字了。因为没看清诊室里的来访者,他不能肯定当天在希普曼诊室的就是凯瑟琳。遗嘱第二位见证人的说辞和保罗基本一致。

除了联系见证人,安杰拉还从海德镇上的银行取得了有母亲近期签名的存单。和遗嘱上的签名对比,存单上的签名小很多。

经过调查,安杰拉更加确信母亲的遗嘱是伪造的,并在居住地报了警。因为凯瑟琳生前居住在海德镇,案子很快被沃里克郡警察局移交给了负责海德镇区域的大曼彻斯特警察局。

7月31日一早,大曼彻斯特警察局的警察斯坦·埃杰顿和戴夫·奥布赖恩从大曼彻斯特来到沃里克郡,向安杰拉了解情况。因为希普曼是遗嘱唯一受益人,又因为他很可能是凯瑟琳生前见过的最后一个人,埃杰顿认为希普曼有谋杀凯瑟琳的嫌疑。

但除此之外,另一个更可怕的念头不受控制地盘旋在埃杰顿的脑海里:如果希普曼真的杀了凯瑟琳,他是不是还杀了更多人?

04. 怀疑

埃杰顿之所以会产生这个念头,是因为3月的时候,警察刚秘密调查过希普曼,而调查的目的正是判断他是否谋杀了自己的病人。

委托警方调查希普曼的是地方验尸官约翰·波拉德。3月时，海德镇另外一位医生——琳达·雷诺兹告诉波拉德，她怀疑希普曼一直在谋杀他的病人。琳达医生之所以会这么想，是因为希普曼的病人死亡数实在是太多了。在英国，全科医生有资格给自己的病人开具死亡证明，但这需要第二名医生复核签名。除此之外，全科医生还要在病人的火葬同意书上签字，这同样需要第二名医生复核签名。因为希普曼的私人诊所只有他一名医生，每当需要第二位医生复核签字时，他总会去街对面的另一家诊所，找那里的医生签名，而琳达医生就是其中一位。

当时，琳达医生刚到海德镇没多久。在就职的几个月中，她注意到，希普曼一个人签署的火葬同意书几乎和他们诊所六个医生加起来一样多。除了琳达医生，希普曼的病人死亡数和不同寻常的死亡状况同样引起了经营家族殡葬生意的艾伦·马西与女儿德博拉的注意。这对父女发现，在希普曼的病人中，有太多人是在下午时穿戴整齐地去世的。他们的生命就像突然被人按下了停止键，他们中的大部分人甚至在去世前还进行着日常活动。这种情况很不寻常。根据这对父女的经验，大部分在家中去世的人，都是已经病了一段时间，并且在床上离世的，很少有这样穿着得体却突然死亡的。

艾伦怀疑希普曼谋杀，直接找到了希普曼并提出疑问。但希普曼拿出了详细的病情记录，向他解释了为什么病人会看似突然地去世。

德博拉则向琳达所在的诊所说出了她的疑虑。而后，琳达向负责海德镇的地方验尸官反映了她们的担忧，验尸官因此委托大曼彻斯特警察局对希普曼进行调查。在第一次调查时，警方取得了希普曼过去六个月内死亡病人的病历。

但他们从未与希普曼或去世病人的家属谈话，也没有对遗体进行尸检。他们唯一做的，就是拿着这些病例咨询了另一家医院。在收到没有异常的反馈后，警方告诉验尸官，希普曼是清白的。

他们甚至没有发现希普曼其实是有犯罪记录的！1974年，刚刚成为一名助理全科医生的希普曼伪造了很多处方，并违法取得了大量杜冷丁供自己使用。第二年，眼看自己的吸毒后遗症越来越明显，希普曼向同事承认他对杜冷丁上瘾。他马上被开除了，还被送去约克强制戒毒。希普曼同时被起诉伪造病历和非法持有违禁品，并留下了记录。但在确定他戒毒成功后，医师协会并没有吊销他的行医资格证。

警方第一次调查时表现得如此草率，也许是因为他们找不到任何动机来解释，为什么一名备受尊重的医生会谋杀自己的病人？但这次，作为遗嘱的唯一受益人，希普曼有了一个明显的杀人动机——遗产。在和安杰拉交谈后，埃杰顿向验尸官波拉德请求开棺验尸。

1998年8月1日凌晨3点，警方在海德教堂墓园的挖掘工作开始了。但当时他们并不知道，除了凯瑟琳的棺材外，他们还将挖出英国历史上受害人数最多的连环杀人案。

05. 证据

1998年8月1日，法医病理学家约翰·拉瑟福德在坦姆赛德医院对凯瑟琳的尸体进行了尸检。很快，尸检排除了所有物理死因，凯瑟琳的心脏没有任何问题，其他器官也都完好。

与此同时，遗体的组织样本被寄往位于兰开夏郡的西北法医实验室。因为警方不能向负责检测样本的法医提供任何线索，所以测试花费了一段时间。

在8月1日这一天，除了对凯瑟琳进行了尸检，警察还搜查了希普曼的私人诊所和他的家。在希普曼的私人诊所，警方发现了一台便携式打字机。这台打字机由希普曼主动提交。他告诉警方，凯瑟琳偶尔会借用这台打字机。

经司法文件鉴定专家鉴定，遗嘱与说明信都是由这台打字机打印的。专家同时肯定，遗嘱上的签名是伪造的。除此之外，警察还在遗嘱上发现了希普曼左手小指的半截指纹，却没发现凯瑟琳和两位见证人的指纹。

另一边，根据前往希普曼家搜查的警察回忆，希普曼家非常脏乱，而且臭气熏天。在希普曼家的车库中，警方发现了大量显然不属于希普曼太太的珠宝首饰。希普曼太太非常胖，许多戒指的尺寸对她来说明显太小了。其中一些看起来虽然不贵重，但对持有人来说肯定有特殊意义。警方还在希普曼家发现了数量惊人的病人病历。这些病历非常乱，有的被塞在车库的一个公文包内，其余的则被装在一个大箱子里。

警方委托一名资深护士对笔迹进行分类、辨认，并从中找出了凯瑟琳的病历。在凯瑟琳的病历中，希普曼记录了他对凯瑟琳吸毒的怀疑，病历中还记录着一些吸毒后遗症。

在1996年，希普曼写道："凯瑟琳肠胃不适，瞳孔缩小。"

在1997年，他写道："这个年纪了还吸毒！我不知道是否应该给她量血压、做尿检。"

经过文件专家鉴定，这部分内容属于后来额外添加的，与页面原有内容并不是书写于同一时间的。除此之外，警察局电脑专家约翰·阿什利还从希普曼的电脑上下载了电脑的后台记录与希普曼病人的电子病历。通过对比两者，阿什利发现，希普曼曾多次在病人死亡不久后修改他们的病历，在过去的某个时间点插入之前从来不存在的症状和身体问题。

电脑记录显示，在凯瑟琳去世后，希普曼同样修改了她的病历。他添加了四条新记录，其中两条暗示凯瑟琳滥用毒品。

在警方开棺验尸的十四天后，法医检测出凯瑟琳的遗体中有阿片类物质[1]。8月28日，法医朱莉·埃文斯通知警方，他们在凯瑟琳的遗体中检测出了致死量的吗啡。根据吗啡用量，法医推测，凯瑟琳大约在用药后三小时内去世。

因为阿片类物质不会被人体自然分解，如果凯瑟琳去世前确有吸毒习惯，就如希普曼所怀疑的那样，那她的头发里也应当能检测出吗啡。法医在对凯瑟琳的头发进行化验后判断，凯瑟琳死前没有滥用毒品的行为。

除此之外，凯瑟琳的邻居告诉警方，凯瑟琳在去世一天前

---

[1] 包括从罂粟科植物中提取的化合物以及具有类似性质的半合成和合成化合物，有成瘾性。如海洛因。

曾告诉她，希普曼医生与她约好，第二天早上会来她家为她抽血。而案发当天，希普曼告诉过凯瑟琳的同事他曾在案发时间段内见过凯瑟琳。也就是说，希普曼很可能是最后见到活着的凯瑟琳的人。

根据掌握的证据，警方推测，希普曼伪造了遗嘱，并利用凯瑟琳对医生的信任，于6月24日早上，通过向她体内注射致死量的吗啡杀害了她。因为验尸时凯瑟琳的遗体已经开始腐烂，所以8月1日尸检时，法医未能在尸体上发现抽血或注射留下的针孔，亦未能在尸体内发现注射可能造成的毛细血管淤堵痕迹。

06. 逮捕

虽然警方在8月28日这天已掌握了足够的证据来逮捕希普曼，但因为希普曼拥有大量的病人，在确信他不会对社区造成进一步威胁的情况下，警方给了他与其他医生交接的时间。警方提前通知了希普曼的逮捕日期。9月7日，希普曼在律师的陪同下走进了警察局，接受逮捕。

警方随后审讯了希普曼，希望他能主动认罪，并交代自己的作案手法、过程，以及动机。在第一次审讯过程中，希普曼虽然态度轻蔑，但好歹还会回应警方的提问。

当警方在第二次审讯中告诉希普曼，他们掌握着他修改凯瑟琳电子病历的证据后，希普曼突然沉默了。他向自己的律师表示希望暂停一下审讯。回到囚室后，希普曼崩溃了。在之后的审讯中，他一直双手紧握，闭眼背对着警方坐着。他拒绝回答警方任何提问，也拒绝看警方向他出示的照片。

07. 更多的尸检

8月19日，当警方依然在等待凯瑟琳遗体组织样本的毒物检测结果时，媒体报道了这起还在调查中的案件。

报道在当地引起了轩然大波。许多人发现，他们的亲戚、朋友、邻居的死亡情况和凯瑟琳几乎一模一样。他们都是穿戴整齐地在家中突然去世的，看起来都很平静。同时，他们在去世前最后见到的人或者发现遗体的人也都是希普曼。很快，四面八方的来电涌入了警察局。根据警方的媒体负责人回忆，警察局当时一天会接到大约三百通电话。

警方把这些可能的受害者的姓名、家庭住址等信息粘在了一块大白板上。眨眼之间，第一块白板就满了。然后是第二块、第三块、第四块……直到警方不得不把这些白板搬到他们最大的重案调查室。即使将调查范围缩小到了一年内去世的病人，有待调查的案件也还是太多了。为了筛选优先调查对象，负责指挥调查的警司伯纳德·波斯特莱斯制作了一张计分表。

该表共有五项内容，最高分为5分，得到5分的案件将会被优先调查。表的内容具体如下：

1. 遗体是被埋葬的还是被火化的?（埋葬得1分）
2. 去世情况是否引起家属怀疑?（怀疑得1分）
3. 警方是否怀疑该案件?比如医疗记录是否合理，案发现场是否有财物遗失?（怀疑得1分）
4. 医疗记录是否在病人去世后被修改过?（修改得1分）
5. 给所有4分的案子额外加1分，优先调查此案。

在接下来的四个月里，根据这张表的筛选结果，警方又连续挖出了八具遗体，受害者全是年长的女性。经检测，她们体内都有致死量的吗啡，而她们生前并无滥用吗啡的历史。

除此之外，通过收集周边证据，比如邻居的目击证言、被篡改的电子病历，或被伪造的医疗记录，警方断定有六名死后被火化的受害者也死于谋杀。这些受害者也是女性。

根据尸检结果，警方推断，希普曼是一名连环杀手，而他的作案手法是在受害人家中，或是在他的诊所内，向受害人体内注射致死量的吗啡。

希普曼几乎有一切有利于连环杀手作案的条件：他有良好的声誉做掩护，可以不受怀疑地出入谋杀现场；有合理途径取得凶器，能签署受害者的死亡证明；还有人帮他处理受害者的遗体。

08. 审判

1999年10月5日，希普曼被指控谋杀十五名受害者并伪造凯瑟琳·格伦迪的遗嘱。希普曼拒绝承认自己犯下了这些罪行，他辩解称凯瑟琳一直滥用毒品，却无法解释为什么其他十五名患者体内也被检测出了吗啡。

2000年1月31日，法官宣布，十六项罪名全部成立。希普曼被判处了十五个终身监禁与一个四年有期徒刑。当时内政大臣还有权决定被判处终身监禁的罪犯最少需要服刑多长时间，法官建议内政大臣让希普曼在监狱中度过他的余生。

2001年，在希普曼案宣判一年后，英国政府委托了高等法院法官——珍妮特·史密斯对希普曼的罪行进行彻底调查。

在2002年发布的第一阶段调查报告中，史密斯法官提出有明确证据证明希普曼至少谋杀了二百一十五名病人。她怀疑希普曼实际杀害了二百六十人，但没有足够多的证据证明另外四十五起死亡事件也是谋杀。

在这二百一十五名被确认的受害者中，有八成以上是老年独居女性，其中不乏健康的老人，而最年轻的受害者是一名41岁的男性。史密斯法官怀疑，希普曼在1974年刚成为一名助理全科医生时，就已经开始杀人了。到了1977年入职海德镇唐尼布洛克医疗中心后，希普曼的谋杀开始变得越来越系统化。

在入职医疗中心的头几年，希普曼还在摸索杀人需要的吗啡剂量。1984年之后，他每年会谋杀八至十二人。

从1977年入职海德镇唐尼布洛克医疗中心，到1992年宣布单干,十五年间,希普曼一共谋杀七十一人,另有三十起可疑案例。在1992年到1993年等待自己诊所开业的一年间,希普曼暂停了谋杀,但他可没闲着。趁着这段时间,他悄悄积攒了大量的吗啡——多到足够杀死七百人。这些吗啡有的是从去世的癌症病人家里回收来的,有的是以病人名义多开的,还有的是在病人去世后以病人名义从药剂房领取的。

1993年希普曼自己的私人诊所营业后,他的谋杀开始变得肆无忌惮起来。直到1998年罪行暴露,在这六年时间里,希普曼谋害了一百四十四人。

2004年1月13日清晨,入狱四年后,希普曼在狱中上吊自杀了。伴随着希普曼的死亡,没人知道到底有多少人死于他的谋杀。

09. 伪装?

希普曼的谋杀数量高得令人胆战心惊,在他所有去世的患者中,有将近30%的人死于谋杀。而1998年,即他被捕的那一年,在十八位去世的病人中仅有三人死于自然原因。

病人的死亡率这么高,希普曼的行为早该引起大家的怀疑了。事实上,在案发前两年,希普曼"死亡医生"的外号就已经在海德镇年长女性中传开了。但为什么除了少量职业人员,几乎没人怀疑过希普曼?甚至,在希普曼被逮捕但还未受审时,不少居民还给他的诊所送去了鼓励他的鲜花和卡片,其中不乏不知情的受害者家属。

笔者想，一个重要原因恐怕是希普曼看起来实在太像一名关心病人的好医生了。

想要说清楚希普曼的伪装，笔者要先给大家"插播"一个小知识点：和中国"去医院、挂号、见医生"的看病流程不同，在英国除了急诊，看病是不能直接去医院的（收费昂贵的私立医院除外）。居民需要先在一名负责他们地区的全科医生那里注册，成为他管理的病人，再预约全科医生看病。因为全科医生由街区划分，一家人往往会注册同一位医生。在英国，所有想看病的人都要先和自己的全科医生预约。只有在他处理不了病人的情况下，才会把病人送去医院，或者转诊到专科医生那里。

因此，英国全科医生的数量一直很紧张。除了要排很久的队才能见到全科医生外，全科医生给病人问诊的时间也相当短，当时的平均时长是一人6分钟。大部分全科医生和病人的关系就像是工业流水线上的机器与产品：我对你本身并不关心，我只负责判断你的身体是否出了问题，然后把你修理好；如果我觉得没必要，我甚至不需要听你说完你想说的。但在希普曼的诊所，情况截然相反。

希普曼乐于花时间与患者们聊天。他会耐心地倾听病人讲述自己的担忧、自己的症状，从不催促他们。这让病人感到很受重视，觉得希普曼真的关心他们。他还会拿出医学手册，耐心地和他们解释他们的问题是什么，是由什么造成的。除此之外，他还总是不忘和患者闲聊两句，问问他们假期过得如何，工作是否顺利,或者提起他们上次生病时的事情。他会努力让这些对话显得真诚,而不只是敷衍地走个过场。如果病人觉得特别不舒服,希普曼还会在预约外额外挤出时间为他们看病。只要有需要,他在星期六,甚至星期日也会上班。而大部分全科医生只在工作日工作,只接待有预约的病人。

针对老年患者,希普曼还提供出诊服务,让他们可以在家看病。其他全科医生则要求病人去诊所,希普曼因此很受老年人欢迎。对于有慢性病的患者,希普曼会经常提醒他们复查。如果病人不能来诊所,或者病人年纪大了,他会安排时间,定期去这些病人家里给他们量血压、抽血。希普曼还会在没有预约的情况下随机拜访自己的患者,看看他们情况如何,是否一切正常。

除此之外,希普曼还会做很多额外的事,让病人觉得他十分关心他们。比如希普曼会在有人去世后去看看其他家庭成员的情况,确认他们还好。希普曼在海德镇几乎塑造了一名完美医生的形象。从表面上看,他关心病人,乐于奉献,还温和幽默,更别提他的医疗水平也确实不错。除此之外,希普曼的个人生活看起来也很正常,他和妻子一共有四个孩子,是当地一家橄榄球俱乐部的支持者,平时也会和邻居走动。

谁能想到,这样一名看似正常的模范医生,同时也是一名谋害病人的连环杀手?因为模范医生希普曼表现得实在过于出色,即使在他的犯罪事实击碎了海德镇居民对他的信任后,许多人依然无法将他视为披着人皮的禽兽。受害人杰克·谢尔默丁(Jack Shelmerdine)的儿子小杰克·谢尔默丁就是其中一位。他曾经在纪录片《哈罗德·希普曼：致命医师》（*Harold Shipman: Doctor Death*）中袒露心声：虽然他也明白，这么想在逻辑上很有问题，但从感情上，他依然不受控制地认为希普曼是名好医生。

　　而这种矛盾性正是本案最引人深思的地方。是什么让一个看起来完美的医生变成了英国史上最臭名昭著的连环杀手？而他看似为了病人付出的努力，到底是出自真情实感，还是为了遮掩自己的罪行？

笔者：王大力

慈祥房东的
"死亡公寓"

美国加利福尼亚州萨克拉门托市F街1426号坐落着一栋白色小楼。这栋房子看上去平平无奇,却被当地人称为"死亡公寓""尸体花园"。20世纪80年代,一个外表慈祥的老太太在这里犯下了一系列连环杀人案,轰动了全美。

01. 房东太太

美国的萨克拉门托市位于加利福尼亚州中部,是加利福尼亚州首府所在地。由于历史原因,该市有着大量墨西哥裔居民,超过人口比例的三分之一。而在20世纪80年代萨克拉门托市的墨西哥社区中,住着一位备受爱戴的杰出女性——多罗西娅·普恩特(Dorothea Puente)。

多罗西娅在萨克拉门托市经营一家寄宿公寓,专门收留年老体弱或有精神问题的流浪者。这类公寓和政府福利机构合作,由政府社工将街上的流浪者登记在册并送到公寓中托管。福利机构每月以支票形式把一定数额的福利金寄到流浪者的居住地,而这些钱用以支付流浪者的食宿费用。

由于收到的托管费有限，所以绝大部分寄宿公寓的环境和卫生状况都十分糟糕。有一些由社工送来的流浪者状态非常差，也经常被这些公寓拒收。多罗西娅经营的这家寄宿公寓则完全不一样。人们第一次踏入她的公寓，会以为自己来到了一家高端养老院。一进门是明亮整洁的客厅，后院有着漂亮的草坪，三三两两的老人惬意地坐在长椅上闲聊。用于收容流浪者的卧室都铺着柔软舒适的床品，每间卧室都配有一台电视机，还有独立卫生间。多罗西娅本人头发花白，但发型一丝不苟。她戴着一副金丝眼镜，喜欢穿优雅的墨西哥民族服装。据说，她年轻时容貌出众，虽然是一名三流演员，但是有好几位很有名气的前男友。

如今的她看上去是一位年近七旬、非常慈祥的老太太，对待所有人都和蔼可亲。无论社工送来的人状况有多糟糕，她都照收不误，精心照料。她的厨艺精湛，公寓中的伙食可以和餐馆的菜肴相媲美。每周的周三和周四，她会从本就微薄的利润中拿出钱，在社区里免费派发墨西哥传统食物鸡肉卷。对社区里的贫困儿童，她会资助衣物以及基本的学习用品等。她还会在公寓中定期举办匿名戒酒会，帮助酗酒者重新走入正轨。她也提供资金，帮助当地官员参与竞选。人人都尊敬她，用西班牙语尊称她为"医生"，认为她是"社区之光"。

但在一片赞誉声中，有人对这家寄宿公寓起了疑心……

1988年11月，社工朱迪报告萨克拉门托警方，51岁的伯特·蒙托亚（Bert Montoya）失踪了。伯特有轻微的精神分裂症状,在大街上流浪多年。是社工朱迪发现了他,特意将他安置到声名在外的多罗西娅的寄宿公寓中。

伯特入住后,朱迪经常给他打电话,询问他的近况。伯特表示自己很喜欢这个住处,一切都很好。然而三个月之后,朱迪再也无法通过电话联系到伯特。房东太太多罗西娅说伯特回了墨西哥老家,他的一个亲戚专程从墨西哥赶来,将他接走了。但是社工朱迪知道,伯特早就没有任何亲人在世了。

早先就入住的一名房客夏普也和朱迪熟识。夏普今年70岁,在多罗西娅的公寓已经住了快两年。和这里的大部分房客比较起来,他健康状况良好,行动自如,神志清醒,当初是因为贫困才流落街头。当时也是社工朱迪帮助了他,将他送进这家公寓。伯特失踪后,夏普告诉朱迪,这个院子有些不对劲,他看到有人在挖洞,还闻到了一些令人作呕的奇怪味道。朱迪随即报警。

一位警察前往多罗西娅的公寓查看。多罗西娅非常配合警察的工作,看上去很诚恳地告诉他,伯特去了墨西哥,自己很想念伯特。警察在公寓查看了一圈,和几位房客交谈了一会儿。大家的说辞一致,没有什么疑点,于是这位警察和大家握手告别。在握手期间,他的手中却被塞入一张纸条,纸条上写着,想和他单独谈话。

警察在公寓外等来了给他递纸条的夏普,将他带回警察局。夏普告诉警方,他觉得这家公寓里发生了一些奇怪的事情,而伯特并不是第一个消失的人。他之前的朋友,55岁的本杰明·芬克(Benjamin Fink)也不见了。夏普还说,多罗西娅拜托他对警察说谎，让他说：在一个星期六，当多罗西娅不在公寓的时候，伯特被墨西哥来的亲戚接走了。多罗西娅还许诺过后会给他好处。而实际上，他已经将近三个月没有见到伯特了，也不知道他到底去了哪里。警察约翰接下了这起失踪案，接着他申请查看了多罗西娅的背景资料。

令他大吃一惊的是，这位备受尊崇的社区祖母有着长期的诈骗犯罪史，目前还是联邦政府的一个假释犯人。而且，现在的她虽然看上去像是70岁的祖母，但实际上她今年只有59岁。她到底是一个什么样的人？

02. 复杂的背景

1929年1月，多罗西娅出生于加利福尼亚州小城雷德兰兹的一个墨西哥裔贫困家庭。父母在棉花地里干活儿维生，她是七个孩子中的老六。夜晚来临时，多罗西娅的母亲会将陌生男人带回他们的住处，用自己的身体换取一些额外的收入。有时，多罗西娅的母亲还会外出好几天服务"客户"。因为根本指望不上总是烂醉如泥的丈夫。当她外出时，她便将孩子们锁在家中，在橱柜里放满食物。

在多罗西娅8岁这年，父亲死于肺结核。一年之后，她的母亲因酗酒死于车祸。之后，多罗西娅和她的兄弟姐妹们被送往各个儿童福利院和寄养机构。根据一些资料，多罗西娅在一个寄养家庭遭受了性侵。

慈祥房东的"死亡公寓"

1945年，16岁的多罗西娅脱离了寄养家庭，离开加利福尼亚州，在华盛顿靠出卖身体维生。多罗西娅会对周围人说一些奇怪的谎言。她有时说自己出生于墨西哥，家中有十八个兄弟姐妹；有时又说自己其实是某国王室的私生女，被父母抛弃……

同年，她结识了一个名叫弗雷德·麦克福尔的士兵。弗雷德时年22岁，刚从太平洋战场归来。多罗西娅和弗雷德闪婚后，在1946年至1948年期间生下两个女儿。大女儿一生下来就被夫妻俩送给别人收养，小女儿则被多罗西娅送去萨克拉门托市的亲戚家生活。

1948年，多罗西娅和弗雷德的婚姻破裂，她来到加利福尼亚州的里弗赛德市。她对外宣称弗雷德已经去世，自己成了寡妇。就在几个月后，多罗西娅因在里弗赛德市使用伪造支票购买女性配饰而被捕。她被指控犯有两项伪造罪，服刑四个月后，她获得假释。

这是多罗西娅第一次入狱。

一年假释期还没满时，多罗西娅前往旧金山谋生。她抛弃了过去的身份，化名泰亚（Teya）。

1952年，多罗西娅与瑞典商船海员约翰松结婚。婚后，夫妻俩搬到萨克拉门托市。多罗西娅利用约翰松经常出海的机会，在家中设立赌场，以此赚钱。靠着经营赌场的收入和约翰松寄回家的钱，多罗西娅开设了一家非法妓院。

1960年，她的妓院被警方查处，多罗西娅第二次入狱，服刑九十天。

出狱后的多罗西娅酗酒、吵闹，行为反常，于是被丈夫约翰松送进一家精神病院治疗。经诊断，医生认为她是一个性格不稳定的病态说谎者。

1966年，多罗西娅和第二任丈夫约翰松离婚。同年，37岁的多罗西娅再婚，第三任丈夫是比她小20岁的墨西哥人，年仅17岁的罗伯托·普恩特。加利福尼亚州没有最低结婚年龄的限制，超过16岁且未满18岁的人结婚只需要监护人的书面许可。婚后的多罗西娅认为继续从事色情行业的风险太大，决定从事护理工作。因为她没有护士执照，所以只能在养老院和福利机构从事最简单的护工工作，如给病人发药、洗澡之类的工作。

16个月后，多罗西娅和罗伯托分居，主要原因是家庭暴力。但多罗西娅的朋友们认为，罗伯托是为了拿到美国绿卡才和多罗西娅结婚的，一旦目的达成，他自然会毫不犹豫地离开她。因为罗伯托在分居后就回到墨西哥的老家，两人直到1973年才完成离婚手续，但多罗西娅直到终老都在使用普思特这个姓氏。

第三任丈夫罗伯托走后，多罗西娅开始一门心思地"搞事业"，脑子灵活的她很快从护理业中嗅到了商机。她用多年的积蓄买下位于萨克拉门托市F街2100号的一栋楼房，开始经营寄宿公寓。

在此期间，多罗西娅雇用墨西哥人佩德罗为公寓的维护工，并很快和他结婚,但佩德罗在他们婚后一个月就抛弃了她,离家出走。

1978年,因非法兑现房客的三十四张总额超过4000美元的支票,她被判五年缓刑,被勒令支付4000美元的赔偿金,并被处罚终身不得开办寄宿公寓。多罗西娅只得卖掉公寓支付罚金,并开始从事保姆等护工类工作,但是她依旧经常从客户家顺手牵羊。

03.最早的受害者

埃丝特是一个独居的富有老太太,为人慷慨,出手大方,是多罗西娅的客户之一。她虽然患有慢性心脏病,但病情一直控制得很好。不料有一阵子,她的病情突然恶化,几乎每周都要被送到医院抢救一次。

医院的一名护士发现,只要多罗西娅前往埃丝特家看护,第二天埃丝特就一定会来医院。于是,在多罗西娅的一个当值日,一直负责治疗埃丝特的医生特意前往埃丝特家中观察,他发现多罗西娅对埃丝特护理得周到细致、一丝不苟,完全挑不出任何毛病。这次护理的第二天,埃丝特没有去医院,之后也一直没有。然而,就在一段时间后,另外一家医院的医生打电话给这位医生,说要和他讨论一下埃丝特的病情。

原来,自从第一家医院的医生去观察过多罗西娅对埃丝特的护理后,多罗西娅就怂恿埃丝特换了一家医院看病。两位医生都开始怀疑，埃丝特不断反复的病情和多罗西娅有关。于是，第二位医生给埃丝特进行了多项毒理测试，发现她的血液中含有多种高剂量药物，但这些药物并不在她的处方中，而是来自多罗西娅。两位医生和埃丝特的家人都认为，多罗西娅为了拿到高薪和不菲的小费，故意下药使埃丝特更加虚弱，更加依赖她。不仅如此，埃丝特的家人还发现，自从多罗西娅来家中工作后，埃丝特的很多贵重物品都不翼而飞。

众人随即决定报警，可警察认为凭现有证据不足以逮捕多罗西娅。多罗西娅因此继续从事护工工作，平时还在一家饭店做兼职。

1981年，多罗西娅在兼职的饭店里，结识了在药房工作长达十三年、现已退休的露丝·芒罗（Ruth Munroe）和她的男友哈罗德。

露丝非常欣赏多罗西娅的烹调手艺，两人商量了一下，决定合开一家餐厅。多罗西娅负责后厨和管理，而露丝则负责所有启动资金。她们在银行设立了一个联合账户，露丝不断地往里注入资金。不久，露丝的男友哈罗德因癌症去世。露丝非常伤心，不愿独自居住，搬去了多罗西娅租住的住所，成为她的室友。露丝的儿子比尔下班后，经常会去多罗西娅的住处待一会儿，看看妈妈的状况。露丝有了多罗西娅的陪伴，心情日渐开朗，看上去已经走出了男友去世的阴影。比尔对此感到很高兴，十分感谢多罗西娅。

有一天，比尔发现妈妈居然在喝酒，感到很奇怪，因为露丝对酒精过敏，一直滴酒不沾。露丝对他说，这是多罗西娅特地为她调制的鸡尾酒，作用是安抚她的神经。因为她们合伙开的餐厅倒闭了，没有赚到任何钱，她也没有更多的钱继续投资了。

比尔再来看望她时，发现一贯健康的妈妈躺在床上，无法动弹，也没有对他说话。多罗西娅表示，露丝患了流感，自己已经带着她看过医生了。医生说并无大碍，给她开了一些含有镇静成分的药物，让她好好休息。比尔没有多想就吻别了母亲，说第二天再来看她。然而第二天清晨，比尔接到了母亲露丝去世的电话。

比尔和其他家人赶到时，一名验尸官也在多罗西娅的家中。多罗西娅对验尸官说，她认为露丝是服用了过量药物才身亡，但她也不知道这是一次意外还是露丝本人的意图。露丝的家人无法接受她的突然死亡，比尔要求对露丝进行验尸。

经法医解剖认定，露丝死于对乙酰氨基酚以及可待因[1]过量。比尔查看露丝的病历，想看看医生是否让她服用这两种药，结果却让他大吃一惊：自从露丝搬进多罗西娅家，她从来没有去过医院或看过医生。多罗西娅之前声称带着露丝看流感都是谎言。露丝死后，多罗西娅将露丝的东西归还给比尔。然而，比尔拿到手的只有一个空空的手提包，露丝的珠宝、现金甚至衣物都没有了。露丝和多罗西娅联合账户里面的资金也早已被清空。比尔找到当地检察官，要求以谋杀罪起诉多罗西

---

[1] 对乙酰氨基酚，非甾体类抗炎药，具有解热镇痛作用；可待因，阿片类药物，有镇咳、镇痛作用。

娅，但最终不了了之。

露丝死后，多罗西娅在酒吧结识了一位73岁的退休老人马尔科姆。两人开始约会，多罗西娅经常在马尔科姆家中过夜。令马尔科姆有些奇怪的是，多罗西娅来过夜的每个晚上，自己都会醉酒醉得厉害，第二天还会发现家里似乎少了一些东西。

有了警惕心的马尔科姆在一次和多罗西娅欢度良宵时，只喝下了半杯酒。随后他还是觉得四肢乏力，躺在沙发上动弹不得，但意识是清醒的。不一会儿，他半睁半闭的，看到多罗西娅正提着一只红色行李箱满屋子转悠，看到什么顺眼的就顺手放进箱子里。最后，她来到马尔科姆身边，俯身摘下了他的戒指。

第二天酒醒后，马尔科姆报了警，警察在酒杯残余的酒中发现了镇静剂成分。经检验，马尔科姆的体内也含有同样成分的镇静药物。经过警方的进一步调查，还有三名疑似受害人声称自己被多罗西娅下药后抢劫。

1982年1月，警方逮捕了多罗西娅。她缴纳了保释金，出狱等待开庭。保释期间，多罗西娅买了一张飞往墨西哥的机票。登机前几天，她带着酒拜访了老友奥斯本。奥斯本在喝下多罗西娅为她调制的鸡尾酒后，也不省人事。12个小时后，醒过来的奥斯本发现自己的珠宝、现金、信用卡以及支票簿全被扫荡一空。奥斯本立即报警，警方很快就抓获了正准备逃往墨西哥的多罗西娅，她的行李箱里满是奥斯本的财物。

1982年6月，多罗西娅又一次被送上法庭。因为马尔科姆和奥斯本这两起案件证据确凿,她获刑五年。

但令人意外的是,狱中的多罗西娅过上了幸福的生活。她和狱友们讲述自己作为王室私生子、前演员、名人前女友、现任医生的传奇经历,她的各种生动的故事点亮了暗淡枯燥的监狱生活,大家都由衷地喜欢她。而且,在此期间,她还交往了一个笔友——俄勒冈州退休老人埃弗森·吉尔茅斯(Everson Gillmouth)。两人频繁地通信,很快确定了恋爱关系。

04. 死亡公寓

1985年,多罗西娅在服刑三年后假释出狱,被禁止从事任何与护理相关的工作。出狱前,多罗西娅接受了一项精神测试,测试结果显示她疑似患有精神分裂症。

多罗西娅出狱那天,已经77岁的男朋友埃弗森开着他的红色皮卡,载满了他的全部家当,千里迢迢地从俄勒冈州赶来加利福尼亚州迎接她。也是在这一天,埃弗森向多罗西娅求婚成功,成为她的未婚夫。

埃弗森的退休金颇丰,他和多罗西娅的生活富足美满。但多罗西娅不甘于现状,她伪造了一系列医学文凭和证书,准备继续开办寄宿公寓。

多罗西娅至此已经结了四次婚,姓氏也发生了变化,审核寄宿公寓开办资格的官员没有发现这个多罗西娅就是之前多次犯罪的那个人,再加上伪造的文书和花言巧语,多罗西娅顺利拿到了营业执照。1985年年中，位于F大街1426号的寄宿公寓开始营业。

埃弗森帮助多罗西娅经营公寓。他一直给家人写信，讲述自己在加利福尼亚州的幸福生活，告诉他们自己和多罗西娅的创业以及结婚计划。但是，1985年10月，埃弗森在俄勒冈州的家人突然毫无征兆地失去了他的消息。

1985年11月，多罗西娅聘请了一位装修小哥为她的公寓安装护墙板。完工后，多罗西娅问他，自己能不能将一辆红色的二手皮卡作为工作报酬抵给他，并声称这辆车是她前男友的车，但前男友已经抛弃她去了洛杉矶，所以她想尽快将它出手。

感觉捡了个大便宜的装修小哥欣然答应，他还应多罗西娅的要求为她制作了一个超大的长方体木箱来存放"书籍和其他物品"。之后，多罗西娅请求装修小哥帮助她将这个箱子运到一个仓库里。行至途中，多罗西娅告诉对方，自己改变了主意，觉得租一个仓库放箱子很不划算，里面并没有值钱的东西，所以她让装修小哥将箱子扔到河岸边的一个垃圾场里。

1986年1月1日，一个渔民在河边发现了一个看起来很可疑的棺材状箱子，并报了警。调查人员打开箱子，发现里面是一具已经严重腐烂且无法辨认身份的老年男性尸体。由于没有任何线索可以证明尸体的身份，此案被搁置。

埃弗森失踪后，多罗西娅继续领取他的养老金，并写信给他的家人，解释说埃弗森没有联系他们的原因是他心脏病发作了。

之后两年多的时间里,多罗西娅的生意越来越好,她生活富足,广做慈善,故意打扮成看上去比实际年龄要大很多的老太太,一举成为社区名流。直到社工朱迪起了疑心,警察找上门来……

05. 院中的尸体

调查了多罗西娅的背景之后,约翰打电话给社工朱迪,告诉她此案的进展,并说自己准备带人去多罗西娅的公寓一探究竟。朱迪坚持让他带上一把掘地的铲子。多罗西娅见到约翰一行人时,依旧表现得十分镇定,她很爽快地同意了约翰查看寄宿公寓的请求。

约翰查看了失踪的流浪者伯特之前住的房间,发现了一些常见的镇定安眠药物。就在约翰准备离开时,他听到多罗西娅长舒了一口气。

此时,约翰突然问道:"我能在你的后院挖掘一下吗?"

多罗西娅惊慌地回道:"为什么?"

约翰用无奈的口气说道:"这样我就能给社工朱迪交差了。我可以告诉她,每个地方我都查了一遍,但最后什么也没发现。"

于是,多罗西娅再次同意了搜查请求。

约翰首先在院中挖出了废纸、烟头等垃圾,接着挖出了一堆类似牛皮制的衣物。他继续往下挖,挖到一根末端为球状的长骨头。他一下子就认出来这是人的大腿骨。之后，他挖出了整具人体骸骨，而那堆类似牛皮制的衣物居然是脱落的人皮。

多罗西娅被带回警察局讯问，但此时她还未被逮捕。她丝毫不退缩，冷静地回答每一个问题，坚称自己和后院的尸体毫不相干，完全不知道它的存在。随后，多罗西娅获准回家。

第二天，萨克拉门托市警察局邀请了两名法医及一位人类学专家一同前往多罗西娅家，准备将小院翻个底朝天。多罗西娅穿着大红洋装，在二楼的阳台上默默地注视着一切。院外挤满了媒体和围观的民众。

过了一会儿，多罗西娅询问约翰，自己是否可以去街角的咖啡店喝杯咖啡。约翰见她只带了一个小包，便一口答应。

中午时分，另外一具尸体在一块水泥石板下被发现。接着又出现一具裹在塑料袋和毛毯中的尸体，尸体重200磅，约翰推断这很有可能就是大块头伯特的尸身。而借口出去喝咖啡的多罗西娅早已一去不复返，有人看到她坐进了一辆出租车。警方找到出租车司机，得知多罗西娅坐上了前往洛杉矶的巴士。

持续了三天的挖掘工作结束，警方一共发现七具尸体。萨克拉门托市警方在电视、报纸上对多罗西娅进行全国范围内的通缉。而多罗西娅所在社区的民众纷纷表示无法接受这件事，他们爱戴的这位银发祖母居然有可能是个杀人魔头。

七具尸体被送往萨克拉门托市的验尸官办公室。除了一具已经白骨化的尸体，其他尸体大部分都被蓝色胶带层层包裹在塑料袋、桌布和地毯中。尸体都已经高度腐烂，所有尸体的牙齿都缺失。鉴于房客们普遍的健康状况,他们的牙齿很有可能在生前就已经全部脱落。警方只从三具尸体上提取到了指纹。尸体的身份一时难以确定,只知道是三名男性和四名女性。警方一边查找尸体的身份,一边继续在公寓内寻找多罗西娅的犯罪物证。他们在她的房间里找到了和尸体上一致的蓝色胶带,还在她的厨房里发现了大量写着她的名字的镇静药物。

多罗西娅掌管着公寓邮箱,几乎所有房客的福利金支票都被她拿走,包括早已从这里消失的房客的支票。多罗西娅每个月至少能从联邦政府那里获取一打福利金支票。警方相信,金钱是多罗西娅的杀人动机。

1988年11月15日,潜逃到洛杉矶的多罗西娅依旧盛装前往一家酒吧。很快,她和一位看起来收入颇丰的退休男士喝起了酒,还打探了他的收入情况,并给出了自己的理财建议。临走时,她给这位男士留下了自己的旅馆地址。

11月16日,萨克拉门托市警方收到消息,一位洛杉矶男士在酒吧结识了多罗西娅,回家看电视时发现她正在被全国通缉,便向洛杉矶警方告知了多罗西娅的地址。随后,多罗西娅被洛杉矶警方逮捕。约翰赶到洛杉矶,将她押送回萨克拉门托。

然而,能将多罗西娅定罪的物证还不够充分。几天后,警方请来的指纹专家终于确定了其中三名死者的身份,分别是51岁的伯特、55岁的本杰明和64岁的多萝西·米勒(Dorothy Miller)。警方找到一张六十多人的名单,一一排查。这个名单上的人都曾住过多罗西娅的寄宿公寓,并将自己的社会福利金支票的地址填写为这家公寓的邮箱地址。经过筛查，有十几个人被认为可能是死者。警方通过各个医疗机构拿到了他们的医疗资料。法医将剩下的四具尸体进行X光片扫描，找到一些病理性特征，再和医疗资料中的信息进行对比。最终所有死者的身份均被确认，他们是78岁的利昂娜·卡彭特（Leona Carpenter）、78岁的贝蒂·帕尔默（Betty Palmer）、64岁的薇拉·费伊·马丁（Vera Faye Martin）和62岁的詹姆斯·盖洛普（James Gallop）。死者的死因均未确定。

1988年11月，加利福尼亚州司法部派出病理学家威廉姆使用串联质谱法[1]检验尸体的组织切片（当时整个美国西海岸就只有一台可以用串联质谱法进行检测的机器），检测结果显示七具尸体体内均含有镇静剂成分（包括已经白骨化的那具尸体）。这种镇静剂成分和在多罗西娅厨房中找到的镇静药品成分一致。但由于尸体被埋的时间过长，无法准确知道他们被害时体内的镇静剂含量，因为随着尸体的腐烂分解，一部分镇静剂会被土壤吸收。换句话说，虽然七具尸体内都含有镇静剂成分，但无法断言死者是因为服用过量的镇静剂而死。

多罗西娅一案被揭露后，她的未婚夫埃弗森在俄勒冈州的家人也联系了警方。他们说已经有三年多没有联系上埃弗森了，怀疑他已经遇害。此时，之前为多罗西娅装修并打制超大木箱的装修小哥也知晓了此案。越想越不对劲的他前往警察局，详细说明了多罗西娅要求他做的事情，以及那只大木箱的

---

[1] Tandem Mass Spectrometry，简称MS/MS或MS2，一种仪器分析方法，常用于分析生物分子。

抛弃地点。

随后，警方认定三年前那位渔民发现的木箱中的尸体就是埃弗森。经装修小哥指认，那只木箱就是他亲手为多罗西娅制作的，而且多罗西娅给他抵销工钱的那辆红色福特皮卡也是埃弗森的。多罗西娅好友露丝的儿子比尔也再次联系了检察官，因此露丝的死亡被认定为谋杀。检察官将露丝案和其他案件合并，准备以谋杀罪起诉多罗西娅。对检察官而言，现有的证据已经足够将多罗西娅送上法庭。

06. 在劫难逃

1992年10月，多罗西娅一案开庭。她被指控九项谋杀罪名，死于她手下的有好友露丝、未婚夫埃弗森，以及七名房客。据估算，她至少从谋杀中获利10万美元。法庭上，检察官出示了所有的法医学证据以及支票、胶带等各项物证，并传唤了一百三十多名证人前来做证。检察官陈述说，多罗西娅用安眠药让她的房客入睡，然后用枕头使他们窒息而亡，再雇人将他们埋在院中。她则继续享用死者的福利金，而不必承担照顾他们的责任。

多罗西娅的辩方律师也传唤了很多证人，他们都深深地感激多罗西娅对他们的慷慨和关怀。很多人，包括她之前送养出去的后又团聚的女儿，都说他们现在成功的事业很大一部分要归功于多罗西娅对他们的帮助。辩方的心理学家认为，多罗西娅受过虐待的成长经历和塑造她人生的一系列创伤导致了她犯罪。与此同时，照顾穷困潦倒的房客带来的巨大压力也激发了她邪恶的一面。

检察官在总结陈词时说道："这些人是活生生的人，他们有生存的权利。他们没有财产、房子、车，他们所拥有的就只有一点点社会福利金支票，以及他们的生活。而她（多罗西娅）把这些全拿走了……死刑是对她唯一适当的刑罚。"

辩方律师面对陪审团，用哀伤低沉的语调娓娓道来："你们知道，绝望、愤怒和怨恨一直是她生活的基础。如果有人说这并没有那么糟糕，那么请问问他们：你希望这种事情发生在自己身上吗？你希望这种事发生在你的孩子身上吗？……这就是应该判处多罗西娅终身监禁且不得假释（而非死刑）的理由。"

多罗西娅在最后的被告发言中坚持，所有人都是自然死亡，自己只是将他们埋在了院子当中，并继续兑现他们的支票来维持公寓的收支。

陪审团审议期间，对九项罪名的认定陷入了僵局。其中一位陪审团成员认为现有证据无法认定多罗西娅实施了谋杀，多罗西娅的说法合情合理。经过一个多月的协商，陪审团最终同意对两项一级谋杀罪和一项二级谋杀罪定罪。

最终，法官判决多罗西娅终身监禁，不得假释。她被监禁在加利福尼亚州中部的一所女子监狱中。在余生中，她一直坚称自己是无辜的，坚持认为她所有的房客都是"自然死亡"。

2011年，昔日的房东太太多罗西娅在狱中去世。

07. F街1426号现状

通常来说，一栋发生了连环杀人案的屋子会被政府买下并拆除，但F街1426号这栋建于19世纪的历史建筑却得以留存。

2010年，这栋房屋被犯罪小说爱好者威廉斯夫妇以21万美元的低价买下。因为不时有热爱罪案的游客慕名前来参观，这对幽默感十足的夫妇干脆在二楼楼梯口摆放了一个多罗西娅模样的人体模特。

房子四周则有各种告示牌，例如"不要挡住车道，因为鬼魂要出去惊吓社区民众""擅自闯入者将被下毒并埋在后院"。威廉斯先生说，他与妻子都明白，一栋有着如此黑暗历史的房子自然会引起很多人的好奇心，甚至有陌生人想上门参观。"所以我们决定取悦大众，让人们能以较轻松的态度对待这栋'死亡公寓'，用幽默面对这一切。"

笔者：黎恺

失独母亲的
追凶之路（上）

2016年，77岁的费利克斯·韦尔（Felix Vail）被宣判谋杀罪名成立。他是美国历史上最高龄的连环杀手，罪行跨越半个世纪，几乎所有在他身边停留的女性都没有好结局……

然而，让这个罪行累累的恶魔最终落网的不是任何一个执法机关，而是一位独自追凶的母亲、一名执着于悬案的调查记者，以及一个绰号"蝙蝠女侠"的私家侦探……

01. 独自寻凶的母亲

2012年春天，美国密西西比州老牌报纸《号角纪事报》的著名调查记者杰里·W. 米切尔（Jerry W. Mitchell）接到了一个陌生女人的来电。

"您有兴趣报道一个生活在密西西比州的连环杀手吗？"来电的女人名叫玛丽·罗斯（Mary Rose），时年64岁。28年来，她一直独自追寻着杀害女儿的凶手。

1981年夏天，玛丽·罗斯和女儿安妮特·克拉弗（Annette Craver）生活在得克萨斯州的休斯敦。安妮特那年15岁，是个才华横溢、灵气逼人的少女。14岁的时候,她已经是一名业余歌手,不仅有着天籁一般的歌喉,还能自己作词作曲。安妮特在圣安东尼奥一所私立高中上学,因为成绩出众,已经连续跳了两个年级,还有一年就要高中毕业。毕业之后,安妮特准备去医学院学习。

但这个少女并不快乐。1979年,罗斯的丈夫因车祸去世,本来感情很好的一家三口一下子天人永隔。罗斯不敢沉浸于丧夫之痛,她必须独自一人养家,可她还是敏锐地察觉到女儿的忧郁。乖巧又早熟的安妮特却总是微笑着向她保证:"放心吧,妈妈,我没事!"

同年夏天,安妮特和母亲去墨西哥度假时,认识了一个名叫阿道夫的少年,那是她的初恋。

随着安妮特回国,这对少男少女也被迫分手。这段突然终结的初恋和突然被死神带走的父亲一样,都令她感到无力、无助和黯然神伤。

从墨西哥回国后,安妮特和母亲打算移居圣安东尼奥市,那里是安妮特的高中所在地,开销也更低。为了卖掉一些旧物,她们参加了一场庭院旧货出售活动。就在那里,一个长相英俊、骑着摩托车的陌生男人来到她们的摊位前,开始和安妮特攀谈,询问她叫什么名字、在哪里上学。

这个男人名叫费利克斯·韦尔,自称在附近做木工活儿。罗斯对他没怎么留意,费利克斯·韦尔差不多40岁,比她还要大上好几岁,很难想象年仅15岁的女儿会对这种年龄几乎是她三倍的大叔感兴趣。

可在费利克斯·韦尔眼中，新的猎物已然落入罗网，在劫难逃。那天他在日记中写道："我看到她的第一眼就知道，那将是我的新任女友。"

移居圣安东尼奥后，罗斯发现自己很难找到像样的工作。为了养家糊口，她疯狂地应聘招聘广告上的工作。最终，一家不错的公司向她抛出了橄榄枝，但那份工作远在俄克拉何马州的塔尔萨。

罗斯不能放弃这个来之不易的工作机会，但如果让女儿一同移居俄克拉何马州，就不得不为她寻找新的高中。不同州之间的转学手续更是麻烦，很可能会蹉跎时日，得让安妮特重读一年。对马上就要毕业的安妮特来说，这实在不是一个明智的选择。罗斯权衡再三，最终决定让女儿寄宿在一名老师家里，等她高中毕业后，再让她来与自己会合。

正是这个决定，让罗斯在余生中一直追悔莫及。

安顿好女儿之后，罗斯前往俄克拉何马州，在新的岗位上拼命工作。1982年4月，工作稳定下来的罗斯用积蓄买下了一栋小房子，房产证上写的是自己和女儿的名字。工作之余，罗斯开心地翻修新居，满心期待着女儿前来相聚。

罗斯不知道的是，那次庭院旧货出售活动之后，费利克斯·韦尔尾随安妮特，也来到了圣安东尼奥，并在安妮特寄宿期间频繁地拜访她。

1982年夏天，安妮特高中毕业，来到塔尔萨和母亲团聚。

几天之后，费利克斯·韦尔骑着摩托出现，安妮特和他私奔了。

那个年代，网络和即时通信工具都尚未普及，除非安妮特通过电话或者信件主动联系，否则罗斯几乎无法知晓女儿的行踪。从安妮特偶尔寄来的信来看，她和费利克斯·韦尔四处旅行，靠着安妮特父亲留给她的社会保障支票（每月500美元）生活。罗斯还从信中得知，16岁的安妮特已经经历过至少一次流产。

1983年夏天，罗斯接到女儿的电话。电话中，安妮特表示自己要和费利克斯·韦尔结婚，因为她当时只有17岁，所以需要家长认可。但她也告诉母亲，如果母亲拒绝，那么他们将去墨西哥结婚（那里没有年龄限制），此后就会和母亲断绝关系。罗斯不想失去和女儿仅存的些许联系，于是只好说："好吧。"

1983年8月15日，安妮特和费利克斯·韦尔在加利福尼亚州结婚。四个月后，安妮特年满18岁，她在丈夫的陪同下从银行取出了98 000美元——这是她已故的父亲留给她的所有人寿保险赔偿金。

1984年4月的一天，罗斯回到家，发现女儿独自一人在家门口等她。安妮特告诉母亲，费利克斯·韦尔脾气暴躁，经常殴打她。另外，他的嫉妒心极强，只要她和年轻男人对视一眼，他就会勃然大怒。安妮特说，自己想要和费利克斯·韦尔离婚，之后去上大学。

罗斯很高兴，觉得无论如何，女儿终于回到了自己身边。她们一起装修房子，一起开垦花园。但罗斯也发现，女儿似乎变了一个人，经常两眼空洞地盯着远方，曾经周身焕发的生机和灵气都已消失不见，曾经生机勃勃的少女变成了一具空壳。

回家之后，安妮特不断收到费利克斯·韦尔写来的信。他在信中"哭诉"两人的分离让自己多么痛苦，并且软硬兼施地"告诫"安妮特，只有摒弃自我才能获得精神上的自由。很快，安妮特让步了，她告诉母亲："费利克斯是世界上最聪明的人，没有他我根本无法做决定。"

这对夫妇"破镜重圆"后就勒令罗斯离开，把房子转让给安妮特。被费利克斯·韦尔重新控制的安妮特对母亲充满敌意，指责她是"小偷"和"婊子"。罗斯回忆说，自己一生中从未感到如此崩溃。

1984年春天，罗斯以7000美元的价格将房子的所有权全部转让给安妮特。无家可归的她只好前往加利福尼亚州，与自己的亲友住在一起。

抵达加利福尼亚州后，罗斯给女儿打了一个电话，嘱咐她好好照顾自己留下的两只小猫。电话那端的安妮特淡漠地告诉她，费利克斯已经把它们杀掉了，因为它们"很麻烦"。

尽管母女关系降至冰点，罗斯还是不断给女儿写信，鼓励她去上大学，并且不要转让财产。安妮特对这些建议充耳不闻，她将自己名下的房产全部转让给了费利克斯·韦尔。

1984年初秋，安妮特和丈夫外出度假。10月份的时候，费利克斯·韦尔开着安妮特为他购买的跑车，独自一人回到了塔尔萨。

他告诉罗斯，自己和安妮特已经分手，她携带着5万美元独自前往墨西哥找男人去了。

罗斯并不相信。1984年10月22日，她向警方递交了失踪人员报告。然而直到1985年1月22日，塔尔萨警察局才派了两个警察询问费利克斯·韦尔。费利克斯·韦尔声称，自己将安妮特送上前往墨西哥的大巴后，两人就再也没有联系。他还向警察们暗示安妮特患有精神分裂症，并有自杀倾向，声称她临行前曾偷偷买了一把枪。

费利克斯·韦尔的说辞似乎让警察们很信服，他们很快对安妮特的"失踪"失去了兴趣。但罗斯不会就此罢休，她从加利福尼亚州赶回塔尔萨，要求和费利克斯·韦尔见面。费利克斯·韦尔每次都满口答应，但到了约定的时间就不见踪影。在这之后，罗斯会收到他潦草的信件。信中，他将安妮特身上所有的"坏毛病"都归咎于罗斯，并指责她阻碍了他们之间的爱情。

趁费利克斯·韦尔不在家的时候，罗斯偷偷潜入女儿家，她发现安妮特的所有衣服和其他私人物品（比如日记）都不见了。另外在阁楼的角落里，她还发现了从安妮特护照上撕下来的照片和其他身份证件。

罗斯将这些发现告诉了警方，但警方没有进行任何后续调查。她不停地打电话给费利克斯·韦尔，还跑到他的老家密西西比州，终于在费利克斯·韦尔的父母家找到了他。

"安妮特去哪儿了？"

"墨西哥。"

"墨西哥哪里？"

费利克斯·韦尔告诉她，他和安妮特约定，五年后才能互相联系，所以他不知道。

"安妮特的衣服哪儿去了？"

"我都捐给慈善机构了。"

"护照的照片都撕掉了，她怎么能出国呢？"

"她用的是假身份，说是打算脱胎换骨，重新做人。"

罗斯又质问他："安妮特继承的那些钱呢？"费利克斯·韦尔恶毒地嘲讽道："这才是你真正关心的吧？你就知道钱，安妮特为什么要逃离你，你自己心里没谱儿吗？！"

罗斯离开了，整个过程中，费利克斯·韦尔从未抬头，从未直视她的眼睛。他说的话，罗斯一个字也不信。

在此之后，罗斯不停地请求警方进行调查，但她的请求石沉大海。和所有失踪孩子的父母一样，她仍然抱有一线希望，期盼着有一天安妮特会突然出现。每一个生日和纪念日，罗斯都寸步不离地守在电话机旁。她仍然不停地给费利克斯·韦尔打电话，质问他："我女儿在哪里？"

费利克斯·韦尔则在日记中抱怨这个总是骚扰自己的"老巫婆"："我挺后悔的，要是当年让安妮特亲手杀了她，那该有多爽啊……"

1991年夏天，43岁的罗斯意识到，自己不能再指望警方了，她决定自己去寻找女儿的下落。虽然在她内心深处，知道女儿不会再回来了。

罗斯拆掉了自己轿车的后座，将它改造成一张临时床铺，带上打字机和电话簿，驱车前往得克萨斯州的坎宁湖拜访费利克斯·韦尔的妹妹休·乔丹。因为根据韦尔的说法，安妮特独自前往墨西哥之前曾和休一家见过面。

见面前，罗斯没有抱太大希望，休毕竟是费利克斯·韦尔的骨肉至亲，如果自己暗示他和安妮特的失踪有关，她很可能会遮遮掩掩或是闭口不谈。但出乎罗斯意料的是，休非但对罗斯的指控毫不意外，还主动分享了许多信息。

休告诉罗斯，她最后一次见到安妮特是在1984年10月，他们一同参加了一个展会。休记得费利克斯·韦尔对安妮特非常刻薄，经常批评她的衣着。展会结束后，费利克斯·韦尔和安妮特一同离开。过了几天，费利克斯·韦尔独自一人回来，声称安妮特和一个墨西哥男人私奔了。他表现得很反常，疯狂地喝酒吃肉（费利克斯·韦尔标榜自己是个素食主义者）。

休说完这些后，注视着罗斯，抛出了另一则重磅消息："你知道费利克斯的第一任妻子玛丽吗？他们那时住在路易斯安那州的莱克查尔斯，她和费利克斯划船的时候掉进河里淹死了。"罗斯听闻睁大了眼睛。

休在送她离开的时候，突然又说道："你知道吗，还有另一个女孩？我记得曾经有许多年，她的母亲一直打电话给我母亲，询问她女儿的消息。我记得，她的名字叫莎伦。"

02. 返校日"皇后"之死

离开休·乔丹的家，罗斯用打字机敲出了她能记住的每一个字。接下来，她开始翻找厚厚的电话簿，打电话给莱克查尔斯的公共图书馆。

图书馆的管理员年纪很大，她清楚地记得，将近三十年前（1962年），有个名叫玛丽·韦尔的年轻太太溺水身亡。在她的帮助下，罗斯找到了玛丽·韦尔的家人。

玛丽·韦尔本名玛丽·霍顿（Mary Horton），出生于路易斯安那州尤尼斯的一个天主教家庭。玛丽的父亲是个纺织品批发商，母亲是小学老师，家庭关系和睦友爱，生活惬意温馨。

玛丽的弟弟威尔·霍顿告诉罗斯，玛丽是每个小男孩都渴望拥有的姐姐，是造物主所能创造出的最美好的存在。玛丽是尤尼斯高中的返校日"皇后"。高中毕业后，她就读于麦克尼斯州立大学，梦想和母亲一样当一名小学老师。

身材曼妙、活泼开朗的玛丽是很多男生的梦中情人。她在同性中间也很受欢迎，她的朋友们都说玛丽善良又温柔，似乎在任何情况下都能发现别人的优点。

1960年的春天，玛丽·霍顿认识了一个金发碧眼的英俊男人，他的名字叫费利克斯·韦尔。

费利克斯·韦尔于1939年生于密西西比州的斯塔克维尔，家里开着奶牛场，有一个弟弟和三个姐妹。他从小长相帅气，成绩出众。高中毕业后，费利克斯·韦尔志愿参军，报考了飞行员，虽然他考试分数很高，但因为存在纪律问题，军方淘汰了他。

费利克斯·韦尔的兄弟姐妹虽然在外表上远远没有他出众,但都是相当不错的人。费利克斯却是家中的异类:他的妹妹凯记得,奶牛场养了很多猫,费利克斯会把猫的幼崽一个个挂在晾衣绳上,向它们扔石头,直到把这些幼崽全部打死。

另外,费利克斯·韦尔似乎从不认错。多年以后,他在日记里回忆起母亲对自己的管教(他对小女孩动手动脚,被母亲责骂),仍然愤怒地指责她"用自大和谎言荼毒了儿子"。

1957年,费利克斯·韦尔在路易斯安那州萨尔弗市城市服务炼油厂找到了一份令人艳羡的工作。这要归功于费利克斯·韦尔的舅舅汤姆·芬尼,他是那里的高管。炼油厂的薪资和待遇极佳,费利克斯·韦尔经常开着自己闪亮的敞篷车前往附近的莱克查尔斯市,混进麦克尼斯州立大学,搭讪漂亮的女大学生。

费利克斯·韦尔是个公认的"大众情人",他的身材瘦削高挑,锐利的蓝眼睛勾魂摄魄,一位曾和他约会过的女生回忆说:"他帅得仿佛被上帝吻过一样。"

1960年的春天,玛丽开始和费利克斯·韦尔约会。开始的时候一切都很甜蜜,费利克斯·韦尔带着玛丽吃龙虾,去酒吧和赌场,通宵跳舞,这让乖乖女玛丽感到新奇兴奋。但很快,两人的关系就开始出现问题,玛丽告诉自己的闺密:"我们在很多事情上观点不一致。"

玛丽也曾试图结束这段关系,但她过于温柔善良,无法主动提出分手。她请朋友为她介绍其他男孩,希望费利克斯·韦尔能识趣地离开。费利克斯·韦尔则表现得肝肠寸断，不断地抱怨玛丽的绝情，对玛丽的新男友则极尽威胁之能事。

没过多久，玛丽就将所有的错都揽在自己身上："他经历的那些痛苦，简直让我心碎，都是我的错，我总是伤害我爱的人……"

1961年7月1日，费利克斯·韦尔和玛丽·霍顿在尤尼斯举行了婚礼。

婚后，玛丽开始在莫斯布拉夫小学担任二年级教师。冬天的时候，玛丽怀孕了。怀孕期间，韦尔因为上夜班经常不在家，即使在假日，他也借口钓鱼而夜不归宿。玛丽则独自坐在客厅里，亮着灯盏，一夜一夜地等待丈夫归来。

1962年5月3日，玛丽在一封信中写道："费利克斯有时会对我不那么友善，但这都是我的错，我从不支持他，也不对他说任何温柔的话……"虽然她仍然坚称"我们现在很幸福"，但悲伤早已从字里行间渗透到了纸张之外。

1962年7月1日，玛丽生下了儿子比尔（Bill）。她深爱着自己的儿子，经常温柔地唱歌给他听。

儿子出生两个月后，玛丽回到了娘家，和母亲谈了很久。她告诉母亲，自己想和费利克斯·韦尔离婚。玛丽的母亲莉莉·梅·霍顿则告诉女儿，要和丈夫好好谈谈，试着去解决问题。

一个半月后，玛丽离开了人世。

1962年10月28日，费利克斯·韦尔将儿子留给保姆，和玛丽前往卡尔克苏河兜风。他声称两人在划船时遇到了一个漩涡，导致玛丽从船上摔了下去，自己奋力游了5英里，才终于抵达岸边求援。

他的说法并不令人信服。玛丽的家人一致做证说，玛丽非常怕水，根本不敢靠近河面。距离玛丽落水处不远，就有其他船只和急救站，费利克斯·韦尔无须一直游到岸边。另外警方还发现，不久之前，费利克斯·韦尔为玛丽购买了高额的人寿保险。

两天之后，人们打捞出了玛丽的尸体。在场的警察一看到尸体，就认定这是一起谋杀案，因为玛丽的嘴里塞着一条很大的丝巾，后脑上有一处疑似钝器造成的挫伤，手腕和脚腕上还有疑似被捆绑过的瘀伤。

警方以谋杀罪名逮捕了费利克斯·韦尔。然而，让警方和玛丽的家人都错愕不已的是，法医开出的尸检报告言之凿凿地将玛丽的死因定性为意外死亡，案子随即被地方检察官撤销。拿到巨额保险金后，23岁的费利克斯·韦尔很快离开了莱克查尔斯市。他没有通知玛丽的家人就擅自带走了儿子比尔，他甚至没有支付玛丽的葬礼费用。

玛丽的弟弟威尔·霍顿和罗斯彻夜长谈了好几天。他告诉罗斯，自己长大后，委托朋友弄来了玛丽的尸检报告。这份报告漏洞百出，连玛丽的职业，甚至死亡时间都是错的。

罗斯和威尔·霍顿谈起女儿安妮特的"失踪"。末了，她提起之前费利克斯·韦尔的妹妹休说过，还有一个名叫莎伦的女孩，可她不知道莎伦的姓氏。

威尔·霍顿说："我知道，她姓亨斯利。"

03. 爱与和平之殇

费利克斯·韦尔离开莱克查尔斯市之后，前往加利福尼亚州的圣迭戈，在一所医院担任技术员。20世纪60年代，反文化运动席卷全美，费利克斯·韦尔也摇身一变，成了一名嬉皮士。他带着儿子比尔，先是住进了一个邪教组织经营的农场，之后开始四处浪游，连家人都不知道他究竟身在何处。

直到1971年，玛丽的家人终于在《国家询问报》的一篇报道中发现了韦尔的名字。报道中说，费利克斯·韦尔和女伴因为危害儿童罪被捕（受害者就是比尔），女伴的名字叫莎伦·亨斯利（Sharon Hensley）。

但罗斯仍然不知道莎伦来自哪个州。1994年，罗斯在报纸上读到一则失踪案告破的消息，她大胆给办案的警察写信，问他能不能帮自己寻找一个名叫莎伦·亨斯利的女孩。

这个名叫特里·纽厄尔的警察是个热心肠。他翻阅了当年的警方卷宗，确认莎伦·亨斯利来自北达科他州，并为罗斯找到了莎伦·亨斯利家人的联系方式。罗斯跳上车子，驶向北达科他州。

莎伦·亨斯利生于1948年，在北达科他州首府俾斯麦长大。她天生丽质，从小学习舞蹈和表演，少女时代就成为一名模特。

19岁那年，莎伦意外怀孕。她不愿留在民风保守的故乡，于是前往旧金山投奔自己的哥哥弗兰克。正是那年夏天，数十万年轻人走上旧金山街头，开启了一场追求自由与爱的嬉皮士革命，也就是改变美国历史的"爱之夏"。热爱艺术与自由的莎伦，成了这场文化运动最忠实的拥趸。

莎伦在一所未婚妈妈之家生下了女儿彻丽。她很想留下这个孩子，但女儿最终还是被送进了收养机构。21岁那年，她遇见了30岁的费利克斯·韦尔，从此不再和家人联系。

直到1970年，莎伦和费利克斯·韦尔因为危害儿童罪被捕，亨斯利家才听到她的消息。莎伦的母亲佩吉带着一本5000美元的存折前往加利福尼亚州监狱保释女儿。临行之前，佩吉告诉家人："我要去接莎伦，带她回家！"

然而没过多久，只有佩吉一人回到北达科他州。此后的日子里，佩吉几乎每晚以泪洗面，她哭着告诉家人："我已经永远失去她了。"

1972年夏天，莎伦和费利克斯·韦尔突然一起出现在北达科他州，住进了莎伦儿时的家。他们一起冥想，练瑜伽，在庭院里裸体晒日光浴，让莎伦的家人和邻居们惊愕不已。

莎伦的弟弟布莱恩回忆说，莎伦仿佛变了一个人，似乎被彻底洗脑了："无论我们问她什么，要么费利克斯替她回答，要么她在回答的时候，会看着费利克斯。"

两人在这里住了几天后就离开了。随后佩吉接到了女儿的电话，说自己和费利克斯·韦尔正在新奥尔良，接下来准备前往迈阿密拍色情电影。

"谁家女儿会告诉妈妈自己要拍色情片？！"佩吉认定这是女儿的求救信号，决定亲自南下寻找女儿。

然而，1973年初，在佩吉动身之前又接到了莎伦的电话，说自己要去南美洲旅行："我和韦尔会在那边吃天然食品，然后写一本书。"这是亨斯利家与莎伦最后一次通话，那时她未满25岁。

几个月过去了，莎伦的家人再也没有收到新的消息。佩吉很担心，于是打电话给费利克斯·韦尔的母亲。

1974年3月，佩吉收到了一封费利克斯·韦尔写来的信。他在信中称，自己和莎伦已于一年前分手，她和一对澳大利亚夫妇去环游世界了。他还在信中写道："我和你一样，也很担心莎伦，但她已经成年了，她有权利和自由过自己的生活。"布莱恩记得，母亲佩吉当场就把信扔了，她一个字都不信。

佩吉多次联系费利克斯·韦尔的母亲（因为她根本找不到费利克斯·韦尔本人）。偶尔，费利克斯·韦尔会回一封信："我真的好惊讶，你们竟然还没收到莎伦的消息！"

罗斯和佩吉长谈了几个晚上。她决定前往密苏里州的堪萨斯城，去那里找费利克斯·韦尔和玛丽的儿子比尔。当然，罗斯并不总是"在路上"，她一边整理自己收集到的信息，一边打零工积攒旅费。再度启程的时候，她已经走遍了半个美国。

笔者：安非锐

失独母亲的
追凶之路（下）

01. 流浪之子

玛丽"意外"身亡后，费利克斯·韦尔带着儿子前往加利福尼亚州，成了一名嬉皮士。

认识莎伦后，费利克斯·韦尔和她成了"葡萄疗法"（全面禁食，只吃葡萄）的信徒。他们带着比尔搭便车穿越加利福尼亚州，一路睡在葡萄园里。他们还曾徒步前往墨西哥的下加利福尼亚半岛，在沙漠里露营，继续禁食。

这种生活对小孩子来说，显然是一种折磨。比尔回忆说，自己总是光着上身，赤脚跟在两个大人身后，唯一的财产是一只睡袋和一条短裤。

有时路过加油站时，工人们会可怜这个面黄肌瘦的小男孩，投喂他一些剩下的汉堡。其余的时间，如果比尔觉得饿，父亲费利克斯·韦尔就会逼他吸食毒品或是致幻剂。

1970年的一个夏日，他无意中听到父亲和莎伦之间的对话。费利克斯·韦尔亲口承认自己谋杀了之前的妻子，也就是比尔的母亲玛丽。比尔回忆说，他当时的第一反应就是想打死父亲，然后跑回家（祖父母家）去，可是身处沙漠、饥肠辘辘的自己什么也做不到。这一年，比尔8岁。

同年，费利克斯·韦尔和莎伦带着他回到美国，在加利福尼亚州中部的一个葡萄园短暂停留。在这期间，比尔和葡萄园里的一名工人成了朋友。一天，比尔向这名新朋友讲述了自己的遭遇。这名工人想了一会儿，然后告诉小男孩，大约2英里外有个小镇："孩子，你应该把你的事告诉那里的警察。"

于是比尔赤着脚，独自沿着灼人的州际公路步行，终于来到附近的利文斯顿，向那里的警察求助。一开始，根本没人理睬他，于是比尔干脆在警察局的台阶上露宿。过了很久，终于有个警察愿意听听他的故事。比尔告诉警察，自己已经饿得不行，父亲逼他吸毒，让他头昏脑涨，他想回到学校，像其他孩子一样生活。他还告诉警察，自己无意中听到父亲承认杀害了母亲。

费利克斯·韦尔和莎伦随即因为持有迷幻药和危害儿童罪被捕。他们被判处六个月监禁（缓刑三年）。费利克斯·韦尔逼迫儿子吸毒的消息成了全国性的新闻，玛丽的家人因此才得知费利克斯·韦尔的后续消息和莎伦的姓氏。

加利福尼亚州警方将比尔关于玛丽·韦尔死亡的证词告知了路易斯安那州警方，但此事再无后续。

比尔被送回到密西西比州，他的祖父母获得了完全监护权。1971年1月23日，比尔看到父亲和莎伦走进祖父母家的大门。比尔回忆说，自己当时吓坏了，确信父亲会杀了自己。费利克斯·韦尔却似乎没怎么生气，而是将入狱这件事完全归咎到莎伦身上。

1976年，比尔再次见到了父亲。费利克斯·韦尔独自一人回到父母家，还和儿子聊起这位前女友："她再也不会打扰任何人了。"比尔吓得脊背发凉，他太明白这句话意味着什么了。

比尔被祖父母抚养成人，他成绩优异，从密西西比州立大学毕业后成了一名机械工程师。他于1984年结婚，婚后有三个孩子，是个近乎完美的丈夫和父亲，在社区也深受爱戴和欢迎，但他一直生活在痛苦和恐惧之中。

比尔的妻子珍妮特告诉罗斯，他们曾见过罗斯的女儿安妮特一面："她是那么年轻漂亮，可她所有的注意力都集中在如何取悦费利克斯上。"

罗斯坦率地问比尔："你觉得他可能谋杀了她（安妮特）吗？"

比尔点点头："根据过去的经验，我相信完全有可能。"

比尔告诉罗斯，如果她能够让案子重审，他愿意出庭做证，但当局必须同意保护他的妻儿。他完全清楚父亲会对自己的"背叛"做出什么反应。

1995年，在特里·纽厄尔（之前为罗斯寻找莎伦家人的警察）的帮助下，罗斯联系了一个名叫吉姆·贝尔的FBI探员——他是研究连环杀手的专家。

罗斯抱着两本厚厚的资料簿来到贝尔的办公室，资料簿里是她数年来精心收集整理的证据。贝尔探员认真翻阅了这些资料，然后告诉罗斯："如果这些资料属实，那么我确信，这个人是连环杀手。"

贝尔承诺亲自调查此案，塔尔萨和莱克查尔斯警方也准备重启对费利克斯·韦尔的调查。然而就在此时，由于FBI削减经费，贝尔探员被调往别处，案件再度成为悬案。

2008年，比尔罹患癌症，他打电话给舅舅威尔·霍顿："我终于可以和妈妈在一起了。"临终时，比尔详细叙述了自己知道的所有关于父亲的罪证，并且录了音。亲属在他死后，将一份录音副本交给了罗斯。次年1月3日，比尔·韦尔去世，年仅46岁。费利克斯·韦尔在日记中写道："人生真如白驹过隙，他的生命竟然已经存在了四十六年……"之后他笔锋一转，开始谈论自己的新发型。他没有参加儿子的葬礼。

至于罗斯，她在1997年秋天移居马萨诸塞州，希望在那里疗愈自己破碎的心。十几年间，她参加了不少互助小组，努力挥别过去，但仍然无法释怀。2012年的春天，罗斯在电台广播里听说了一起三十年悬案终于告破的故事：1963年，密西西比州民权领袖梅德加·埃弗斯被三K党[1]成员拜伦·德拉贝克威斯谋杀，但当时的陪审团全部由白人男性组成，致使杀人犯逍遥法外。直到三十年后，《号角纪事报》的一名记者重新对此案进行深入调查，最终推动了案件重审，拜伦·德拉贝克威斯被判终身监禁。这位记者名叫杰里·米切尔。

罗斯对自己说，这个人应该不会因为案子过于陈旧而拒绝她，于是她拨通了杰里办公室的电话："您有兴趣报道一个生活在密西西比州的连环杀手吗？"

---

[1] 美国种族主义的代表性组织，奉行白人至上主义。

"我有兴趣。"

罗斯跳上车子，向密西西比州飞驰而去。

02. 与时间赛跑的记者

杰里·米切尔是《号角纪事报》的记者，以深度调查悬案闻名，除了上文中提到的梅德加·埃弗斯谋杀案，他的一系列调查还促成了七个州对二十九起谋杀案件进行重审。

杰里·米切尔的父系一方患有一种罕见的、尚未被命名的致命疾病，病症是肌肉萎缩、佩吉特骨病和早发性阿尔茨海默病。从杰里·米切尔的祖父开始，家族的每一代成员都会在50岁前发病，被未知的病魔折磨数载，最后异常痛苦地死去。

也许正因为这样，在时效至上的新闻世界里，身为记者的杰里·米切尔偏偏青睐尘封多年的"冷案"——他太懂得受害者和他们的亲友们面对时光流逝时无能为力的感觉了。

每调查一个案子，杰里·米切尔都会把受害人的照片设置为自己的屏保，不断地提醒自己：在正义的归途上，受害人和自己都蹉跎了太多时光。

2012年11月8日，《号角纪事报》刊登了杰里·米切尔撰写的深度专题报道《失踪》（*Gone*）。这篇报道长达九千多个英文单词，占据了整整八个跨页。杰里·米切尔还在文末呼吁其他知情人联系自己。

杰里·米切尔不只是复述罗斯的故事，所有受害者的亲友,他都亲自重新走访。记者的经验和敏锐更是让他发现了许多新的重磅线索。比如,在调查玛丽"溺水身亡案"时,杰里·米切尔也深感那份尸检报告蹊跷,于是他调查了案发时莱克查尔斯的地方检察官。结果他发现,这个名叫小弗兰克·索尔特的检察官仅仅在1962年一年就擅自撤销了包括玛丽案在内的九百起案件,其数量之大,除了受贿几乎没有其他理由可以解释。

杰里·米切尔又找到了94岁的弗吉尼娅·芬尼,她是为费利克斯·韦尔安排工作的高管舅舅的遗孀。弗吉尼娅·芬尼证实,已故的丈夫和检察官索尔特私交甚好。

然而,此时距离玛丽之死已经过了整整五十年。无论是检察官索尔特、当时的法医,还是韦尔的舅舅都已作古。但近乎奇迹的是,杰里·米切尔竟然找到了一个尚在人世的关键证人艾萨克·N.阿布希尔。

艾萨克曾经是费利克斯·韦尔的同事,在韦尔结婚之前,两人还合租过一段时间。艾萨克也因此结识了经常来找韦尔的玛丽。

韦尔结婚后,经常向艾萨克发牢骚,抱怨妻子怀孕时有多么丑陋,襁褓中的儿子比尔有多么烦人。艾萨克一边回忆,一边对杰里·米切尔频频摇头:"即使是条狗,也知道爱自己的崽儿啊!"

艾萨克的父亲在卡尔克苏河上做游轮生意。警方打捞玛丽的尸体时,艾萨克和父亲都去帮忙了,正是他们发现了玛丽的尸体。

艾萨克说，自己永远忘不了尸体的样子：玛丽的身体扭曲僵硬，一条围巾缠绕在她脖子上，其中一个大结还塞进了嘴里。当时船上的人（警方和打捞志愿者们）无不义愤填膺，他们都确信费利克斯·韦尔谋杀了自己的妻子。可是很快，玛丽之死被判定为意外溺水，艾萨克的工厂领导们更是找他单独面谈，叮嘱他不要泄露自己看到的一切。

说到这里，这个90岁的老人拄着拐杖，步履蹒跚地走到一堆纸盒前，翻找出一个泛黄的信封，将它递给杰里·米切尔，信封上是四个大写字母：KEEP（保存）。

艾萨克告诉杰里·米切尔，玛丽的尸体被打捞上来的时候，警察当场拍了照片，自己将几张副本留了下来。这下连杰里·米切尔都震惊了："这些照片你竟然保存了整整五十年？"

"没错！"

杰里·米切尔将这些照片交给自己认识的一位在纽约的专家。这名法医只看了一眼，就问道："是谁杀了这姑娘？"

《失踪》刊登以后，社会舆论一下子被引爆，并不断发酵，各地的知情者纷纷联系杰里·米切尔。莱克查尔斯的执法部门和FBI也重启了对玛丽案和费利克斯·韦尔的调查。

然而就在此时，原本住在密西西比州的费利克斯·韦尔突然消失了。

03. "蝙蝠女侠"

执法部门一时找不到费利克斯·韦尔的下落，但网络永远先行一步。没过多久，就有读者向杰里·米切尔爆料，费利克斯·韦尔似乎在得克萨斯州的坎宁湖附近出现过。

杰里·米切尔联系了一个名叫吉娜·弗伦泽尔（Gina Frenzel）的得克萨斯州私家侦探——她在《失踪》刊登后曾向米切尔毛遂自荐，表示愿意协助他进行调查。

一头红发、快人快语的吉娜·弗伦泽尔生于一个警察世家。她的外祖父曾是得克萨斯州克尔维尔市的警察局长，父亲也担任过警察，之后任职于公共安全部门。

吉娜说自己从小不爱学习，1991年高中毕业后，开始四处打零工。几年后，她终于找到一份簿记员的工作，但她对数字一向头大。幸亏吉娜的母亲退休前是个资深簿记员，她一面疯狂培训女儿，一面在她工作时进行电话指导，这才使吉娜保住了这份工作。

吉娜的丈夫汤姆从事园林绿化方面的工作，经营着一家小花店和一个苗圃公司。2002年，一个移民员工请吉娜帮助自己寻找失散多年的亲戚，吉娜在网上随便一通操作，就让这个员工阖家团聚。另一个员工说，丈夫抛弃了自己，十二年来一直杳无音信。3个小时后，吉娜就找到了那人在田纳西州的住址。

亲友们都调侃她真像一个私家侦探。吉娜想了想，觉得这事也未尝不可。她在线上学习刑事司法课程，又跟随一个侦探无偿实习了三年，终于创办了自己的事务所。这份工作是吉娜的天职，她发现了自己身上从未被发现的优秀特质：思维敏捷，压力越大头脑越清醒，擅长赢得他人的信任。入行仅仅几年，吉娜就战功赫赫。同行们对她又爱又怕，称她为"蝙蝠女侠"。

一次出差途中，吉娜偶然看到了《失踪》这篇报道，立刻被它吸引。回家后，她阅读了所有相关资料，然后给杰里·米切尔发了一封电子邮件："我很喜欢《失踪》，我是得克萨斯州一名有执照的私家侦探，如果您需要任何帮助，但说无妨。"

2013年4月3日，吉娜·弗伦泽尔第一次见到了费利克斯·韦尔。

当时费利克斯·韦尔住在一栋仿佛仓库的白色房子里，房子周围和顶部布满了铁丝网，四周尽是焦土。这里原先是韦尔的外甥戴维·托马森的住处。这里曾经发生了火灾，戴维·托马森获得了巨额保险后，就将土地所有权转让给了费利克斯·韦尔。

虽然这起疑似纵火骗保案的事件最终证明和其他案子关系不大，但它给了吉娜"拜访"费利克斯·韦尔的理由。敲响房门的时候，吉娜颤抖得如同风中枯叶。她内心知道，这个人至少杀了三个女人，甚至可能更多。

费利克斯·韦尔很快应了门。这个74岁的老人身材瘦高，穿着格纹飞行员夹克和瑜伽裤。吉娜自称为保险公司工作，需要拍摄一些被焚烧房屋的照片。她报出了自己的真实姓名，最高明的谎言总是隐藏在真话之间。

拍完照片，费利克斯·韦尔邀请她进屋。最先映入吉娜眼帘的是一把钢锯，在不远的地方还放着一把弯刀。她还看到了一个废旧的浴缸，里面装的是费利克斯·韦尔的所有日记。

费利克斯·韦尔开始喋喋不休。他说起自己和外甥闹翻了，说起自己在田纳西州有个女朋友，又谈起"精神"如何需要和"自我"不断进行抗争……

费利克斯·韦尔说了大约40分钟，吉娜一边听着，一边脊背发凉，不停地瞥向身边的钢锯和弯刀。吉娜知道，自己和费利克斯·韦尔还会再次交谈。他能对一个陌生人谈论如此私密的话题，说明他已然将自己视作送上门来的猎物。

回家之后，吉娜立即将自己与费利克斯·韦尔的对话录音发给了杰里·米切尔。一周以后，吉娜再次拜访了费利克斯·韦尔。这次他们聊了整整6个小时。

费利克斯·韦尔滔滔不绝地炫耀自己如何才智过人（他自称智商140，在母亲肚子里时就有记忆），谈论自己的宗教和形而上学的信仰，接着又说起自己的冒险经历和各种离奇故事。

深入研究过韦尔性格的吉娜将自己伪装成一个"傻白甜"，一脸天真崇拜地听他自吹自擂。每隔一小时，她会偷偷发信息报平安，吉娜的丈夫和另一个同行正躲在不远处随时待命。

接下来，费利克斯·韦尔开始向吉娜讲述自己的风流艳史：他提到曾有一个特别漂亮的姑娘，为了自己甘当脱衣舞女，拍摄色情电影（莎伦）；还有一个女孩特别年轻，她的母亲又是如何刻薄（安妮特）。

虽然费利克斯·韦尔没有指名道姓,但吉娜很清楚他说的是谁。费利克斯·韦尔吹嘘自己曾和数千名女性发生过关系,而后又言之凿凿地补充说,自己可不是那种随便的人。

"你就不担心搞大了她们的肚子啊?"吉娜问他。

"那是她们自己的问题,关我屁事。"

很快,费利克斯·韦尔就要求和吉娜发生关系。吉娜婉拒了,说自己还不了解他。于是费利克斯·韦尔继续谈论起"精神"和"自我"……

吉娜离开的时候已经将近晚上8点,她一头扎进丈夫的怀里,一边颤抖一边大哭。之后她告诉杰里·米切尔:"我永远不会忘记费利克斯·韦尔说起安妮特时的样子,那是我见过的最邪恶的表情!"

第二天,费利克斯·韦尔在日记中写道:"今天早上,我从梦中醒来,脑子里一直想着吉娜。"

大约十天之后,吉娜又来找费利克斯·韦尔。如果再次长谈,就会显得过于刻意可疑,所以这次她逗留的时间很短。闲聊的时候,吉娜"不经意"地提起,自己即将继承一大笔遗产。费利克斯·韦尔听了,登时容光焕发。

这次告别的时候,费利克斯·韦尔殷勤地将吉娜送上车,还试图吻她,但她巧妙地躲开了。于是费利克斯·韦尔"深情"地拥抱了吉娜,双手在吉娜的背部上下游走。吉娜知道,费利克斯·韦尔在寻找录音设备,但他一无所获,因为录音设备一直藏在吉娜的文胸里。

至此,吉娜算是赢得了费利克斯·韦尔的信任,晋升为他的"女朋友"。

杰里·米切尔将吉娜发来的录音整理出来，拿给一位犯罪心理专家。专家评价说，这人与其说是个连环杀手，不如说更像一个恶魔，专门以荼毒纯洁美好的灵魂为乐。

2013年5月17日，莱克查尔斯当局终于对费利克斯·韦尔正式立案，他在坎宁湖邮局的停车场被捕。

费利克斯·韦尔被捕后，吉娜经常和他书信往来，每周都通电话（当然都被录了音）。韦尔将一切都归咎于"那个邪恶的虾米记者"（杰里·米切尔），叫嚣着自己被捕是警方的政治阴谋。吉娜则温柔体贴，表示对他深信不疑。终于，费利克斯·韦尔说出了她期盼已久的那句话："我给你家里的钥匙，能不能去帮我打扫打扫，倒个垃圾？"

吉娜在费利克斯·韦尔家里逗留了16个小时，用照相机拍下了他的每一篇日记（两千四百多页），以及所有信件、文件、照片和名片。她还发现了许多女式珠宝、一张3岁女童的裸照，以及安妮特的出生证明。

拍完之后，吉娜前去和杰里·米切尔会合，数月以来并肩作战的两位"战友"这才第一次见面。

04. 正义

费利克斯·韦尔的日记里充斥着狂妄的臆想和冷酷的怨怼：他事无巨细地记录了自己的"女朋友"和"崇拜者"（但

可惜没有直接提到谋杀），另外还有一些更加令人发指的内容。

根据日记的信息，FBI日后进行了调查，发现费利克斯·韦尔至少性侵过两名女童，但因为诉讼时效已过，他们无法立案。

吉娜和杰里·米切尔逐字逐句地阅读了所有日记，记录下所有被提及的名字和地点。其中一些人在看过《失踪》后，已经主动联系了杰里·米切尔。两人于是动身去寻找余下的那些名字的所有者，探寻他们和费利克斯·韦尔之间未知的故事。

这些未知的知情人遍布全美。幸运的是，虽然时隔多年，但大部分人仍在世，并且对费利克斯·韦尔记忆犹新。虽然时间和地点千差万别，但费利克斯·韦尔的这些朋友中，很多人都曾听他提起过玛丽，内容和语调也惊人地相似："她想用孩子把我拴住，生完一个竟然还想再生。于是我解决了那个该死的母狗，她再也不会生孩子了。"

不过，也不能责怪这些人知情不报，因为当年他们还很年轻（费利克斯·韦尔特别喜欢当少男少女的"精神导师"），往往许多年后，他们才能意识到这些话的意义。另外，费利克斯·韦尔经常使用化名，很多人在听到"费利克斯·韦尔"这个名字时一脸茫然，直到吉娜和杰里·米切尔出示照片，他们才恍然大悟。

吉娜和杰里·米切尔还找到了费利克斯·韦尔的其他前妻和前女友们。他至少结过七次婚，她们中有些还算幸运，比如莎伦·坎贝尔，她和韦尔于1975年结婚，当时她只有17岁。蜜月之后，韦尔带着她见自己的亲戚。韦尔的一个侄女告诉她:"你要知道,他杀了自己的第一任妻子。"莎伦·坎贝尔想了想,最终选择收拾行囊跑路。

另一些人的经历就比较惨烈,比如亚历山德拉·克里斯蒂安森,她和费利克斯·韦尔于1978年在墨西哥结婚。婚后不久,费利克斯·韦尔开始肆无忌惮地偷腥、家暴。如果没有弟弟的保护,亚历山德拉确信自己会被打死……

几乎所有的这些知情人,都在玛丽·韦尔谋杀案中做了证。

2013年11月23日,吉娜来到莱克查尔斯惩教所,和费利克斯·韦尔最后一次见面。

一开始,费利克斯·韦尔仍然滔滔不绝地讲述自己的"冤情",但吉娜干脆利落地打断了他:"我一个字也不信。"费利克斯·韦尔凝视着神态举止与之前迥然不同的吉娜,这才意识到了她的身份。

"他们给了你多少钱?!"费利克斯·韦尔咆哮着问道。

"一个子儿都没收,我无偿服务。"

"那你这么做是为了什么?"

"正义。"

探视时间结束,吉娜准备离开。此时,气到无语的费利克斯·韦尔终于憋出了一句话:"你……你真是个不可思议的女人!"

吉娜昂起头:"我当然是!"

2016年8月8日,费利克斯·韦尔的审判在路易斯安那州莱克查尔斯进行。虽然莎伦和安妮特的失踪因为没有尸体而无法立案，但这场审判代表着三个家庭的胜利。玛丽的弟弟威尔·霍顿、莎伦的弟弟布莱恩和安妮特的母亲罗斯手挽手坐在一起。

检察官雨果·霍兰在开场白中说道："费利克斯·韦尔的第一任妻子去世了；他的第二任妻子（指莎伦，她与韦尔是事实夫妻）从地球上消失了；他的第三任妻子也从地球上消失了。他要么是有史以来最倒霉的男人，要么就是一个'吸取教训、不断精进'的连环杀手。"

接下来，来自全美各地的证人纷纷出庭作证，罗斯也终于能够站在证人席，向陪审团讲述女儿的遭遇。

"自1984年9月以来，您见过您的女儿，或者收到过她的消息吗？"

"从来没有。"

"这场审判您等了多久？"

"三十二年。"

比尔的遗孀珍妮特回忆起她已故的丈夫："1970年，一个小男孩得知他的父亲谋杀了他的母亲。他独自长途跋涉，想要把这件事昭告天下，可是无人理睬。今天，他的声音终于被听到了！"

压轴出场的"证人"是一段录像。2014年，韦尔的前同事艾萨克·阿布希尔在检察官在场（这样能够被法庭采信）的情况下，录下了这段证词。这段证词和他保存了五十年的玛丽的尸体照片一起，成了最重要的呈堂证据。录下证词后不久，这位91岁的老人溘然长逝。

费利克斯·韦尔面对这些指控，满脸轻蔑和讥笑。他坚称玛丽的死是个意外，莎伦和安妮特是自己出走了。至于儿子比尔的遗言，费利克斯·韦尔则将其归咎为错误的记忆。

"她们只是想要逃离自己恶毒的母亲，我从没杀过人，是我拯救了她们！"他还向陪审团表示，自己白发苍苍，"你们怎么忍心把我这样一个老人家送进监狱？"

2016年8月12日，陪审团仅仅用了45分钟就做出了判决，他们判处77岁的费利克斯·韦尔终身监禁，不可假释。

审判结束后，地方检察官和记者杰里·米切尔握了握手："如果你还知道有哪个浑蛋逍遥法外，请一定让我知道。"

"我会的。"

2016年8月30日，亨斯利家为莎伦举办了追悼会，他们终于可以正式哀悼这位失踪了四十三年的亲人。

罗斯、玛丽的家人以及杰里·米切尔都出席了追悼会。罗斯告诉杰里·米切尔，回想当年，她后悔自己所做的很多事，比如同意安妮特和韦尔结婚："现在，我终于可以原谅自己一点点了。"

费利克斯·韦尔被捕后，65岁的罗斯交往了自从女儿失踪以来的第一个男朋友："也许，当你的心获得了平静之后，才有力气去谈情说爱吧！"

告别的时候，罗斯拥抱了杰里·米切尔："感谢上苍，让我遇见了你。"

"彼此彼此。"

审判结束后，杰里·米切尔将《失踪》扩充成两万五千词的系列报道，还有五集短纪录片，一并发布在了网上。

虽然网络时代的来临令"短平快"式的报道成为主流，但《失踪》却创造了任何新媒体难以企及的流量神话。就像杰里·米切尔一直坚信的那样，无论媒体的模样如何改变，用认真和良知写作的故事依旧能够虏获读者的心。2018年，这位获奖无数的记者从《号角纪事报》光荣退休，又创立了密西西比调查报道中心。

除此之外，从2002年起，杰里·米切尔和家人自愿成为南伊利诺伊大学研究项目的受试者，帮助医生找到了家族遗传病的致病基因。医生们还发现，这个家族中只有杰里·米切尔和他的父亲没有携带这种基因。而那些充满人性关怀和正义诉求的报道，将成为杰里·米切尔留给后世的一份礼物。

笔者：安非锐

读客
悬疑文库

认准读客读悬疑，本本都是大师级。

专注出版中、英、美、日、意、法等世界各国各流派的顶尖悬疑作品。

为读者精挑细选，只出版两种作品：
经过时间洗礼，经典中的经典；口碑爆表、有望成为经典的当代名作。

跟着读客悬疑文库，在大师级的悬疑作品中，
经历惊险反转的脑力激荡，一窥人性的善恶吧。

扫一扫，立即查看悬疑文库全书目，
收集下一本精彩悬疑！